自由 与 爱情

[日]狮子文六 著 　 林少华 译

青岛出版集团 | 青岛出版社

图书在版编目（CIP）数据

自由与爱情 /(日) 狮子文六著 ; 林少华译.
青岛 : 青岛出版社, 2025. -- ISBN 978-7-5736-2944-9
Ⅰ . I313.45
中国国家版本馆 CIP 数据核字第 2025F19W31 号

书　　　名	自由与爱情 ZIYOU YU AIQING
著　　　者	[日]狮子文六
译　　　者	林少华
出版发行	青岛出版社
社　　　址	青岛市崂山区海尔路182号（266061）
本社网址	http://www.qdpub.com
邮购电话	0532-68068091
策　　　划	杨成舜
责任编辑	霍芳芳
封面设计	有熊 Imagine
照　　　排	青岛新华出版照排有限公司
印　　　刷	青岛双星华信印刷有限公司
出版日期	2025年4月第1版　2025年4月第1次印刷
开　　　本	32开（889 mm×1194 mm）
印　　　张	12.25
字　　　数	250千
印　　　数	1—4000
书　　　号	ISBN 978-7-5736-2944-9
定　　　价	59.00元

编校印装质量、盗版监督服务电话　4006532017　0532-68068050

上架建议：日本·畅销·小说

日本战后初期的风俗画卷

　　"出去！"——随着妻子的一声大喝，丈夫转身出门，悠然远去。从此，一对相伴九载的夫妻开始分道扬镳。男方怀着对无限自由的渴望，女方怀着对新型爱情的憧憬，分别走上了不同以往的生活里程。于是，伴随着男女主人公独特而浪漫的脚步，我们面前出现了日本战后初期那一幕幕在作者笔下不无喜剧意味的场景：满目疮痍，一片废墟，屋不避雨，食不果腹……有的以捡破烂为生，有的以当"野鸡"为业；有的在大桥下栖身，有的拾洋烟头解瘾；有的拦路行抢，有的玩世不恭；有的向封建思想残余"宣战"，有的叹华族生活的远逝；有的走私毒品以"富国"，有的打麻醉剂而自慰；有的以模仿洋人派头为乐事，有的视处女贞操若敝屣……般般样样，林林总总，道德的堕落乎？人性的回归乎？"乱世"乎？新生乎？悲乎？喜乎？

而这一切，又同男女主人公五百助和驹子对自由与爱情的寻觅结合在一起。

　　驹子先后结交三位男子，三位男子以三种不同方式向她发起爱的"进攻"。第一位是身为大学生的纨绔子弟，每日情书不断，见面纠缠不休，竟至动起手脚，而这些居然得到其未婚妻的全力支持；第二位是贵族出身的中年绅士，此人想方设法引诱驹子外出幽会，却又时刻忘不了显示其绅士风度；第三位是在粮店工作的复员兵，此人起始畏首畏尾，后来竟夜闯驹子住房，声称非要娶个有夫之妇不可。与此同时，离家出走的五百助，始而给裸体舞表演弄得百无聊赖，继而在公园午睡时被偷得分文不名。幸遇一捡破烂老人的帮助，得以在防空洞过夜。尔后自己也加入了捡破烂者的行列，自觉无比快活，以为找到了"自由"。不久，他莫名其妙地同一走私团伙发生关联，发了一笔横财，终日西装革履，出入高级酒馆，惹得一妙龄女郎对他穷追不舍，无论如何都要和他结婚……其间市井风情，人世百态，呼之欲出，活灵活现，可谓战后初期日本社会一幅绝妙的风俗画卷。一九五〇年在《朝日新闻》连载时，受到了人们近乎"爆炸性"的欢迎。究其原因，"与其说在于读者层的膨胀，毋宁说在于它惟妙惟肖地勾勒出了战后不久的异常世态"（福田宏年语）。

　　小说中，作者文气旺盛，笔势摇曳生姿。时而浓墨重彩，淋漓酣畅；时而娓娓道来，洗练自然；时而涉想新奇，极尽风趣之妙；时而挥洒出之，不见刀斧斫痕。对话生动贴切，议论长而不繁。通篇充满幽默，妙趣横生，令人忍俊不禁，而又不流于浅薄，不无对社会现象的批评与讽刺。读之，不难使人想起夏目漱石的《我是猫》和《哥儿》。事实上，夏目漱石也是作者所推崇的为数极少的日本作家之一，风格与手法上确有相似之处。如小说开篇不久，作者便以漫画笔法勾勒出男女主人公不同凡响的肖像。从中亦可窥见作者驾驭语言的深厚功力，可谓大家手笔。

作者狮子文六，本名岩田丰雄，日本著名小说家、剧作家、演出家。一八九三年生于横滨，一九六四年被选为日本艺术院会员，一九六九年去世。一九二二年赴法研究戏剧，回国后着手翻译《近代剧作集》。一九三七年创办"剧团文学座"，积极参与编剧与演出。同时也是长篇小说的写作能手，经常在报纸和妇女杂志上发表连载小说，是能够"广泛抓住大众读者心理的作家"（尾崎秀树语）。主要作品有《阿悦》（一九三六）、《乐天公子》（一九三六）、《达摩街七番地》（一九三七）、《信子》（一九三八至一九四〇）、《南风》（一九四一）、《女儿与我》（一九五三至一九五六）、《青春怪谈》（一九五四）、《香蕉》（一九五九）等。

《自由与爱情》（原名『自由学校』）发表于一九五〇年，在《朝日新闻》连载后被搬上银幕，引起热烈反响，在当时是日本家喻户晓的作品，乃作者的长篇代表作之一。

狮子文六受西欧文化影响较深，不喜欢所谓"私小说"，但也不喜欢将自己的作品贴上特定的标签。他认为文学在本质上是属于大众的，不应该为少数文学青年来写，而应为在现实社会中挣扎求生的大多数人而创作。他的作品大多体现了时代风俗，但又不仅仅限于平板式描写，而是"将不为表面现象所迷惑的大众式批评目光包含在幽默的笔触当中，其特点亦在这里"（尾崎秀树语）。诚然，其作品总的基调是轻快而机警的讽刺与幽默，但又不单纯是讽刺文学或幽默文学，而是将自己对于人与社会的新的认识、新的发现、新的感慨、新的思索传达给读者。他说，幽默产生于"对人生和世界的误解"，讽刺产生于"被压抑的憎恶、嘲笑与愤怒"，由此产生出来的笑"具有清污矫枉的明确目的"。还说"笑与眼泪同等宝贵。倘若有人以为喜剧劣于悲剧，那么他便不具备现代人的资格"。"现代的日本，有许多唯有以笑这一方式才能进行批评的现象。如果某人尚有批评精神，便不能不笑。"具体究竟如何，读者只能从作品中去寻找了。

下面请让我啰唆几句往事。

二十世纪八十年代初，"改革开放"，拨乱反正，千帆竞发，百舸争流。顺时应人，中国从事日本文学翻译和研究的师生开始聚合。一九七九年由中国社科院李芒先生和东北师大吕元明先生牵头成立中国日本文学研究会，一九八二年吉林人民出版社创办《日本文学》季刊。其后相继有三套日本文学丛书开始翻译出版，一套是中国社科院李芒、高慧勤、李德纯三位主编的"日本文学流派代表作丛书",一套是李德纯、高慧勤两位主持的"日本大众文学名著丛书",另一套是大连外院刘和民老师主编的"日本文学当代丛书"。而先于这三套丛书启动的是春风文艺出版社于雷总编策划的"日本文学大系"。想必因为"大系"体系过于庞大,卷帙浩繁,虽已进入组稿阶段(已有人动笔翻译),但结果仍不了了之。好在各路兵马并未长吁短叹,而依然跃马横刀呼啸向前。一九八二年跨出吉林大学研究生院大门南下岭南的我,正年轻气盛,鲜衣怒马固然谈不上,但拿云补天此其时也的雄心或狂妄还是有的。何况,即使同当官欲、发财欲、留洋欲等常规欲望相比,我心中更强的也还是发表欲——文字发表欲。说夸张些,一想到自己涂抹的文字忽一日变成铅字四海风行,就险些暗自笑出声来。尽管如此,挥笔写出一部读研期间感佩不已的李泽厚《美的历程》那样的学术性专著的可能性也几乎是零。钱锺书的《围城》倒是虚构,但我好像天生不具有连续虚构什么的才能。于是退而求其次,翻译成了自己有望破城突围的唯一选项。弄得好,那未尝不是另一种"美的历程"。

就在这时,承担"日本大众文学名著丛书"出版任务的若干家出版社中的吉林人民出版社和黑龙江人民出版社分别找我约稿。后者约的是舟桥圣一的《意中人的胸饰》。前者约的就是这本《自由与爱情》,具体联系的是宋世宜先生。宋先生年龄上应是我的父辈,在吉林大学读研期间就已见过,说话慢条斯理，和颜悦色，对我十分友善和信任。记得是在一九八五年翻译的，乃我翻译的第一部真正够长度的长篇小说。加之彼时刚在暨南大学被破格评聘为副教授（羊城晚报称之为广东省最年轻的文科副教授），如此"双喜临门"，翻译当中的欣喜和激动委实难以言表，任凭笔尖在稿纸的绿色方格里横冲直闯一路疾驰。译后记落款为"一九八六年除夕记于广州暨南大学"。"出版日期：1987年2月 印数：1—41700册 定价：2.10元"——不错，2.10元！而今21元恐怕都至少要翻番，前后相距不到四十年！

村上春树曾说译文的寿命大约是五十年，而四十年比之五十年并无实质性差别，于是决定趁机重校一遍。而结果——恕我重复——无论对照日文求"信"，还是单看中文之"达雅"，也都很难校出刚性错误或瑕疵——莫非近四十年间我完全故步自封，还是说刚一上马就来个一骑绝尘？总之这最初的长篇涂鸦成了不容与时俱进的文字。是的，翻译，尤其文学翻译，较之与时俱进，更重要的是再现历史现场，或还原特定语境下的语感与美感。例如"sex"，二十世纪五十年代初，日本也好中国也好，一般都不至于说"做爱"。当然，倘以"困觉"译之，怕也难免违和之感。再如"I love you"，不假思索地像夏目漱石、张爱玲那样译为"今宵月色很好""原来你也在这里"，肯定有乖离感甚或闹出笑话。而若千篇一律译成"我爱你"也未必"原汁原味"。"得体"二字再要紧不过。说到底，文学作品的翻译乃是两种语言进入译者审美感受时对接生成的混血新生儿，既有来自偶然的不确定性，又有受制于必然的确定性、唯一性。二者的交界地正是翻译艺术和翻译理论产生的空间和依据。

说回拙译。这本拙译的旧版收有时任"日本大众文学名著丛书"编辑顾问、日本著名文艺评论家尾崎秀树撰写的总序，文中梳理了日本大众文学的发展脉络和代表性作品，至今读来仍有收获。旧版译后记还对中沟正典先生表示感谢。中沟先生是我当时任教的暨南大学的日语外教，为我解答了翻译当中遇到的疑问。他也是我第一位共事的日本人，敬业，教学认真，对学生很有耐心，甚至把学生的作文装订成册或一页页贴在笔记本上逐句逐字修改，批语写得很长，回国后还照顾了几名他教过的赴日留学的学生，已经谢世许多年了。在此提及他的名字，也是为了怀念这位值得尊敬的异邦长者。责任编辑宋世宜先生迄未联系，如若健在，应有百岁高龄了。"仁者寿"，但愿。

最后我要说的是，这本旧译之所以在几近五十年后的今天得以一洗尘封重出江湖，直接原因是作者狮子文六去世时间已逾五十年，作品进入公版期。而主要原因，在于"自由与爱情"不仅是文学的永恒主题，而且更是饮食男女的永恒主题——通常说来，没有人不追求爱情，也没有人不向往自由，如何处理和化解这对人世间最为微妙的矛盾，《自由与爱情》理所当然地提供了一种启示——那是多么妙趣横生的启示啊！青岛出版社杨成舜编审理所当然觉出了这一点，于是慨然拍板拍出新版，也拍出了我的感动与感谢。

"日月忽其不淹兮，春与秋其代序。"旧版面世之时，我正春光满面；而新版付梓之际，已然两鬓秋霜。苏东坡倒是曾说："谁道人生无再少？门前流水尚能西！"用来激励自己固然正堪其用，但终究是美丽的谎言。相比之下，陆游所言则有几分现实性："古今万卷消永日，一窗昏晓送流年。"而我，姑且在一窗昏晓中拉拉杂杂补写了这篇译序。

林少华

二〇二四年六月十八日于窥海斋

时青岛雾散云开满目苍翠

人　物　表

南村五百助: 三十许,体格魁梧。原为报社职员,后辞职,
　　　　离家寻觅"自由"。

南村驹子: 年近三十,五百助之妻。相貌端庄,多才多艺,
　　　　但争强好胜。

羽根田力: 年过六十,五百助舅父,法学博士,"五笑会"会
　　　　长。妙语连珠。

堀隆文: 大学生,对驹子一片痴情,穷追不舍。

藤村百合子(尤丽): 堀隆文未婚妻,性格浪漫,居然劝驹子
　　　　同其未婚夫隆文结婚。

堀芳兰: 年约四十五,堀隆文之母。一度沦落风尘。伶牙
　　　　俐齿,视子如命。

边见卓: 三十五岁,"五笑会"会员,对驹子一见钟情。

平君: 粮店职员,终于按捺不住对驹子的爱情,雨夜去驹子
　　　　家表白心迹。

金次老人: 以捡破烂为生。

加治木: 走私团伙成员。

目录

娇妻怒吼

“咔嚓咔嚓……”男人大概生来就听不得缝纫机声响，一听就心烦意乱。尤其讨厌的是，它似乎比乐器还能淋漓尽致地抒发使用者的情绪。

瞧妻子那双怒不可遏的脚，倘若踏动的是钢琴踏板，说不定会奏出一首石破天惊的千古绝唱。女性的自我觉醒，绝非自战后始，而是与缝纫机降临到日本每个家庭的同时萌发的——此种看法绝非无稽之谈。反正事实是，在那妻子守着针线篓安然穿针引线的岁月里，家庭远比眼下风平浪静得多。

“喂，不上班能行吗?”

如此喧嚣的噪音之中，又一声突兀而起，其音量之一鸣惊人，音质之尖厉刺耳，由此可见。年龄方交或未交三十的妻子驹子，身穿白地带黑色条纹的无袖便服长裙，打一双赤脚踏着缝纫机。这是情绪高昂的标志，而并非刻意做如此打扮。其实，丈夫倒希望她多少零乱拖沓一些，但她却偏偏事无巨细，全部井井有条，无懈可击，可谓世所罕见。她确乎是位一切都恰到好处的女子：身材不瘦不胖，不高不矮，绝无半两多余的脂肪和分毫无用的长度；脑袋不大不小，上肢不长不短；满头秀发，高高挽起，丰厚而不冗繁；至于面孔，更无任何大得失调的用具；那炯炯发光的眼神虽说有些咄咄逼人，而微微翘起的鼻头却分外惹人怜爱；尽管嘴角线条近乎男性，皮肤颜色褐如饼干，却具有免受同性嫉妒的妙用，终不失为典型的美人。总之，那是一张一切设计得法的面孔。若非要吹毛求疵，唯有两眼下边几颗零星雀斑可算白璧微瑕。

脑筋的运转也有条不紊。

"十一点过七分啦!"

她目不斜视，一边脚踩缝纫机，一边分秒不差地报出身后书箱上座钟所指的时间。书箱里从十九世纪英国文学到战后方介绍进来的美国作品，原著、译本满满挤在一起。这全都是驹子的私人藏书，与丈夫毫不相干。然而当丈夫在家时，她绝不潜心读书，总是开动缝纫机，为人做些童服来补贴家庭开支，同时以这种噪音催促丈夫快快离家上班。这已成了她的日常习惯。

两人的住处甚是简陋，只有两间厢房，几乎同仓库无异。在那由于日晒雨淋而旁檐翘起的外廊下面，丈夫南村五百助长拖地摊开庞大身躯，大晒其太阳。时届五月末，即使不晒太阳，也觉浑身汗涌，且五百助又身穿衣边早已磨破的厚棉布睡衣，本该热不可耐，然而他却无动于衷，毫无痛苦神色。想必这人神经已经迟钝到不可救药的地步，全然无意革除这始自严冬的旧习。妻子喊他叫他，他都哑然无声，估计也是出于神经迟钝。

缝纫机声戛然而止。

"你是不是睡过去了？"

"哪里……"声音仿佛是从枯井深处传出来的。

"没睡就快应个声！"

"我听见了。"

"十一点都过了，还不快走！"

"噢，知道。"

"知道知道，那就快收拾一下出门去呀！"

"嗯。"

五百助口里答应着，身体依然纹丝不动，十足一副麻木不仁的神态。他身体大得无与伦比，往那里一趴，裸露的脖颈简直就是一段粗大的松树桩。穿旧的棉布睡衣早已变成灰色，由肩而背而臀，勾勒出他身上那大起大落的粗犷线条，竟同鸟取海岸的沙丘毫无二致，全然不像是人的躯体，而使人联想到自然界的一部分，毋宁说只能让人认为是横卧的某一自然物体。正像大自然本身是麻木不仁的一样，他也没有一丝一毫的动态反应。

"你呀，懒病又发作了！"

缝纫机再次启动，声声怪叫随之响起。

"你这个人，可真能沉得住气！你以为这样算逞英雄不

4

成？简直滑稽透了！傻瓜才这副德性呢！"

"是啊！"

五百助梦呓般地应了一声。要是再不出声，对方会愈发絮絮不止，只好敷衍一下。而心里却愤愤地嘀咕道：这小东西越来越出言不逊了！战前那阵子本不是这等货色，毕竟时过境迁啰！

"就是嘛，纯粹是傻瓜德性，天底下再没有比这更愚顽低劣的勾当了！像个气球炸弹似的，一点儿不能自控，典型的东洋惰性！可本人居然还以此为荣……"

至此，五百助再不想听下去。他只是一味倾听缝纫机的噪音，心安理得地忍受着日光浴火辣辣的折磨。

这两人是在一九四一年十一月，即战争开始前大约二十天结为终身伴侣的。当时，尽管世道已江河日下，经济捉襟见肘，但在帝国饭店举行的婚礼宴会上，香槟依然觥筹交错，甚至有水果端上待客。五百助降生的南村家族，还拥有足以如此大操大办的社会势力。虽然当时五百助那身为"满洲"交通公司副总裁的父亲业已命归泉路，但其家境在公司股票、贤良生母以及亡父余党的支撑之下，全无大厦将倾之势。对于五百助，背后称其为白日霓虹灯者有之，呼之为不动座钟者有之，而对南村家的将来，却没有人疑虑不安。

一场沧桑巨变，迫使两人在距中央铁路干线武藏间车站步行需二十五分钟的偏僻地段，租了一户农家的两间厢房，开始了好不凄凉的独立生活。无须说，这是战争使然，其详情且容稍后道来。

"喂、喂……你懒得也够可以了，是不是该走了？"

驹子的声音在耳畔响起。如此离开缝纫机，直向身边逼来，可有些不好招架。

但见驹子猛地伸出手来，一把抓在五百助的睡衣领上。不料，他那足有二十二贯之重的庞然大体竟像猫被人抓一般，倏忽间飘然直起，委实不可思议。看来物理支配物理的现象，在家庭里绝非罕见。

"快，上班去！"声音冷静如初。

五百助一边眨巴眼睛，一边盘腿坐稳。明晃晃的阳光不偏不倚地正面泻在脸上。那长相也非比寻常。

除非日莲上人或西乡隆盛等盖世英雄轮回转世，否则很难碰到这样一副面孔：眉毛如同对头并卧的黑色毛虫，鼻子恰似下窄上宽的长形面包，一双眼睛宛似光芒直射的两个电筒，嘴唇厚得活像两枚汉堡牛肉饼。而那张大脸除安置这一应什物之外，面积仍然绰绰有余，使人联想到棒球场外野地。然而这如此硕大无比的头部，不仅丝毫没有福助偶人那种摇摇欲坠之感，反而显得像铁瓶盖那般小巧玲珑。这是什么缘故呢？它同高至五尺八寸的身架以及重达二十二贯的肉体比例固然不能不考虑，但其原因似乎不止于此。

一言以蔽之，那分明是一副非伟人莫属的堂堂相貌。日莲上人的木像和西乡隆盛的铜像，其头部也都相形见绌。问题不仅仅是头部，在南村五百助的血肉之躯面前，任何人都不禁望而生畏，自惭形秽。而只有其妻驹子、去世的母亲秋乃等骨肉至亲，才对他那庞然大物里边包蕴的货色了如指掌而感到不胜凄然。那巨大的躯壳里并无相应巨大的内涵，甚至没有任何微小之物。准确说来，其实是空无一物。

他从学习院进入京大，毕业后东游西逛好长一段时间。结婚那年，亡父生前的部下给他在东京通讯社找了一桩事做。起始，通讯社似也不晓得如何安置他这位庞然大物。最先分配他去的是体育部。一则因为当时体育部最为清闲自在，二则大概以为猩猩惜猩猩，肉体发达之人当最为了解自己的同类。

岂不知，五百助自幼厌恶体育，未曾染指任何体育项目，浑身找不出一个体育细胞。说来难以置信，他那种年纪居然对棒球规则一无所知。至于剑术和橄榄球，更是望而却步。他不喜欢这种非争个你死我活的野蛮行径。

就是说，他最为深恶痛绝的就是与人相争。本来，以他这等空前绝后的巨人之躯，当不愁没有拔山之力，然而自降生以来从未曾以武力与人相见，甚至不晓得打架为何物。这固然因为人人对他的巨体退避三舍，同时也与他从不招惹是非有关。

他虽然自忖不是当体育记者的材料，却又不愿自我表白。结果头一次跟老记者采访第七次日本体操运动会，就出尽人间洋相，贻笑大方。

进行五千米竞走项目的时间，他看得百无聊赖，便去运动场外侧的厕所，在里边蹲个没完没了。当然也许由于有些困意的关系。当他估计竞走已经完毕而起身外出之时，不知什么缘故，门竟然无法推开。按理，凭他的力气，只消用身体一撞，一扇厕所小门定然土崩瓦解。可惜他并非这种敢作敢为的汉子。于是便平心静气地等待隔壁厕所有人进来。好歹如愿以偿之后，他隔墙招呼说：

"对不起，劳你给丸之内的东京通讯社挂个电话好吗？就说社里有个人关在这儿出不去门了……"

对方大概是个单纯善良的中学生，一口答应了他这愚不可及的委托。东京通讯社接到电话，想道：派了两名记者去还有这种电话打回来，十有八九是发生了意外事件。便打发一名魁伟慓悍的职员驾驶一辆插有社旗的专车，一路风驰电掣而来，结果给弄得目瞪口呆。

自此以后，五百助一举成了社内无人不知的名人，并被从体育部调到几乎无所事事的通讯研究室，再未动过一次。假如介绍他入社的不是社里的头面人物，恐怕早给扫地出门了。

他不仅仅不适合在体育部，而且压根儿就不具备资格担任凡事需要灵敏机对的任何记者。如此说来，莫非适合当公务人员、商人、军人、律师之中的哪一种不成？却又一想就觉得样样都无能为力。想来想去，他能胜任的职业，恐怕只有寺院和尚。但和尚也有大小之别，而需各司其职，于他也勉为其难，除非身为一山主持。总之，他只能从事那种光吃不做的职业，可如此尽如人意的职业天底下是不可能有的。也就是说，他是个与"职业"二字无缘之人。

五百助生于长于富贵之家，婚前有驰名遐迩的良母百般照料，婚后有举世无双的贤妻驹子包揽一切，如此活至今日。驹子毕业于女子大学英文专业，操一口流利的英语。因此除给附近农村一些未经战火的青年女子教几句英语之外，还到同美国驻军有关的部门搞一点翻译。与此同时，针织也好，加工首饰也好，缝制西装也好，刚刚还"隆隆"作响的缝纫机操作也好，凡能立即兑换钞票的技能，她无不得心应手。除此之外，无论煎炒烹炸，还是家政安排，也都是一把好手，足以使一般主妇望尘莫及。

话又说回来，驹子也不是一生下来便是这般女子。她也呼吸过所谓上流社会的空气。少女时代，父亲因一桩贪污案而身败名裂，此是第一幕悲剧；继而同五百助结婚后即遭逢南村家道中落，眼前又一片漆黑。这两次人生苦水的吞咽结果，把她造就成了一位不让须眉的女流。

"茫茫忧愁复忧愁，养精蓄锐气未休"①——假如作者是幕府末期的志士，这首诗也该老掉牙了。然而就其发挥人的最大可能性这点来说，却表达了战后曾一度自杀成风的青年人的心境。

南村驹子也不例外。越是身处逆境，越能将身上奋发上

①茫茫忧愁复忧愁，养精蓄锐气未休：日本幕府末期思想家吉田松阴于安政元年（一八五四年）企图乘美国军舰赴美而事败时所作。

9

进的素质发挥得淋漓尽致。这大概出于一种志气，或是其生就的气质和体质。每一近其身旁，就会感到热气灼人。不知那是奔突的热血，还是跳跃的灵魂。反正她是个终年燃烧不止的火炉般的女士。"争强好胜"这句话，用在她身上确实分量太轻了。

对这一点了然于心的，是五百助那位贤惠的母亲——秋乃刀自。

"他就是那么个男人，就把他当作你的长子好了……"

订婚之后，秋乃对驹子这样说道。这确是一句意味深长的嘱咐。意思是说，将来结婚生子，也要把丈夫视为另一种意义上的大孩子，而予以细心照顾。换言之，无非是说五百助这个人是不可能指望将他作为男子汉或丈夫来敬爱的，而莫不如将女性特有的两种爱情之中的母爱用在他身上——如今，驹子时常感到婆婆之托的真正用意恐怕便是在这里。可谓知子莫如母。

但那个时候，她还是黄花处女，以为这不过是一位母亲的谦虚罢了。同时也是因为她正给五百助迷得魂不守舍。见到他那大得漫无边际、一堵高墙般的躯体，驹子就感到一股无可言喻的冲动。

"哎——他那个人简直弄不清是什么类型。现实中也好，小说里也好，都很难找到那种性格！有的地方活像头牛，可又绝不光是牛。勉强打个比方吧，就像大海似的，让人感到海的广阔无边和深不可测。就是说，他是个大大的未知数，所以，跟这样的人在一起生活，十足是一种冒险……”

结婚以前，驹子曾这样向同学提起。当时她确实踌躇满志，一副春风得意的神气。她原本是个自视甚高的姑娘，哪一个男子她都不放在眼里，毫无惋惜地将一个个高才生和美男子拒之于千里之外。不料却被五百助这样的汉子征服得五体投地，实在令人难以置信。或许这就是所谓物极必反，终归落得个聪明反被聪明误的下场。

婆婆秋乃在世那阵子，五百助尚有些许可取之处。想必那位聪明的母亲总是小心翼翼地免使儿子露出马脚来。但在战争中秋乃去世以后，驹子往日对丈夫的种种梦幻便连连破灭。大海无影无踪，牛也全然不见，而彻底现出了他百无一能的真实嘴脸。战争后期，五百助曾被抓到形同劳工的部队一次。而此前的艰苦生活中，他一直作为行尸走肉般的丈夫，任凭驹子左右摆布。

驹子这种女性，争强逞胜之心并不次于男子，因此从未牢骚满腹。

事已至此，又有什么办法呢？——她总是如此说服自己，力图领略那种英雄般的心境。她是自觉自愿同他结为夫妇的，无以怨天尤人。纵然在发觉丈夫是绝无仅有的无能之辈的现在，她也没有动过离婚之念。既然已经凑在一起，那就凑合过下去好了！这点同那种应运而生的“女权夫人”大相径庭。

然而，凡已所为绝无反悔这点，即使在宫本武藏身上，也不过是一种信念而已。人这东西，尤其是女人，心里无不有一大片莫名其妙的暗影，而且弄不清这暗影中有何物在悄然作祟。

简直倒透了霉！

驹子虽不溢于言表，心里却不免暗暗叫苦。若不是咎由自取，倒还可以聊以自慰。总之，这种憋在内心深处的痛苦呻吟，远不如发几句口头牢骚那样顷刻间便可烟消云散。

女人的一生就这样被白白断送了。这恐怕是天下所有为妻之人或多或少怀有的一种懊悔。纵是一切称心如意的妻子，也不可能完全得以幸免。因此，无论驹子在暗中做何想法，我们都没有理由对她口诛笔伐。只是，那懊悔与怨恨的本质之中，含有一种令人毛骨悚然的因素——或许可以称之为女人特有的执着精神。

倘若这种内心深处的东西永远潜藏不露，自然少了是是非非；然而伤脑筋的是，它就像一层薄纸下面的字迹，不时显露原形。这些日子，驹子在梦乡中不停地咬牙切齿，深更半夜里发出"格格"的怪响。白天便黯然长叹，双目发出异常明亮的光，两颊肌肉时而掠过一阵痉挛。

不平则鸣。于是不觉之间，对五百助粗声大气起来。而对方全然无动于衷，惹得她愈加怒不可遏。一向谈吐文雅的她，近来也像没有捞到小费的女招待那样，开口闭口俗不可耐。

这并非她存心作对，而是无意所为。当然，她意识到的牢骚也绝不在少数。忍辱负重，岂有心平气和之理？五百助从新闻社拿到手的钱，基本工资一万二千元，加上奖金，虽说近乎两万，但去掉所得税、社会交际费、工会费，再还一些旧债，剩下来的一般也就顶多一万了。而这一万元倘若如数交到驹子手里，还可以解一时之急；可这五百助依旧是那套大少爷时代养成的恶习，以为工资这玩意儿不过是银座一个晚上的开销而已。再没有比五百助这个人更不懂金钱可贵的了。他本身不以金钱为意，便以为驹子也同样如此。有的月份甚至分文也不交出来。驹子诉苦也罢，怒吼也罢，他一律置若罔闻。这么着，身为一家主妇，便不得不筹划长远之计。

即便五百助不是这等模样，秋乃婆婆死后接踵而来的不幸已足够驹子受的了。战争灾难、大规模疏散，以及财产税的交纳，南村家彻底没落前的财务清理，没有一样不压在驹子一个人身上。于是年轻轻地便尝到了世事的艰辛，而成了一个刚愎自用的女人。

此类女人订起长远规划来，难免要大动干戈。什么加入保险公司呀，积攒压箱底钱呀，这种无关痛痒的做法她是不屑一顾的。她不是以丈夫为对手，而要直接同上帝、同命运决一雌雄，她要单枪匹马，孤独自甘，莫可等闲视之！

她靠英语、手工和缝纫机每月收入万元以上，只不过是她迈出的第一步。五百助的工资，尽管指望不得，但也要最大限度地榨取下来。往日像母夜叉似的喋喋不休，还只能是一般性盘问；如今已开始研究新宪法，此后才正是长驱直进、试手补天之时。她渐渐悟得，女性的母爱倾注到丈夫身上，也该适可而止才是。一句话，她早已今非昔比了。

说起来，太平洋战争爆发那年结婚一事本身，就是一大失策。战争期间，心惊肉跳，坐卧不安，整个人像脱胎换骨了一般。除"战争未亡人"以外，人们还应认识到"战争夫人"的存在。二者同是战争造成的寡妇。只不过不同的是，前者是在肉体上失去了丈夫，后者是在精神上失去了丈夫。总的说来，"战争夫人"对日本男性通通失去了兴趣；就目前说来，她们首先是不理自己的丈夫，无视自己的丈夫。她们要用自己的力量生活，用自己的头脑思索，用自己的双手谋食，用自己的意志造爱——凡事我行我素，丝毫不仰丈夫鼻息。这就是她们的理想所在。

争取自身自由！

这是她们通过战争获得的觉悟，然而她们不对任何人感恩戴德。战争中，她们身穿劳动服列队行进，手提水桶四处奔跑，身背帆布囊在火车里你拥我挤，最后竟至大掏厕所，如此等等，她们都认为理所当然，并且远远不满足这一点点自由。现在，她们已开始自食其力。这种觉醒非同小可。日本妇女的自食其力，实在是具有划时代意义的绝大课题。

至少我有一半是自食其力！

驹子果真达到了这一地步。不能说她骨子里没有这种自负之感和卖乖念头。无产阶级的女儿倒不至于如此，而在豪门富户长大的千金，一旦发现（更何况是最近发现的）自身

14

竟有如此一发而不可遏止的生活能力，难免要沾沾自喜一番。

她最看不顺眼的，是五百助近来愈发不可收拾的懒病。虽说是在通讯社工作，但中午才去上班也未免说不过去。更主要的，是她的自由时间因而大大减少。而若听之任之，直到下午他也稳如泰山。光是懒病倒也罢了，而且还有点形迹可疑。

"给，袜子！这个，衬衫……"

驹子有意这样一一数落着，把衣袜朝五百助身上甩去。动作是有些粗暴，但他不同于一般丈夫，若不如此对待，恐怕很难做出反应。

这位丈夫看来已习以为常了。但见他眼皮不抬，一声不响，乖乖穿上袜子，系上衬衫纽扣。那动作比电影中的慢镜头还要缓慢。不过今天也好像特别花费时间。

"那衬衫，商店里没有卖的了，别净往上面弄污点！"

大概是最近喝酒弄脏的，胸口那里有几处黄色污痕，这当然逃不过驹子的眼睛。

背心、内裤这类东西，也不是一般人用的寻常之物。战前有一家特体服装商店可以买到，现在已经碰不到了。都是驹子用一些布头巧妙拼凑起来的。光是在这上面就花了她不少心机。这种男人要是跟其他女人一起生活，说不定会落到何等狼狈下场——这种既非怜悯又非自傲的感情，或许就是把她和五百助维系在一起的纽带。

"给，月票、钱包，不多不少三百元整！"

这个毕竟不便乱扔，而用手递过。五百助机械地放入内侧衣袋，仍然无意起身。

驹子知道，给了他这么多刺激，不出五分钟总会有所反应的，便放心地回到缝纫机旁。

咔嚓咔嚓……噪音再吹响起。

"哎哟，你怎么了，怎么还不出去？"

见他如此若无其事，驹子沉不住气了。一件童服后襟都已做好了，五百助依旧泰然自若地盘坐不动。

"怎么了，你这个人！"她走到丈夫身边，像电线杆一样凛然立定。

"出去也没有用了！"懒汉终于开口了。声调和他的动作一样慢慢腾腾。

"没有用了？什么意思？"听得这窝囊废丈夫口出奇言，驹子不由陡然提高了嗓门。

"够了！每天东游游，西转转，又能顶什么用呢？"五百助十分沉着冷静，继续发挥他的奇谈怪论。

"你是在说谁？"

"当然是我自己啰！"

"你成天东游游，西转转？"

"嗯。这段时间。"

"什么，你到底在说什么？"驹子如堕五里雾中，一时丧失了推理能力。

"你没到社里去？"驹子好容易明白过来。

"是的。"答话十分坦然。

"这是怎么说！你装模作样到社里上班，结果却天天东游西逛？"

"也不是装模作样，本来就那样嘛！"

对这种不知所云的答话，驹子早已司空见惯，并未介意；可是没想到他的懒病居然发展到随便旷工的程度。

"神——经——病！老大不小竟然像三岁孩子似的……"

驹子只能像一位严厉的母亲那样，狠狠地瞪着自己那沿用小学生逃学伎俩的丈夫。

她经常玩五百助于股掌之上，自以为对丈夫任何微小的行动都洞若观火。然而今天却失算了，仅这点便足以使她恼羞成怒。

"知道了，你是给人家解雇了吧？嗯，是吧？"

她比任何人都了解自己丈夫的无能。以前介绍丈夫进东京通讯社的Y氏，如今已被逐出社外。因此从丈夫被解雇的时间上说，绝不算过早。

但五百助镇定地否认道：

"哪里！"

"不是被解雇？真的？那么你只是一时懒得上班不成？"

无故旷工固然是一种过失，可毕竟比解雇令人好受。以后再好好表现也不迟。虽说那点工资偶尔才带回家中，但总比没有略胜一筹。再说丈夫有个固定职业，作为妻子也省得操心。

"不，不是那么回事。刚才我都说了。"五百助愈发镇定自若。

"那，怎么回事？你说痛快点！"这种丈夫真能急死人。

"不干了，自己不干的！"五百助淡然说道。

"自己不干的？莫不是辞职了？"

"不错。"

这回才叫驹子瞠目结舌。

"你……你为什么一句都没跟我说？"

"跟你说你也不会赞成嘛！"

"那当然。到底什么时候辞的？"

"差不多一个月了。"

"你骗我这么长时间！为什么……为什么不干了？什么原因使你非辞职不可？"

驹子一边死死盯住丈夫，一边凑上前去。五百助有点乱了阵脚，连忙招架：

"我渴望自由嘛！"

"什么？"

简直恬不知耻到了无以复加的程度。

渴望自由——这话居然会从他嘴里冒出！

自己摊上这么一个比大顽童还要操心费神的倒霉丈夫，施展三头六臂，拳打脚踢，一要尽妻子的天职，二要搞内外副业。时间上不自由，金钱上不自由，母爱之托也不让她自由。南村家的名门声望减少她的自由，日本残存的封建思想剥夺她的自由。驹子本身比任何人都渴望自由。明里暗里，她念念不忘的正是这句话。

不料眼下这个一半靠妻子养活的无能丈夫，居然节外生枝地抢先说出口来，简直滑天下之大稽。

"我渴望自由嘛！"

他说得是那样若无其事，驹子不由怀疑起自己的耳朵。

"哈哈哈，你这人怎么这么好笑，逗死人了！"

"怎么？"

"什么怎么？滑稽透了！"

尽管她强压怒火，故作镇静，但那双眼睛分明像要喷出火来，一道道责难的视线如同蜜蜂扑巢一般朝五百助脸上射去。这笑容掩饰下的怒火，正可谓怒火中烧，势不可挡。但五百助为人迂直，全不晓其中变化。

"我嘛，这些日子产生了很多疑问。无论对社会，还是对我们社，而归根结底，恐怕是个个人自由，或人的自由问题……"五百助不由有些得意忘形。

"还不住嘴！"驹子终于山洪暴发，"我又是给附近那些鼻涕鬼教英语，又是踩缝纫机，又是织东西，又是同你们南村家亲戚拉关系，又是捐款修整墓地，拼死拼活地忙个脚不沾地，可你却好意思东游西逛整整一个月！别出心裁地退出通讯社不干了，还厚着脸皮隔上三天就从我兜里逗去三百元零花！是不？是不？你说是不？"

"钱是你给的，我不过是伸手接着罢了。再说我有退职金，用不着非花你的不可。"

"退职金？你还一直瞒着，瞒着我……"

"哪里，并不是我有意隐瞒，而是因为我觉得不好开口把辞职的事讲给你……"

一阵难堪的沉默。沉默之中，驹子浑身瑟瑟发抖，嘴唇几乎咬出血来。只听突然一声大喝：

"出去！"

声音之大，连驹子自己都对其音量和含义深感愕然。她是在无意之中冲口喊出的，然而，当她随即意识到时也无意收回，只是补充说，

"和你，我实在是过不下去了，你快离家走吧！"

五百助瞥了驹子一眼，以极其滞重的声音应道：

"是这样吗？"

言毕，缓缓起身，摘下挂在承尘板上的帽子：

"那好，再见！退职金剩余部分，在我桌子抽屉里放着哩！"

五笑会员

五百助离家出走，已有一周时间了。

第三天、第五天……驹子屈指计算时日。及至同一个星期三来临那天，她有点沉不住气了。

不过，那种不以为意的心情，依一如当时。像五百助那样百无一能、胆小如鼠之流，断不至于在离开妻子卵翼的情况下长久自谋生路，想必跑到朋友家里轮流住几宿罢了，而这是不可能长此以往的。虽然对方流露的不厌烦神色不足以使他知趣地告辞，但若开门见山地下达逐客令，他保准会乖乖返回。

最关键的，是零花钱接续不上。

五百助出走以后，驹子拉开抽屉一看，里面仅有一万七千多元。五百助干了九年，退职金竟这么一点。东京通讯社向以待部下刻薄闻名，可也未免太少得可怜了。这大概是他退社后东游西逛的时间里喝酒喝剩下的。而驹子竟毫无觉察，每隔三天就支给他三百元。驹子想着，不由对自己的迟钝气恼起来。

不过出走那天，钱包里实在所剩无几，恐怕只有驹子塞入的三张纸币，充其量够他两三天的烟钱。他的几个朋友，个个囊空如洗。因此他只能求告无门，坐以待毙。满身都是弱点的五百助的致命弱点，恰恰就在这里。

"不管怎么说，还是回到家来好。"

驹子仿佛眼见得五百助用两只大手搔着脑袋，迈着四方步踱进院来。那样她就可以不无严厉地开导教训一番，让他心服口服，保证不再故伎重演。不料如此拉着架势静等一星期之久，丈夫还是了无踪影，不觉有些泄劲儿。

咄咄怪事！他还真能坚守得住！

驹子觉得自己好像在观看捞取鲍鱼的潜水女。虽然确信那女郎早晚会浮出水面，但总有些急不可耐。

说不准会跑到大矶借钱去——驹子猛然想起。大矶那里住有五百助的舅父，即秋乃婆婆的胞弟。那是一位厚古薄今的法律学者，纯属怪人一类。虽然拥有T大学名誉教授的赫赫头衔，但早已弃世隐居，在家过着随心所欲的生活。钱却是没有的。旧有著作如今倒也不无销路，近来又给几家三流以下的杂志写几篇不咸不淡的杂文，而且还向昔日门生提供咨询，不过这类收入，其数目可想而知。再说这人天生有个怪癖：别人讨钱时他偏偏一毛不拔，而若自觉自愿打开钱包，却又显得无比乐善好施。因此，很难设想他会轻易向五百助伸出救援之手。况且，这位外姓舅父丝毫不以血缘关系为重，对驹子、对五百助完全一视同仁。驹子深感他这点的可亲可敬。

但五百助那种货色，在借钱的无理要求惨遭拒绝之后，说不定会将计就计，在那里没皮没脸地住下当食客。驹子想，反正一到大矶，五百助的下落便会自然明了。退一步说，这五百助毕竟是南村家的一家之主，而今离家已逾一周，在情理上也该说给身为长辈亲属的舅父，这也是她当妻子的义务。夫妇口角的来龙去脉自是不便启齿，好在那位舅父不比一般俗物，不会在这点上纠缠不休。

去，总该去一趟！

驹子打定主意，早上料理好家务，关门闭户，然后到房东家里打招呼说：

"我出去一会儿，麻烦您照看一下。"租房就有这点好处，说走抬腿就走。

在新宿买罢礼品，到东京站赶上十一点十分开往热海的列车。正是星期天，座席大多空着。以前的木板车窗，不知什么时候换上了玻璃。初夏那淡蓝的晴空和娇嫩的新绿迎窗扑来，甚是赏心悦目。

驹子惊讶地发现，自己的心情竟如此飘然自得，简直就像在无忧无虑的少女时代去京都旅行一样轻松愉快。就差没有忘情地从挎包里掏出一粒巧克力扔在嘴里，或者哼上一支小曲。丈夫离家一周之久，而自己却这般乐不可支，这是一种什么心理状态呢？

如此说来，刚才出门前化妆之时，就似乎比往日刻意求工。她暗暗惊奇：镜中的自己竟显得这般年轻！在服装上，她穿一件最近做成的青灰色新式西装，挎一个深蓝色皮包，让色调谐调起来。总之她在力图表现三十岁女子特有的魅力。若说不可思议也确是不可思议。想来她总不至于是为大矶那位形同槁木的老头子打扮的。果真如此，这只能说是一种一反常态、徒劳无益的行为。

车进横滨站时，一个不知是外贸商还是便服军官的男子，手挽太太从车窗下经过，突然把眼睛死死盯在驹子脸上。那神情分明在说：没想到在这等场所居然会开出如此艳丽动人的鲜花！驹子赶紧将视线移开，面颊淡淡泛起一片红晕。这种体验近年来差不多是头一遭。

世间其他妻子，在丈夫离家以后，果真会感到寂寞不成？

反正作为她，自头一晚上开始，就不知寂寞为何物。那山一般的肉块终于不再重兵压境，仅这点便足以使她品味到解脱之感。狭小房间——任她横躺竖卧。说什么"辗转反侧窥空床"①，她却呼呼大睡，直到日上三竿还神游梦乡。她本人也并不认为自己是这等薄情女子，不过是因为看透丈夫迟早会班师回朝，而没有真正忧心忡忡而已。

望得见大矶山时分，驹子开始做下车准备。她有些惋惜，

——————

①辗转反侧窥空床：日本江户时期俳人加贺千代女之作。全俳为"辗转反侧窥空床，帐内空空何凄凉"，抒发失子之情。

这么快就到了！她真想直去天涯海角，起码到美国观光一番……

由于心神荡漾，随身带的饭盒也忘在脑后了。但她不以为憾，从车站沿着铁路线，往与来时相反的方向大步急行。小时候，父亲的别墅就在大矶，她对这一带了如指掌。当年父亲别墅所在之处，是一等地段；而五百助舅父住的地方，人家虽然不多，却全部挤在一起，而且低洼潮湿。驹子那满脑袋缤纷幻想，一走下这慢坡路，便渐渐破灭了。

其实这小路景致也还可以，有松树，可以闻到海水的气息。拐几个弯以后，走到一座围着罗汉松树墙、安一扇粗糙的木板大门的宅前。破旧的名牌是舅父亲笔所书，龙飞凤舞地写着"羽根田力"，字迹勉强可以辨认出来。房子因陋就简，根本不像法学博士的居所，据说已有十五年历史了。不难想见，远在那时舅父就是与"钱"字绝缘的寒酸文人。

"舅舅在家吗?"

一拉开寒碜的格子门，吃了一惊，见那地板上排列着好几双皮鞋和木屐，里面不时传出说笑之声。这向来以关门谢客远近闻名的人家，竟有如此众人聚集一堂，可谓史无前例。这么着，里面似乎无人听见驹子的招呼声，谁也没出大门。

来得真不凑巧。看这光景，话也很难谈得成！

但又不好就此扭头回去。转到后门一看，见厨房大敞四开，一身做饭装束的舅母戴着老花镜，正在切酱菜。

"哎哟，是驹子……怎么转到这个脏地方来了?"舅母吃惊地抬起脸来。

"在大门口喊了好几声……"

"噢——今天偏巧热闹起来了。其实，都是五笑会那帮人，用不着顾虑。快，从正门进去就是!"

"让我从这儿进! 您这里挺忙的，一会儿我就回去……"

"哪的话! 他们都自带饭盒，烧杯咖啡就行了。一点也没什么好忙的。晚上倒是说要好好喝上一杯，晚上再说晚上的。"

舅母一向这么开朗干脆，全然没有学者夫人的架子。女佣也不雇，里里外外全都一手包揽下来。虽说只是夫妇两人度日，可也忙得手脚不闲，而她却毫无怨色，甚至连固有气质都藏而不露。这大概是因为她出身于东京山手家族。

"从厨房这种地方进去，真够委屈你了。好了，这就完事了，到茶室去吧!"

驹子跟在舅母身后，边走边四下打量，似乎没有五百助赖住在这里的迹象。

驹子试探着问五百助来过没有，舅母随口答说没有。于是驹子准备先向舅母报告五百助离家出走的消息。但对方是位善于待客而不冷场的人，紧接着说道:

"驹子，一起泡壶茶来喝好吗? 我这里有竹荚鱼干，好吃着呢!"

"啊。您别客气……我带面包来的。"

"你也真外道得可以! 也罢，边吃边聊好了。"

这么着，两人东拉西扯地大聊起来。驹子也被对方的快乐情绪所感染，失去了开口提那件要事的机会。

客厅那边不时传来阵阵哄堂的笑声。

"今天来的客人可真够热闹的！是舅舅门下的弟子吗？"驹子不由侧耳倾听。

"哪里，是战后才开始的那个什么'五笑会'。一堆糟老头子在那瞎起哄呢！"

"五笑会？"

"哦，你还不知道？五百助想必清楚得很。……那个会真有点不好意思跟别人说，纯粹是个胡闹会！你舅舅担任什么会长。"

"研究什么特殊东西？"

"嘿嘿嘿，对了，特殊倒真叫特殊，研究嘛，当然也算是研究……"

"那，到底是怎么一种聚会呀？"

"好了，老实听我给你说！一听你就明白了。以你舅舅羽根田为首，加上附近几个神神经经的人，共是五个凑在一起。"银子舅母搔着头上已经显小的发髻说。

"里边不还有女的说话声吗？"

"噢，那是芳兰女士，一位已经去世的姓堀的企业家的太太。人聪明得很，能乐、茶道、南画，没有一样不会。丈夫原本就是五笑会成员，她算是继承丈夫的遗志加入进来的。当然，女会员只有芳兰女士一位……"

"那么说，她丈夫莫非是日本水力公司的堀先生？要是他的话，我和五百助倒见过一次。当时和一个十六七岁的公子哥儿在银座大街走路来着。"

"那公子哥儿怕就是隆文，现在已出息成蛮不错的小伙子了。堀先生同五百助的父亲很要好，五百助该是熟悉的。也不光是堀先生，所有五笑会的人，五百助都会认得。因为这会其实老早就有。二二六事件①发生以后，羽根田气不过，发起了这个会……"

正说之间，"咚咚咚咚"，敲鼓的声音从客厅那边传来。

"听，开始了！"银子咻咻笑道。

稍顷，"咚——咚咚、嘣——锵"，一阵胡敲乱打，但又进行得相当迟滞，就像一座钟缺少了润滑油似的。那大鼓和小鼓配合失调，各行其是，总还算可以忍受；而实在不堪入耳的是，钲竟来了个单出头，陡然拔地而起，笛子却又煞有介事地悠然一声长鸣，尾随追去，简直滑稽透顶。

"这哪成！"

羽根田舅父不无叹息的声调，显得格外认真。于是锣鼓声随即停止，腾起一阵哄堂大笑。

"好久没重操旧业了，怕也只能是这个水平。"长者的声音。

---

① 二二六事件：一九三六年冈田内阁执政时，日本法西斯军人在军国主义势力的策划和指挥下发动的武装政变事件，标志着日本进一步法西斯化。

"哪里，半个月前我还独自练习来着，没想到凑在一起就成了一锅粥！"这声音也不年轻。

"哎呀，都怪我不行。先生手把手教了我那么久，可这东西毕竟同能乐中的笛子吹法不是一码事儿……"说话的是个女子，声音虽然嘶哑浑浊，却又带几分甜腻。

"看起来，责任全在我这钲身上。本以为把家父那套本事全学到手了，不料真的上起阵来，全乱了套！"这声音听来最为年轻，是个男的。

"令尊大人那钲的打法，的确不同凡响。简直叫人怀疑他的本职不是医生而是这一行。不管怎么说，他的去世实为重大损失！"又一位长者开口了。

"所谓入门容易精通难，恐怕就是指钲而言。即使四色音打得出来，但那压住整个阵脚的微妙气势也很难得心应手，控制自如。这是因为，它还需要演奏者基本通晓其他乐器才行。在这一点上，作古的边见君可谓最佳人选……"

羽根田舅舅咬文嚼字，侃侃而谈，大不同于往日。

"我说先生，您开口闭口总是不离边见先生的钲，可堀先生的笛子也该提上几句呀！要不然，他在九泉之下也会满肚子意见的。"那女子又说话了。

"可是，只有堀君那笛子，即使出于情面也不敢恭维。那般不开窍的脑袋实在举世罕见。而且还十足五音不全……不过，他确实喜欢，像他那样乐于此道的人还真属凤毛麟角。况且还是一位真正意义上的绅士……"

"哎哟，一会儿捧上九天，一会儿踩下地狱……"

"五笑会的会员，没有一个讨厌的人。边见君也罢，堀君也罢，死的尽是出类拔萃的好汉！过去的例会，那才真叫人心旷神怡、出凡入圣呢！"一位长者有点感伤起来。

以上谈话，从客厅径直传到茶室。驹子大致明白了五笑会是怎样一种性质。

"老话休提，还是用嘴打拍子，再合奏一次，如何？咚咚锵、咚咚锵，咚咚锵锵咚锵锵……"

"呃，那该是神乐①吧？"

"说神乐要挨训的。听说那乐器就与神乐用的不同。他们搞的，得叫什么神社音乐演奏会或配乐和歌朗诵会才行。"

"我看是狂——欢——会！"

"可不是，就是那么回事！根本就算不得精明人干的正经勾当……"

"哎哟，瞧我瞎说的什么。舅父竟有如此闲情雅致，我真是一无所知。"

"也难怪，你嫁来以前就有的嘛！那时五笑会真够红火的。后来战争打起来，活动不成了。隔了好些年，直到最近才凑在一起。眼下这么叮叮咣咣的，的确让人心烦。不过刚开始那阵子，可不是狂欢会来着。那时叫作'笑会'。几个性情古怪的老头子，当然那时还不老，为了排遣美浓部博士事

---

① 神乐：日本民间祭神的音乐和舞蹈，有多种流派。

件引起的一肚子气，就组织了这个会来谈天说地。一来二去，常碰头的人刚好是五个。另外，我倒不清楚，又听说人的笑法只有五种。这样，就组成了'五笑会'。会员们都互相要好。有子爵菱刘先生，边见医院的边见先生，三星总工程师藤村先生，加上才刚提到的堀先生，还有我家那位。虽然都不同行，可非常情投意合，比亲戚还亲。就拿边见先生和堀先生去世时来说吧，就别提羽根田有多悲伤啦！男人间的交情，驹子，还真小瞧不得呢！"

"那么，这庙会音乐演奏，也就是配乐和歌朗诵是怎么回事呢？"

"那是羽根田的点子。除了他，谁还能想出这么好笑的主意！什么演奏会，其实就是把一个大鼓、两个小鼓、笛子、钲，正好五个人吹打的东西，当宝贝似的塞给大家。他那人本来就好事，还搜集了不少什么神乐唱片呢！"

"话虽这么说，可那乐谱能一下子都记住吗？"

"哪里——记得那么完整！可大家都蛮热心。请来一个叫长谷川的这方面的行家，跟着练习起来。开始时不让打那种大鼓，只是把稻草缠在一根粗竹筒上，一边用鼓槌敲，一边用嘴大声喊着：'咚咚锵、咚咚锵，咚咚锵锵咚锵锵……'一大把年纪还干这个，简直惨不忍睹……"

"不过舅父不是打得相当不错吗？刚才的鼓声就像他打的。"

"鼓也打，锣也敲，可最拿手的，还是嘴皮子上的大道理。"

"倒也不坏。这种年月里……"说到这里，驹子想起自己面临的命运来。

"哦？怪事，五百助离家跑了？"银子舅母当即收起笑容，"怎么搞的，你怎么不早说？就是为这个才来的吧？"

"嗯，那倒是……"

驹子觉得，自己拖到现在才说出专程来大矶要办的事，绝不是由于受舅母漫不经心态度的影响，而是因为她本身没有把五百助的出走放在心上。但她不便说出口，微微低下头去。

舅母并不知她的心理活动。

"驹子啊，你用不着太客气。这么大的事，怎好一直瞒到现在？要是一来就说，早把你舅舅叫出来了！"

"可我想，舅父好不容易热闹一场……"

"那算什么，顶多不就是狂欢会嘛！你等着，我这就去把他领来。"

"不，可以了。"

"可以什么！那么就跟我一起把茶拿到客厅去。我找个空子跟你舅舅说一声……"

银子赶紧收拾茶具，将算是大矶特产的一种馒头放在大花碗里。驹子捧着糕点盘，紧跟在银子身后走去。

从茶室到客厅，有一道直角檐廊。院子里杂草丛生，只有五六棵松树，可以听见春蝉的叫声。

"嗬，什么时候到的？"

舅父羽根田一看到驹子，马上动了动仙鹤一般瘦长的上半身，轻轻点头致意。他戴一副铜钱大小的眼镜，蓄一缕黑白各半的胡须，疏疏落落几根头发，使人联想到战前平沼首相那副尊容。

"才想起问，已经来好半天了！"银子替驹子回答。

"那好，就让她大大卖点力气，到厨房帮忙去好了……诸位，来介绍一下，这是我外甥媳妇驹子。怎么样，像个地道的才女吧？不仅对英国文学深有造诣，而且在酱腌咸菜的做法上也达到了升堂入室的地步。尤其在征服丈夫的手段上更是……"

"瞧您呀，舅舅……"驹子不由得微露娇嗔之态。

"啊，南村君夫人……"

"是五百助先生的太太吧？"

满座之人无不朝驹子扬起坦诚的笑脸。

"你要好好见识一下。普天之下的圣人，倾国倾城的佳丽，尽皆汇聚此处。首先，那边小鼓前神态飘逸的老绅士，乃旧子爵菱刈先生……"

舅父今天格外兴致勃勃，自鸣得意地逐一介绍起来。而对驹子，毋宁说是一场灾难。

如果我们将羽根田博士向驹子介绍的五笑会成员的情况一一补充完整，那么便如下面这样：

菱刈乙丸（年五十八）

旧子爵，旧研究会会员，日本畜犬保护协会前任会长。但是，贵族院议员也罢，犬场经理也罢，都是空头招牌。一生中唯以游玩为业。从围棋、象棋，到狩猎、棒球、高尔夫球，以至拈花惹草，全都达到登峰造极的水准。他是羽根田博士身居青山时期的邻居，五笑会创立初期的元老会员。天资聪慧，会演奏任何神庙乐器，且几乎样样技法娴熟，无可匹敌。今天操作的是高音鼓。虽然长得如木乃伊般干枯瘦小，但天庭饱满，不无王者之气。身着大岛产碎白点花纹布和服，披一件褪色的单层外褂，恐怕是近日手头拮据之故。

藤村功一（年六十一）

工学士，曾任三星重工业公司总工程师。为人耿介迂直之至，除参与演奏之外别无他好，尽管未受驱逐，但因自觉对战争负有责任而引咎辞职。现在只担任某电气公司顾问一职。对五笑会的东山再起，他比任何人都喜出望外。他同羽根田博士是高中时代以来的密友，同为元老会员。其一贯的角色就是低音鼓手，直至今日。练习固然热心，只是鼓技欠佳。今天穿的是深蓝色西服。

边见卓（年三十五）

在会里他最为年少，却又显得最为老气横秋。曾从亡父广太那里，学得一手击钲本领。此次自称继父遗愿，申请加入会中。其实与其说是喜爱这狂欢会本身，莫如说他更愿意沉浸在这会的气氛之中，离开尔虞我诈的昏昏尘世。他曾应征入伍，精神上由此一蹶不振。现为制药公司职员，但不时像今天这样将上班置之九霄云外。这恐怕也是因为托亡父之福而拥有该公司最大股份。穿一身色调庄重的西服，系一条近乎黑色的领带。

堀芳兰（年约四十五）

这女士对年龄守口如瓶，似曾一度沦落风尘，为日本水力公司专务堀大辅的续弦。丈夫是元老会员，喜欢弄笛而眼高手低。远在那时，她便常同丈夫双双出席五笑会，同会员交情甚笃。尽管胸无点墨，却专爱附庸风雅，学习茶道和南画，其目的恐也在于借此掩饰自己的俗物本性。然而自丈夫死后，便对这以往嗤之以鼻的狂欢会津津乐道起来，同时也成了一个肆无忌惮的半老婆子。听得五笑会恢复活动的消息，即以学过能乐管作为资本，自愿入会充任笛手。芳兰乃南画师傅所赐雅号，写信发函无不用之，而不署真名实姓。服装好赶时髦，今天穿的便是绛红底点缀朵朵樱花的衣服。浓妆艳抹，头发如旋涡般卷起，油光闪亮。眼睛频送秋波，开口喋喋不休。声音虽然嘶哑，口齿却很伶俐。常以儿子引为自豪。

以上便是在座会员一览表。

"请多关照……"

驹子低下头去。而心里却对满座过于随便的气氛不无气恼。

简直是一堆出土文物，没有一张面孔有半点现代理性之光！

　　瞧那破旧不堪、扎着红麻绳的鼓，瞧那活像药罐盖子似的钲！而这些人竟如获至宝，毕恭毕敬地将它们供在眼前，驹子目光冷冷地扫了一眼。

　　"驹子以后也抽身参加这例会好了！别以为只有贝多芬、莫扎特才懂得音乐真谛，其实我们这种演奏会才更能充分地、纯粹地表现音乐的神韵！"

　　对专门搬弄歪理的舅父，她今天甚至都觉得一文不值，索性不向他报告五百助事件算了！

　　"我说，你先出来一下……"银子给每人斟完茶后，向丈夫耳语道。

　　驹子同舅母刚回到茶室，舅父的脚步声便传了过来。

　　"怎么，不会有什么大不了的事吧？"舅父手扶矮脚餐桌，弓身弯腰，大概巴望马上赶回客厅才好。

　　"可不得了！五百助离家跑没影了！"银子压低嗓音。

　　"哈哈，五百助吧？本来嘛，这年头，当丈夫的几乎都恨不得离家远走高飞！"

　　"你就别那么没正经的了！五百助都整整一个星期没回家啦！"

　　"就是嘛，好不容易下的决心，不至于三天两日就回来吧！不过用不着担惊受怕，他迟早要回驹子那儿去的。"舅父不以为意地说道。看样子也并不是为了尽快回客厅才随口敷衍。

　　"我也那么想，但总得来跟您说一声……"驹子很高兴舅父这种态度。

"鸡毛蒜皮的小事就大可不必一一道来。是夫妇吵得不可开交吧?"

"啊,不过……"

驹子的自尊心不容人认为是夫妇对等的吵架。对方那种以为自己企图花言巧语嫁祸于人的口气,也刺伤了她的虚荣心。于是她一五一十说明了事情的"真相"。

"那么说,是驹子你叫他出去的了?"舅母惊魂甫定。

"还是再重复一次五百助那句话让我听听好了!"不知什么缘故,舅父若有所思。

"您指的是南村坦白说他没同我商量就辞职不干那句话吗?"驹子反问舅父。

"不不,我是说,关于辞职理由,五百助总该吐出一句什么警句吧?"羽根田一时记不起刚刚听过的那句话,皱起眉头问道。

"哎哟,他那人还能说出什么警句来!舅舅您听错了吧?"

"没有,没有听错。哎——那确实不像从五百助口中出来的类似名言的句子。这些日子不知怎么搞的,总是丢三落四的。"

"什么呀?他倒是说,近来对东京通讯社和现今社会怀有疑问来着……"

"不是这么平庸无奇的。"

"说到底,那疑问可以归结为什么个人自由,什么人的自由。这话他也不自量地说了。"

"也不是。这类陈词滥调，报纸社论上连篇累牍，好像说的是更为尖刻辛辣、一针见血……"

"这以外并没……只是还说过什么渴望自由……"

"对对，就这话！这话可听漏不得！"

"不过舅舅，这话连近来的小学生都会说呀！"

"不错！甚至小猫、饭勺子都会说什么自由啦，解放啦，在明治二十年前后的自由民权时代里，一部分知识分子就口口声声地喊过自由。那自由的内容，与眼下世道相比，说不同倒也有所不同。不过在机械地、人云亦云地搬弄自由两个字眼方面，其实毫无二致……"

"所以我想，南村说的自由也只是机械式的、人云亦云式的，并没有什么深刻含义。不过是拾人牙慧而已。"

"不、不是的。驹子头脑精明，这我一向钦佩。不过在这件事上，你我两人的见解似有天壤之别。"

"可我说舅舅，南村绝不是那种喜欢追赶潮流的人。就拿国民服来说吧，直到昭和二十年才好歹穿在身上……就是说，他的效仿能力差劲得很。"

"不过也很难说他就不是衷心喜爱才穿的。男人意志这东西，不妨视为几乎同时代潮流无关。虽说渴望自由这句话本身确属陈词滥调，但一旦从他那种人嘴里倾吐出来，我还是觉得如同警句般一语道破天机。"

"是这样的吗？"

"驹子啊，你结婚几年了？"

"九年。"

"可他在我眼皮底下已有三十五年了。驹子，一两个月他是回不来的，你必须做好这方面的精神准备……"

驹子没到四点就离开了羽根田家。

"家里没人，得抓紧回去。"

说罢，便告辞舅母出门。这不过是托词。家里再晚些回去也没关系，只是听不得"咚咚锵咚咚锵"那超现代式的怪响，连自己似乎都神经错乱了。再说羽根田舅父的满口说教显然是对自己的轻蔑。般般样样，全都无法使驹子这样的女子久待下去。

倘若不炫耀他那枯燥至极的诡辩，倒还是个好人！

对五百助那句痴人说梦般的只言片语，居然解释得神乎其神，这无疑是舅父的惯用伎俩。凡事都爱标新立异，耸人听闻，自鸣得意。虽说他天生如此，但周而复始地听起来，也难免令人生厌。诚然，同往日相比，今天显得分外认真，不尽是夸夸其谈。

如此说来，莫非还是出于骨肉之情？

驹子脸颊掠过一丝狡黠的笑意。

然而，她总是有一种快快不快之感，迈往车站的脚步也慢了起来。她突然想到海边去看一下。海风有好久没吹了，有父亲别墅的西小矶海岸也颇为撩人情怀。

一到照崎海滩，南风迎面吹来。江之岛、三浦半岛、箱

40

根山，描绘出青青的轮廓。她想起来了，看守别墅的老人曾这样说过：看得清远方景色的天空，第二天肯定有雨。

阵风频频，而海面却几乎水波不兴，浪花俯首贴耳。驹子紧挨水边往西走去。这一带，每当盛夏来临，浴场里用席子搭成的茶馆便栉比鳞次。每座别墅都有去光顾的固定茶馆，驹子家去的那家叫"伊豆松"。香甜的麦汤，竟是那样可口……

咳，发神经，想这些干什么！

生于嫁于资产阶级家庭的女子，有相当一部分在战争中家境衰微，因而变得敢于同现实抗争，而不愿发思古之幽情。而且自知倘若总是怨天尤人，势必自食其果。

于是，她对西小矶松林中别墅的变化完全丧失了怀旧情绪。几易房主也罢，面目全非也罢，与现在的她都毫不相干。

走到沧浪亭前的海滩，她打算转身回去。往右一拐，从沙丘上旋风般奔下两个城里打扮的年轻男女，让她不由得吃了一惊。本来以为这沙滩上尽是打棒球的顽童，不料沙丘竟出现了堪称情侣的男女。

"什么呀！窝窝囊囊、犹犹豫豫的，我顶讨厌这个！"

年轻姑娘怒气冲冲。上穿红色毛衣，下着淡青色进口料裙子，肩挂白色挎包。那发式，那化妆，驹子差点儿以为是有乐町一带的卖笑女郎。定睛细看，才发现额头鬓角分明透露出少女特有的青春气息。最近的年轻女性，就像一样形状的蘑菇似的，很难分清是少女还是少妇。

"所以我说，要去，去也可以。只是说回来时经过海滩，最好不要在海边散步，早些把东西送去……"

说话的小伙子，年纪轻轻，风度翩翩，看上去还是个学生，也是一身洋装：美国式的宽边软帽，上衣胀鼓鼓活像个球囊，扎一条女子外衣料做的领带，穿一条同是进口料的西裤，脚蹬红色马皮鞋——全身上下没有一件不是崭新的，同街里三三五五到处闲逛的年轻人无大区别。不过那张脸倒眉清目秀，如件象牙雕刻一般玲珑剔透，显得文弱而高雅，打架行骗之事，怕是绝对与其无缘。声音微弱，言辞娓娓。而且背着一个似很沉重的包袱，勉强跟在大步流星的少女后头。看这光景，他倒蛮像是个受封建制度压抑的女性。

"我不管那么多！你这人，活是个窝囊废！还有脸说呢，你压根儿就没想来海滩上玩儿！你今天兜里没钱是吧？没钱就痛快说没钱好了！我有的是，在海滨吃上一顿中餐也无所谓！"

"那哪成！怎么好叫你破费……"

"讨厌！装模作样，讨厌死我了！"

红衣少女大声说毕，几乎像要将胯骨拉裂似的在沙地甩开大步。小伙子满面窘色，急步尾随，只恨女方行速太快。

莫名其妙！

驹子弄不清两人口角的底细。不过首先百思莫解的，倒更是两人所用的语言①。若是英语，即使是相当冷僻的成语，

——————————
①……两人所用的语言：原作中，两人交谈中夹杂着很多任意由英语音译过来、尚未被一般人接受的日语外来语。

她以为也是难不倒自己的。但这两人口中出来的，都似乎与传统、规范的用法截然不同。这究竟算哪一国语言呢？莫非新时代日语自天而降不成？总之，驹子听得丈二和尚摸不着头脑，一时狼狈不堪。

俄顷，两人再次立定，继续用新日语展开论战。驹子早已忍无可忍，正欲侧脸从他们身边通过，不料小伙子两眼直勾勾盯住驹子的面孔，简直要盯出洞来。

"请问，您大概是南村阿姨吧？"

姑娘般的小伙子摘下宽边软帽，像遇到老熟人似的靠上前来。驹子不由吃了一惊，应道：

"啊，我是南村……"

"我没看错。对不起，差点儿错过去了。"

小伙子露出一口晶莹的小白牙齿，甚是惹人喜爱。刚才同女方吵嘴时拙嘴笨舌的窘态全然不见，舌头转动得如同抹了润滑油。

"恕我冒昧……"驹子怎么也想不起对方是何许人氏。

"哎呀，您忘了？到底咱是小人物。以前不是在银座有事见过一面吗？我，是堀隆文呀！"说着，小伙子再次摘下软帽，彬彬有礼地低下头去。

"噢，当时……"

但当时的事已经记忆依稀了。驹子脑海中即刻浮现出来的，不过是刚才在羽根田家听舅父介绍的那位独具一格的芳兰未亡人之子而已。在银座的见面，是五六年前的事。那时他还是个身穿中学校服的乳毛未退的少年，不可能在她头脑中留下印象。

驹子连忙客气地作答，同时不由得纳闷：男孩这东西，竟会这么快变得如此成熟。

"阿姨肯定是到羽根田先生家去了，我们也这就去。妈妈和藤村伯伯叫我们把礼物送去。因为是吃的，必须在天黑前赶到，所以乘一点零五分的火车，和藤村家小姐……啊，我来介绍一下，百合子，过来！"

独自滔滔不绝的小伙子，向年轻姑娘招了招手。

令她吃惊的是，刚才那般不可一世同小伙子舌枪唇剑的姑娘，现在判若两人，俨然电影明星出场致辞那样迈着扭捏作态的玉步迎上前来：

"我是藤村百合子，请多关照……"

那行礼的方式也很滑稽，只是微微躬身，头部却岿然不动。

父亲那么循规蹈矩，一本正经，而女儿却……

驹子眼前不由再次闪出在系带小鼓前正襟危坐的那位绅士慈眉善目的面孔。

"这么巧见到您！我俩正要到羽根田伯伯那儿把东西放下，然后到横滨玩去呢！阿姨也一块儿去好吗?"姑娘一见如故地向驹子说道。

夏日花开

五百助离开家已一个月了。

凡是估计丈夫可能去的地方，驹子都一一找遍了。东京通讯社当然也不例外。情况正如五百助所说，离家一个月前他就已经辞职退社了。社里的同事、京大要好的同学也都问过了，都说根本没见过他的影子。

当然，驹子东询西问之间，只字未提丈夫离家出走的事实。她不愿意别人把自己看成是为这等晦气事东奔西跑的妻子。况且，还要多少为五百助将来的信用着想。她只是在羽根田舅父面前如实说过，而对别人，一律巧妙地搪塞过去。

再说，她寻找丈夫行踪的目的，根本不是想把他领回，而只是要做到心中有数。弄清下落后，便可安然等待，等他落到山穷水尽的狼狈境地而灰溜溜地摸回家门。也就是说，她想作壁上观。

虽说如此，还是难免有点挂念：丈夫是身穿呢绒春秋装离家的，而现在骤然变得溽暑蒸人，他会不会成天大汗淋漓呢？衬衣和内裤只有随身穿的两件，眼下特体夏装恐怕还没有上市。于是她想象丈夫可能浑身脏得臭不可闻。倘若得知下落，她也并非没有至少送些衣物的恻隐之心，但转念一想，既然要教训他，还是置之不理为妙。

真的，他到底跑到哪儿去了呢？

按日期来说，早该回来了。无论如何设想，丈夫现在都只能精疲力尽地在归途中踽踽独行。他就是这样的人，绝不具备打持久战的能力。而若具备的话，那无非意味着她并不了解自己的丈夫。这使她气恼发火：难道天底下还有比自己更为了解南村五百助的人吗？！

最令她不悦的，是去大矶时舅父说的那句话："驹子，一两个月他怕是回不来的。"

驹子频频冷笑，瞧他说的什么，像个信口胡诌的算命先生！然而，看当下趋势，这预言竟要渐渐应验了。

难道真想一去不复返？

驹子对不在眼前的丈夫数落着，自然听不到任何反响。

好家伙！

既然你一意孤行，那就悉听尊便。

驹子所以产生这种心理，当然因为她以为丈夫是在默默同自己对抗。五百助至今有家不归，说明他并未走投无路。丈夫丝毫不知什么叫忍耐和脸面，一旦陷入困境，必然没羞没耻地回到家来。

出其不意，攻其不备。驹子不得不正视这样一种现实：说不定有一个她尚不知晓的替身武士，在保护着丈夫使其太平无事。只有这样设想，方能解释眼下现实。同性也罢异性也罢，反正有此一人无疑，而她却完全蒙在鼓里。果真如此，则只能在她心中又种下一颗不快的种子。

总而言之，这是一种反叛行为，显然有意同她针锋相对。朝夕相处的九年时间里，从未有过如此大逆事件。而现在丈夫却毅然决然铤而走险。

说不定他已蓄谋已久！

单凭那一声"出去"，他就当场扬长而去，这点着实可疑。

"是这样的吗？"丈夫只这么应了一句，便戴上帽子一去杳然。莫非他静等时机成熟来实施那处心积虑的阴谋不成？莫非他一切都已准备就绪不成？而且一个月之前拿到手的退职金绝口不提（当然，抽屉里留有一小部分）。如此综合想来，其狼子野心便昭然若揭。

图谋不轨！

她不认为自己神经过敏。

欺人太甚！

什么要求没得到满足而闹起革命的？对五百助来说，所有家庭条件不都得天独厚、十全十美吗？这同一周工作三十小时、衣食住全由公司免费提供且绝无解雇威胁的工人进行

48

罢工游行有何区别?！同吉田内阁寻求苏联政府支持的奢望简直如出一辙！所谓贪心不足、得寸进尺也不过如此而已！

我的忍耐也是有限度的！

驹子绝不是近来才对妻子自由或妇女人权这类说法产生共鸣的。战前她就读过《查特莱夫人的情人》①一书，并非今日才如梦初醒。不管怎么说，作为一个日本女性，确实对战后的变革欢欣鼓舞，新宪法也正中下怀。加之报刊到处泛滥，某些夫人、少女放荡不羁行为的描写，亦曾不时在她心底掀起激动的波澜，从而对一味脚蹬缝纫机的生活感到愚蠢至极，但自己却一直默默忍耐。其实这无非是对五百助的宽宏大量、大慈大悲，即出于善良的母性感情。不料现在好心没得好报！

既然如此，我也自有良策！

驹子心生此念，恐怕也是理所当然的。

"您好……不打扰您吧?"

堀芳兰之子一边手擦额头汗珠，一边走入院来。

这是第二次来访。

"哎哟，是隆文，快进来！打扰什么，没关系。"

驹子正把罗斯福夫人的一本横排版英文书从书架上立起，站起身来。

---

①《查特莱夫人的情人》:英国作家劳伦斯的长篇小说。小说通过女主人公康妮同护林人梅勒斯相恋私通的事件,描写了一些性爱场面。

"今天是邀请您来的……"

"哪里？电影？"

"不，法国服装设计展览。我想对阿姨可能有点参考价值……"

"谢谢。在哪家商店？"

"不在那种公共场所。在银座的日法画堂，只给特邀的人看。我弄到了一张票。"

"噢。下午也可以？进来坐会儿怎样？"

"好，那就不客气了。"

近来的年轻人根本就不再客气。驹子家没有大门，便在窗外窄廊里脱下皮鞋，露出一双红蓝条纹相间的袜子，甚是显眼。

"阿姨正忙着吧？真叫人羡慕，我的英语要是能呱呱叫就好了！"

"瞧你说的，我也是半瓶子醋，不过硬是喜欢罢了。百合子小姐，近来可好？"

"老样子！那丫头，不知怎么脾气那么糟！真有点吃不消！我……叔父还出差吗？"

"嗯。要好长好长时间，半年回不来也说不定。隆文，喝茶吗？要是光吃巧克力你不见怪的话，我这儿倒有现成的……"

如此不知不觉之间，驹子同隆文这位青年消除了隔阂，但读者大可不必为此惊讶。

从大矶回来途中，也是由于心乱如麻，驹子不由自主地顺从了两位年轻人大方的邀请。

在横滨下了火车换汽车，到南京街一家简陋的木板棚小食店吃了一顿云吞。两人说这是横滨最好吃的云吞，所以把驹子领来。钱款是由驹子付的。她不忍心让那还是孩子般的隆文掏腰包。两人于是对驹子大为感激，把世间对待姐姐、对待阿姨那最美好的感情一股脑儿奉献给了驹子。

由于得到信赖，驹子从两人嘴里得知了各种各样的事情。诸如隆文和百合子是因双方父母之命缔结婚约啦，而两人要对这种封建残余兴师问罪啦，要彻头彻尾相互尊重自由啦；以及百合子的父亲是个顽固不化的老古董啦，而隆文之母又是战前式虚荣和反科学精神的化身啦；百合子如何不喜欢自己名字所具有的日本式感伤味道而自称为尤丽·藤村啦，等等，不一而足。

在这两个对一切都极尽讽刺挖苦之能事的年轻人面前，驹子只是报以长辈式的善意的微笑。虽说一个晚上便同他们融洽起来，但这并非由于两人一口一个阿姨亲热叫她。毋宁说她的心情反而笼罩在迄今未曾体验过的寂寞感之中。

她这位女子，从来没有对自己的年轻产生过怀疑和不安。她没有生过而且也不想生孩子，这想必可以说是她要尽情享受青春欢乐的证据。她一向确信自己全身上下充满青春活力。之所以这样，是因为她比丈夫、比朋友，以至比其他任何人都对时代的发展具有丰富的知识和敏锐的感受。她以英语这一锐利武器迅速了解到杂乱而新奇的外国精神产品。虽说不似日本批评家那样闻风而动，但作为一个平民妇女，足以算不失时机的了。而且她还觉察到，那些女作家和女社会活动家之流，尽管声名赫赫，但其头脑却意外陈旧僵化，从而对默默无闻的自己颇有自负之感。她自以为经常在时代大海的风口浪尖上昂首阔步。事实也确系如此。

总而言之，驹子整个身心充溢着青春气息，这是她自信心的源泉。视丈夫若敝屣，恐怕也与此不无关联。那五百助，仅就体格来说，也同时代潮流格格不入，而驹子却是事事与日历比翼齐飞的。

尽管如此，同隆文、尤丽在横滨街上仅仅走了不到三个小时以后，驹子却奇怪地腰酸腿痛起来。到底比不得这两个人，但她绝不愿甘拜下风。

咳，这小战后派果然小觑不得！

那尤丽吃云吞的方式，简直令人目不忍视。两人的言行举止，可以说一无是处。

但驹子不能不承认这两个狼吞虎咽的年轻人恐怕就是所谓新时代的代表。

两人不可思议的言论，不可思议的举止，不可思议的异性交往……驹子本以为自己同五百助的夫妻关系已经够异乎寻常的了，但还没有尤丽和隆文那般出格离谱。虽说两人尚处于恋爱阶段，却没有一星半点互敬互爱的表现。驹子一开始还曾鬼迷心窍似的对五百助满腔痴情，而尤丽则完全是一副无所谓的神态。隆文那方面好像也并未拜倒在尤丽的石榴裙下。虽然如此，两人关系又无什么波折，似乎各得其乐。至于个中奥妙，驹子茫然不得其解。

然而，感觉敏锐的驹子清楚地意识到，这不解其妙之处，才正是新时代的摇篮。一叶落知天下秋——她不禁产生一种凄寂之感。

不解其妙而又心往神驰，这或许便是驹子这类女性注定的命运。不过，当大约一周前这位战后派青年到她这蓬荜茅舍贸然来访时，她还是略感新鲜和惊讶。

"到多磨墓地给父亲扫墓来了。母亲命令的……"

隆文几步跨进廊内。横滨归途中，隆文问及住址，驹子告诉与他，没想到他居然设法找到这难以打听的地方来。这天隆文穿的也是校服，同过去在银座见到时一样，显得天真烂漫，没有引起驹子任何警觉。

隆文坐在窗外窄廊里，大约聊了一个小时，然后回去了。但这一小时时间，已经给近来渐觉无聊的驹子以相当大的慰藉，同时也充分修正了在横滨三个小时里对隆文的不良印象。

驹子的直观感觉并无差错。毋庸置疑，隆文是新型人种，属最新产品。尽管他身上缺点所在皆是，诸如不可信赖啦，毛手毛脚啦，浅薄轻佻啦，不求甚解啦，寡廉鲜耻啦，没有男子气啦，但不能不使人感到，他具有塑料或尼龙制品般新的光泽和触感。驹子经常摆弄手工艺品用料，这方面的鉴赏眼光远在一般人之上。

在同隆文、尤丽的交往当中，她已经体会到了同新时代接触的乐趣，并打算继续下去。当然，不能断言她内心全然没有企图以此来洗涤自己那似已发霉的迂腐感情的自卑感和私下打算。

因此，当隆文在相隔十天后的今天再次来访时，她虽然有些愕然，但并无厌烦之感。

"既然你特意跑来找我参观展览会，那么我来请客也未尝不可啰！"

驹子快活地说道。刚才本来打算做午饭，现在却厌倦起来。这些天吃的清一色面包，总不至于再拿它招待客人。于是她想来个一举两得：既请年轻人的客，自己也补充一下营养。

"那太好了，太太！"

那声音果然像喜出望外。近来的小伙子非常喜欢由年长的女性请客，但驹子的研究还未深入到如此地步，觉得隆文像个孩子似的单纯可爱。只是那称呼有些刺耳：以前一直叫阿姨，突然间改成了"太太"。

"反正要去银座，就在那一带吃好了。我换换衣服，你稍等。"

驹子站起身。只有两个房间，总不能开着槅扇更衣。

"对不起……"可以移动的槅扇"嘣"一声合上了。

用不着穿去尤矶时那最好的衣服，只换了一件类似第二棒球手身上那种短袖衫，再次照了照镜子。

"久等了!"

刚要拉开槅扇，糟糕! 没有完全吻合的空隙中闪出隆文的脸。

看见了不成?

瞧他那故作镇静的神情，分明是窥香觑玉的证据。但驹子并未特别面露赧色。这与其说九年的婚后生涯已使她无甚顾虑，倒不如说是由于她没有将对方视为成年男子。

"好了，走吧!"

驹子关上玻璃窗，从里面出来。这天她第一次穿上了夏令白色凉皮鞋。

到车站有一段很长的路。清风徐来，到处绿波起伏。

"你那衣服，布料像很特别?"

到底是男的，并肩走时，比她高出了两寸。只见他下身穿条肥大的褐色短裤，上身着一件既不是棉麻又绝非法兰绒的上衣，于是驹子问道。当然也不是非知道不可，只是因为到外边以后，隆文突然变得一言不发，驹子才主动搭话。

"啊……"隆文含糊其词。

据尤丽介绍，隆文将从母亲手里死乞百赖讨得的钱全都用来做了衣服，此外分文不肯乱花。而且对衣帽鞋倍加珍惜，自己动手刷洗，哪怕有一点点污痕，都要马上用挥发油擦拭干净。

奇怪的是，对服装如此留意的男子，居然对驹子这方面的问话不愿做出反应。

"怕是鲨皮布之类吧？"

"啊，是的。"

"这是今年的流行布料。你真会赶时髦。近来的大学生，全都这样？"

"啊不……"又是半截话。

那般口若悬河的人，为什么一反常态呢？显然，隆文局促起来了。

难道同我一起走不好意思？

驹子心中不无快意。但他经常同尤丽压马路，不该如此羞涩呀！

那么说是因为那个？

当时驹子浑身只穿一层马甲，因不知有人窥看，做了好几种姿势。而透过槅扇空隙偷看的他，是否还在道德上隐隐不安呢？

嗨，这点事儿何必介意！

驹子不免有点瞧不起这个小战后派来。如此思考之间，来到站前大街附近。

国营电车正是人少的时间，两人得以并排坐下。同时也正因为人少，以致两人完全暴露在众目睽睽之下。

会把我俩看成什么呢？

驹子饶有兴味。隆文同自己年龄相差近十岁，如果像是姐姐领弟弟出门，该不至于引人注目才是。那么说……

随着临近市中心，站着的人多了起来，注视两人的乘客也减少了。及至在有乐町东口下车时，人们自顾自地拥下车去走开了。驹子倒不由得怅然若失。

再无人投以目光了？

虽说对方还是个黄口孺子，但她希望自己在别人眼里是在同一个像样的男子汉一起在银座漫步。

"哪儿都行，只管领到你知道的地方去好了！"驹子挨近隆文身边说道。

实际上她也不大清楚战后银座的饭店是怎样一种情景。手工副业用的布料和纽扣之类，她有时来买过，但一般都不吃饭。即使非吃不可，也必定在以往熟悉的资生堂。近来一些考究的饭店相继出现，但那呆头呆脑的丈夫一次也未曾领她光顾过。进那种饭店，还是同男子结伴才心里坦然。

"这个——是去饭菜好的店，还是去方便说话的安静场所呢？"隆文俨然成年人说道。到银座以后，他显然恢复了兴致。

"饭菜好，又安静……"

驹子知道，那类饭店肯定价格昂贵。但她今天决心尽情欢乐一番。反正本来并未指望的五百助退职金的剩余部分还一点也没动呢！

通过数寄屋桥的横路时，隆文毫不犹豫地将臂肘朝驹子这边支过来。既像是出于礼节，又像是别有含意。驹子没管那么多，伸手搭在上边。于是，一对情侣形象旋即出现在光天化日之下。

过得横路白线，隆文依然没有放下胳膊，驹子也无端赌气似的保持着情侣造型。然而，任何人都没有回头回脑打量他们。恐怕是十人中便有如此一对的缘故。

她又感到一阵悲哀，就像一名未曾引起观众青睐的演员一样。她为什么想要扮演这种角色呢？意在招徕何人呢？

那呆子未必在这一带走动吧？

她想起了五百助。穿过电车道，跨进一家招牌上横书"波特尔肖卡"的西餐馆时，她实在担心丈夫的眼珠落在自己的脊梁上。

饭店里边的墙壁涂成蔷薇色，间以灰色和淡青色花纹，即所谓劳伦辛三色版。四周摆着针叶树盆景，似乎有意烘托出一种温馨平和的气氛。这也难怪，眼下银座街上几乎都力图回到战前光景中去，并且初见成效。

"嗯，阿姨，这家饭店还舒服吧？"隆文熟练地用刀子拨动着正餐前的小菜，开口搭话。

"不错。"

本来，驹子希望找一家更为豪华、更有冒险意味的饭店。若这般模样，战后的银座也不过尔尔，外国小说中描写的那种"包厢"气氛和派头，简直荡然无存。并且不知什么缘故，刚才手挽年轻男士一同走路的浪漫情绪，一进门就凉了半截。

或许是因为看谁都不顺眼。当然，男侍还是乖觉的，放下盘子就马上快步离去。

"能在大矶见到阿姨，太叫我高兴了……"

隆文放下刀子，双手在桌布上交叉一起，从正面向驹子微笑着。那是一种讨好的微笑。孩子对大人，女性对男子，往往都是这种笑法。

"真的？为什么……"

驹子看着隆文的手指。那手指不停地动着，又细、又白、又滑腻，活像一种什么糕点。虽然没有涂红，但那修剪得整整齐齐的指甲，显然加工磨过。接着，她眼前闪现出五百助那活像一条硕大无比的飞蛾幼虫般的手指来。香烟被他用两个指头一夹，竟小得那般可怜巴巴。想着，她感到滑稽，脸上浮起笑容。只听隆文热诚地说：

"十六岁那年，我第一次见到阿姨。大概是在大德前，或千疋屋前面……"

"你还真好记性。"

"那当然……我可忘不了。那时候，阿姨穿一套非常漂亮的西装来着，深绿色的……"

"是吗？"

"别提有多迷人了！老实说，我真羡慕南村叔叔……"

"哎哟，你还真够早熟的！"

"十六岁那种年龄，想的事可多着呢，只不过大人们不知道罢了。"

"瞧你，说到哪里去了……不过，能给你那么深的印象，也真算荣幸。"

"打那时候起，我就喜欢上了比我年纪大的女性。"

"这——你那时才十六，在你眼里，差不多所有女的都比你年长嘛！"

"不不，即使在二十一岁的今天，这种倾向也有增无减。我想这可能出于一种圣母崇拜心理。当然喽，并不是任何一位年长女性我都喜欢。我理想中的是……"

男侍端上鱼盘。

隆文对自己理想中的女性，就像警察叙述犯人长相似的说得惟妙惟肖，而这一切又都同驹子的相貌和身段正相吻合。

"一点不错。阿姨可以说是棕色皮肤吧，简直恰到好处，正是非您莫属的感性的体现。还有，您那巧克力色的、银河般若隐若现的、微乎其微的斑点……"

"怕是指雀斑吧?"驹子慌忙用手捂住脸颊。

"嗯，噢……不过，要是没这雀斑的话，我那理想肯定破灭了。阿姨，凡是智育高的女性，保准都有、都有这雀斑……"

驹子想，对方若是一时逗趣，未免欺人太甚；若是真心实意，则又可笑得无可作为对手。但不管怎样，隆文的语言越来越热烈动情了。

雀斑受到赞赏，有生以来还是第一次。

驹子暗暗觉得好笑。自己终年引以为憾的缺陷，从如此角度大得夸奖，她感到又是狼狈又是欣喜。

总之，隆文的一言一行，对她是个崭新的世界。得到这一世界男士满口的甜言蜜语，确是破天荒头一遭。同五百助结婚之前，也曾有人向她表白爱慕之情，但那是出于男女对等的立场。而这隆文居然俯伏在她裙下，眼巴巴地向上望着她，用宛如女子般的柔声细语对她如泣如诉。十八世纪的西洋贵妇，恐怕就是如此被年轻男士悄声求爱的。

"我在等待着这一类型的女性。为了她，我准备奉献自己的整个一生。所谓幸福，莫过于此吧！"

"也许是的。不过我认为能够同你情投意合的，还是百合子那种类型的……"

"您是说尤丽？那女孩简直是个神经狂，是尤丽·狂风！除了疯疯癫癫，吵吵闹闹，别无他能！一落到她手里，我都变得鄙俗不堪了！"

"别那么说，你们不是同时代人吗？和自己同时代人相互平等地互敬互爱，那才是最幸福的呢！"

说着，驹子想到了五百助。同那种倒行逆施、聚世间一切不谐调于一身的时代落伍者相结合的自己，在理论上可谓不幸之至。

"不过，我的想法截然不同。什么同时代人，乏味得很，没一个正经货。什么男女同权，纯粹是那些乡巴佬的瞎叫唤。我却是女性崇拜者，而想让她指导自己的一生一世。我非常非常清楚地知道，受那种指导该是何等的幸福！真的，阿姨……"

男侍端肉盘上来。

吃罢走出饭店，两点已过。消磨了这么长时间！提起饭菜来，只是那餐具像模像样，而竟不容分说地被掏走了四千一百二十五元，驹子甚觉心疼。

但隆文乐滋滋地眯缝着眼睛。被自己赞美的女性大请其客，于他似乎是无比的快事。请客是她能力的外观形式。隆文之所以赞不绝口，未必是由于过高估计驹子的财力，而怕是看中了她的慷慨大度。

"我，真是太高兴了！"

年轻人满面诚恳地表示感谢。这一来，驹子便想忘掉那几乎囊空如洗的隐痛了。

随后两人来到日法画堂，参观了作为目的而来的展览会。虽然其中混杂着去年一度流行过的样式，但毕竟是巴黎专家独具风格的创造性设计。驹子出神地看着。她惊奇地发现，设计者的意图并非仅仅在于猎奇，而同日本人固有的追求新颖漂亮的心理不无共通之处。

不过，对自己的缝纫副业还是谈不上什么启发。

精明的驹子，一眼看出这些设计样式到底同日本的服装现状尚有一段距离。

走出画堂，再无事可干了。

"阿姨，您这就回去？"隆文意犹未尽。

"你知道，家里还那么空着呢。"

"那我送您，送到家门口。"

驹子费了很多唇舌，死活劝隆文答应送到东京站口为止。

"阿姨，下次什么时候赏脸？"

"阿姨，给您去信行吗？"

到八重洲口之前，隆文一路上呼吸急促地问道。他战战兢兢，畏畏缩缩，生怕马上到站分手，一副凄清可怜的样子。

不好，这可危险！

然而，驹子按捺不住想领略一下冒险滋味的心情。看起来，这位青年在任何情况下都会百依百顺的，因此达到极限时再说服他也为时不迟。而她这方面，丝毫没有为此想入非非，无论何时都进退自如。类似这种经历，她也是第一次，可谓机不可失，失不再来。这确实是一种饶有兴味的游戏。如此想来，这新时代既曾使她陷入窘境，又使她在世人眼里依然青春常驻，顾盼生辉。

她觉得心潮荡漾。

"只要你愿意，什么时候来玩都可以。信嘛，当然……"

说到这里，她发现一个庞大身躯的背影从河岸大街朝银座一丁目那边拐去。驹子"啊"一声止住脚步，但背影已不复见了。大概是幻觉，五百助断不至于有那样快捷的动作。

情海来风

天气明显热了起来。

五百助依然未归。驹子虽然确信他早晚总要回来，但估计眼下无望，决心自守空房。好在近来忙于《罗斯福夫人言行录》一书的翻译，既多少冲淡了对丈夫的怨恨心情，又增加了经济收入，实为一桩难得的美差。而且五百助不在，整个上午都可以埋头于译事。

的确，丈夫不在是对妻子的解放。虽然丈夫在时她也对他颐指气使，但还是不在时更为自由自在。日本国为妻之人的负担，便是如此沉重。

实际也是这样。在日本，最划不来的就是当妻子这一职业。那种奴隶式妻子自不用说，即便像驹子这样说一不二的专制夫人，也还是有难言之隐。母蜂王还要兼工蜂——昆虫世界也无此现象。纵使平素气焰嚣张一点，到头来又有何得呢？不久五百助回来时，即使揪住脖领厉声斥责一番，也不过一时开心解气罢了。尔后等待她的又是什么呢？

从此分道扬镳也许是理智的！

这以前，她非但未想过离婚，而且认为那是一种屈辱。但她又不能不承认，丈夫不在两个月时间的现实，使她学会了很多东西。并非她对丈夫没有爱情，不过是对自身的爱情略有增加而已。任何妻子身上，都有着某种不宜公之于世的心理。

只是，当下杀出一个叫隆文的青年来，没日没夜投以尺素，一周一次登门拜访，明目张胆倾诉恋情。但这同她分道扬镳之念并无关系。不管怎么说，隆文还仅是个乳臭未干的愣头小儿，其小生式的大献殷勤精神固然新奇有趣，但毕竟不足以掀起心海情潮。

她之所以好生接待隆文，可以说是出于消闲解闷；同时也可以说是对于可能陆续粉墨登场的男士队伍的开路先锋所表示的一种敬意。倘若她一旦挣断羁绊而成为自由之身，则眼前势必一展通途，风光无限。再没有比未来这一字眼更令人心醉神迷的了。

向自由进军！

这富有诱惑力的声音，近来不时在她耳边回响。在挂念五百助是否有夏令衬衣的同时，她也想到民法修改一事。那修改案上有条规定：配偶一方生死不明达三年以上即可离婚。而五百助尚差两年十个月。当然那规定还有一点，即被配偶恶意遗弃时应如何处理云云。但五百助是否出于恶意离家出走，且是否遗弃驹子，都还是个疑问。毋宁说，他倒可能是被遗弃的一方。

新民法也并无什么新意！

　　　　别后情况如何，颇以为念。请依下列地址乘车前来。专此拜托。

　　大矶舅父寄来这样一封信，上面画出了麻布霞街藤村功一家的地图。这位藤村，即尤丽之父，为五笑会会员之一。想必本月例会将在那里召开。因是骨肉之情，舅父难免挂念五百助。但也只是趁五笑会例会之机顺便面见驹子而已——这在字面上已一览无遗。不愧是大矶舅父所为。

　　驹子吃罢早饭，离开家门。所去之处因是五笑会，她无意多加打扮。身着一件用越后布改做的连衣裙，脚穿一双白色短袜。然而这种随随便便的装束，在驹子身上反倒显得得体——她本人似乎尚无察觉。

　　在信浓街站走下国营电车，换乘东京都营电车之后，车厢狭小一角有个男子向她脱下帽来。只见他手拿上等巴拿马礼帽，身穿浅色笔挺的麻料西装。

　　"啊，您是边见先生吧？上次真是失礼了……"驹子猛然想起，他就是去大矶时舅父介绍过的击钲手。

　　"天气陡然热成这般模样……今天驾往何处？"

　　这男子说起话来慢条斯理，而又振振有词，恐怕是受英国教养熏陶所致。满电车之中，唯独他一人颈扎领带，手提手杖，而且手套雪白。

"去藤村府上拜访。羽根田舅舅来了封信……"

"噢，那就是同路之人啰！我也前往出席例会。从那次算起，今天是第三次会。"

"想必很有趣吧？不过，您不觉得傻里傻气的？"对方年轻，驹子想一吐为快。

"这话从何提起……同音乐本身相比，我更向往那里的空气。在当今日本，空气最为平和之处，恐怕唯有那个会吧？"

"要说平和倒是一点不错，可我总觉得不符合社会潮流。假如为了追求隐士那种消极的一己之乐……"

"我所说的，仅仅是空气而已。噢，听说夫人对英国文学有相当精深的造诣，那位叫梅瑞狄斯的作家很有名气吧？鄙人对文字一窍不通，但他写的《利己主义者》那本小说倒是爱不释手……"

边见卓似乎不喜争论，把话题转到这方面来。

看来，边见卓是很有教养之人。

"我不过是一知半解……"说罢这句前言，他便就音乐、美术高谈阔论起来，对当前时事问题也发表了令人折服的意见。

美中不足的是，他的教养具有强烈的保守味道。关于艺术的见解，也似乎只是以战前学得的知识为基础。驹子一提起新的美国作家，便一味吹毛求疵起来。

　　然而，两人却谈得津津有味。到站下车往藤村家步行之间，一路上几乎从未住口，而且边见卓走路时始终注意不超越驹子半步。由此想来，下电车时他也训练有素地做出搀扶女士的礼节性姿势，而丝毫没有隆文那种矫揉造作的夸张举止。很难想象这种人会参与什么狂欢会。

　　驹子感到边见这位男士身上有一种深不可测的底蕴，可谓货真价实的文人雅士。

　　这么着，她每接触一个男性，便不由暗暗同五百助加以比较，这已成了她近日的习惯。正像将隆文那纤弱、白嫩的手指同丈夫的相比一样，现在她又将边见那深厚的教养、周到的礼仪以及整个优雅的风度同五百助进行对比。

　　咳，提起那窝囊废来……

　　尽管年纪相仿，但教养和礼仪却有天渊之别。她仿佛觉得，凡五百助一无所有的，边见无所不有。而且不光是教养和礼仪，例如在金钱方面……

　　听大矶舅母透露，边见好像收入相当丰厚，和芳兰女士同是五笑会两大财阀。驹子婚前本来是用金子堆起来的少女，同金钱有着不解之缘。而眼下那钞票却对她敬而远之，令人好不气恼。她之所以甘愿嫁给南村家，原因之一便是那里吃穿不愁。当上富家夫人，潜心研究一点自己喜欢的英国文学，那真是神仙日子。如今却给缝纫机、手工艺品累得头昏眼花。事与愿违，初衷安在！

"若您得便，光临一次如何？我那地方倒是偏僻……"

既然没用"寒舍"字眼，想必该拥有一座颇为气派的住宅。

"谢谢您。一定会去打扰的，也好看望尊夫人……"

驹子想，即使从寻求一位富有教养的谈话对手来说，同边见交往也是不无益处的。

此时，边见用带感情的声音说：

"您说我内人吗？内人刚刚动身去富士见那边……"

"那么说，夫人玉体……"

"嗯，要在那边持续疗养一年之久。"

"就是那家。"

当边见手指藤村家那俗不可耐的混凝土围墙之时，谈兴正浓的驹子很觉扫兴，边见似也同感，但已无可奈何。

"噢，欢迎欢迎！羽根田君已经到了。"

藤村夫妇迎出大门口。夫人看起来当过教师，满脸一本正经的神情。

"这地方不好找，大概……"

"啊不，承蒙边见先生带领……"

夫人将两人引入二楼客厅。建筑虽无甚特色，但比羽根田舅父家宽敞一倍，室内装修也好。

"竟叫男人等女人，岂有此理！"

靠近壁龛坐着的舅父，依旧用玩笑代替寒暄。他穿一件早已过时的羊驼呢黑上衣，解扣开怀，边摇扇子边向邻座隆文的母亲搭话：

"聚会这玩意儿，还是先发制人为佳。就是说，得先让别人等着。女士，您的经验如何？"

会员尚未到齐，估计芳兰女士和羽根田是最先报到的。

"我可不！先生，那种事我是最做不来的。"身穿大方格上衣的女士，口上回答得还算客气，而那目光却透出凶气来。

"谦虚之至，佩服佩服！承蒙堀君生前赐教，我因之无所不知。据说某一大雪纷飞之夜，堀君一边静等女士……"

"瞧先生您，总是拿人取笑……"芳兰女士虚晃一枪，转向驹子，"啊，太太，现在道谢已经晚了。听说，您前几天在横滨让隆文美美大餐了一顿……"

听得对方如此客气致谢，驹子满脸飞红。好在对方只提横滨，那么银座之行，估计隆文未曾向母亲泄露。

"提起那孩子，太太，纯粹是个胆小鬼！至今还没有单独到饭店吃过饭哩！还说准备请太太教他英语，劲头憋得可足呢！敬请日后多多指教……"

经这一说，驹子直觉羞愧难当。幸亏羽根田发来援兵解围：

"驹子啊，不光英语，将来如何当丈夫的学问，也务必马上灌输才行。那样，藤村百合子也有个活路。"

众人大笑。羽根田愈发得意忘形：

"驹子这名女性，那贤妻与恶妻的分寸把握得最为恰如其分。作为日本女性，实为不可多得的存在。如何，指教一下这一代年轻人可好？"他对边见君说道。

"啊，务请不吝赐教！"

边见的回答既有玩笑意味，又不无真心实意。他好像确实对驹子产生了兴趣。

"可我说，那菱刈君怎么还没驾到！贵族遗老这种东西到底拖拉成癖！"

说话出其不意，乃羽根田的天性。即使和自己的妻子，也未曾平心静气地聊过家常。

"规定的时间还没过多少。再说我这里只有鼓架，菱刈君还要把大鼓从家里搬来，难免要耽误一会儿。"主人藤村耐心抚慰。

"那么，先来上一段《四丁目之珠》①如何？手痒得不行！"羽根田孩子般地摩拳擦掌。

"舅舅，我……"驹子再忍不下去，开口说道，"我是接到您的信才来拜访的……"

"噢，对了对了。驹子是为这个才来的。也罢，怎样，到别的房间谈谈好吗？"

"啊，那当然求之不得。"

"不过，你我两人又不是搞什么倒阁阴谋……席间诸位也并非外人，大可不必窃窃私语。"

"哦？可……"

————————

①《四丁目之珠》：曲名。

"喂，诸位，现在发生了一件海外奇闻：南村五百助离家出走了！当然啰，说被驱逐出境也许更为确切……"

驹子大吃一惊，无奈木已成舟。羽根田自己不愿保守秘密，因此将驹子的脸面也完全置于不顾。

"这，这这……"

"依老夫之见，五百助不过是请一种假罢了。纵是我等老朽，有时也感到不无此必要。啊哈哈哈！不过，面临如此局势，为妻之人如何是好？我看单单一方休假，另一方势必无聊，因而妻子也不妨如法炮制……"

"舅舅，您就少说几句好不？"

驹子微露愠色，打断舅父的话。她觉得自己成了被人用来开心的玩物。

"不，驹子，还是好好聆听一下诸位的高见为妙。菱刈先生暂时尚未光临。这几位先生，在当今日本，可谓无不是具有雄才大略的各方名流。毫无疑问，诸位会向你提供万无一失的真知灼见。驹子你有必要虚怀若谷，洗耳恭听。"

事已至此，驹子只好听之任之。往旁边看去，只见边见微微颔首，抛过同情的视线。

"我想谈一下理性，唯有理性方能圆满解决一切家庭纠纷，除此别无良策。当然，也有时未必解决得尽善尽美，但绝不至于带来不良后果。我相信，至少比感情用事容易息事宁人……"

驹子万没想到，如此诚意拳拳打响头炮的竟是藤村功一。

本以为此人寡言少语，谨小慎微，不料却一马当先，奋然出阵。意见内容本身，甚是平淡空泛，毫无可取之处；而其态度坦诚磊落，并未给她以不快之感。

这五笑会之人，果然独立孤行，不同凡响。

"话是这么说，但男女之间这东西，好多时候很难适用同一种尺度。"芳兰女士稍微整理一下和服后领，启口说道。

"那是因为女士您用的是原始量器。而若选用精密的计算尺，不可能计算不准确。诚然，所谓准确也只是科学含义上的准确，而并非绝对准确。我辈也不是为寻求绝对而降生于世的。"藤村上来了学究气。

"我是说不大清楚，不过理论这东西，只能敷衍一时，死活抱住这东西不放的，除您别无他人。远在神话时代，女人之心就是非常妙不可言、深不可测的。'宁养八个孩子，不养一个女人'这句俗语便是由此而发的。我想这也并不算对女人的攻击。"芳兰女士似倾肺腑之言，寸步不让。只是态度要比藤村沉着冷静，伶牙俐齿，临阵有余。

"女人之心变幻莫测，这点我也承认。然而，并未达到医学和心理学都无法解释的玄妙程度。即使稍为古怪之人，只要运用精神分析学，也都一清二楚，迎刃而解。作为一种科研对象，我认为毋宁说女人倒是比较单纯的……"藤村说。

"不行啊，藤村君！只有您这样循规蹈矩的老实丈夫才会这样说……看来，若非混迹情场的斫轮老手，不可能有此体会。您光研究太太一位……"芳兰说。

"噢，一位足矣！搞研究最忌讳的就是四面出击，用心不专。我可是认准一个锲而不舍的……"藤村说。

"有趣有趣！二位全都言之有理，各有千秋，使我等顿开茅塞。如何，驹子，受益匪浅吧。"羽根田得意非凡，似乎在唆使两人继续论战下去。

不久，迟到的菱刈子爵也跻身座中。然而羽根田博士却像把狂欢节目忘到九霄云外，只顾对继续阐述男女本质论的藤村和芳兰女士不偏不倚地呐喊助威，不知何时方能鸣金收兵。

至此，驹子对五笑会的性质有了些许了解。看这情形，这种口舌之战也和那狂欢节目一样，都是一种消闲解闷的方式。只不过比一般世人做法认真一点而已。令她不快的是，自己的私事竟成了他们津津乐道的素材。好在唯独边见袖手旁观，一声不响，不觉对他产生几分好感。

"那位年轻绅士，为何一言不发？"羽根田挑逗起来。

"啊，我等晚辈，承蒙慨允在旁聆听已觉不胜荣幸之至……"

他十分得体地挂起免战牌，转而对驹子友爱地频频微笑。这二楼通风不良，羽根田也好菱刈也好，全都脱去了外衣，只有边见仍旧全副武装。他不时从衣袋里掏出雪白手帕，擦拭汗水，每次都有一股隐隐的科隆香水味儿朝驹子鼻端荡来。

在舅父介绍他时，以为他不过是一群落后于时代潮流的老头子们的陪衬而不屑一顾。但如细细看来，反倒觉得他才不失为五笑会会员中鹤立鸡群的人物。驹子还特别发现，当他听到五百助离家出走时，那笑容愈发含情脉脉，优雅动人。

是有点保守，可能与他的人品有关。

见到边见以后，驹子无端地觉得似乎回到了往昔自己所属的那个阶级，而且按照所谓上流妇女的习惯，在向刚刚见过一两次面之人不流露过度热情的限度内，她也向对方几次报以笑吟吟的视线。这一来，对方也在同一限度内做出一种似乎心照不宣的反应。假如没有这视线的交流，驹子早就起身离座，而不会如此长久赖在二楼客厅里。

"我说，驹子啊，听了这么多金石之论，也该大醒大悟了吧？你只管安下心来，耐心等待丈夫归来就是！"

听得羽根田叫她，心里不禁一怔。因为此时她正沉浸在思想天国里，众人所言何物，她全然充耳未闻。

"啊……"她含糊其词。

"那么此事就告一段落，下面表演节目！"

羽根田用指尖敲了几下鼓面，既像是试听音色，又像是暗示驹子可以回去了。

"舅舅的贵干这就完了？"驹子不由火起，脱口问道。

在外人面前把自家丑闻抖落个底朝天还不算，又强按脖子让人听了一大顿不伦不类的所谓高论。然后就算"告一段落"，简直拿人开心！驹子气愤起来。

把我叫来就是为这个！

驹子愤然欠身离座，甚至对边见都不告而辞。幸好他主动出来送到楼梯口。因他居于末座，这一举动并没怎么引人注意。

"太太，恕不远送，迟早……"

声音虽低，但"恕不远送"这句话中，分明含有感情。尤其"迟早"二字，在这昏暗的楼梯口中余音袅袅，似有无限内涵。

"谢谢您。"

驹子的回答也同样意犹未尽，撩人情思。写则力透纸背，掷则落地有声。但就形式而言，两人的这一对话，任何人听起来都绝无亲昵之嫌。人，尤其文化人，交谈时往往意在言外，不似受汉字制约的小说创作那样煞费苦心。

总而言之，驹子的不悦之情一扫而光。于是她抖擞精神奔下楼梯，向大门口迈去。转念一想，如此回去未免过于失礼，女人至少应对女人讲一点仁义之心。

"太太，打扰您好半天了……"驹子朝似有茶室的那边招呼道。

"哎哟，这就回去了？"

藤村夫人从里面传出话来，随即似乎缓步朝这边静静走近。不料与此同时，一阵"噼里啪啦"的狂乱脚步声从相反一侧骤然响起。

"是南村阿姨吗？"百合子穿一件领口开到肩部的家常便服，肆无忌惮地露出两只白花花的胳膊，大叫而出。

"你这是怎么了？就不能慢点走路……"同时走出的藤村夫人责备女儿。

但尤丽仿佛压根儿没有听见，说：

"阿姨，刚听说您来了，正等您呢！……有句话要跟您说。"

她猛一用力把双臂抱在大红大绿的胸前，怎么看那举止都不像个女孩子。

"真的？你家这么多客人，正忙着，再继续打扰下去……"

"管它，那种事儿！反正这一整天都要咚咚锵锵的，讨厌死了！别管那么多！再说，我那房间却是别有洞天……"

"可也是，您再慢慢坐会儿吧！"

既然藤村夫人都如此说，驹子也不便执意推辞。

"真有事要跟您讲，快来，走啊！"尤丽简直是发号施令。

"过去是哥哥的房间。"

尤丽领驹子去的，是离开正房另外一间朝庭院突出的房间。有四张垫席大小。只见里边凌乱不堪，勉强挂在向外凸出窗口的布帘，尽是手指污痕。直接放在席上的桌子积满一层灰尘。墙壁歪歪扭扭贴着"百里香"巨幅照片和题为"生活"的彩画。那个在大矶时见过的白色挎包也悬挂在墙上。整个房间布置全无情趣可言，自然也反映不出少女情趣。什么法国洋娃娃啦，宝冢女电影明星照片啦，根本无处可寻。

"你有哥哥?"

"结婚成家了。男人真可气，马上分出另起炉灶了！"

说着，尤丽一屁股坐在桌前那张旧藤椅上，而客人却没有一张椅子可坐。没奈何，驹子拾掇一下窗台上散乱的杂志，腾出地方坐下。

"来一支?"尤丽递过带有红色圆印的美国香烟。

"谢谢,我不会。"

丈夫走后扔家几包香烟,驹子近来也吸上了瘾,但现在却懒得伸手。尤丽也不勉强,自己叼上一支,用打火机点燃,两股又粗又长的青烟从鼻孔喷涌而出。

"抽烟不挨骂?"

驹子不由将自己的少女时代同尤丽的所作所为加以比较。

"骂了。多管闲事!"

尤丽神态悠然地弹落烟灰。桌面上早已备下烟灰缸,显然是公开的秘密。

"你们这代人,真是赶上了幸福时光!"驹子半是挖苦半是羡慕地说道。

"谈不上。一场争斗眼看就要开始了,事多着呢!就拿其中一个来说吧,阿姨,今天有事相求。"

同去横滨时相比,尤丽的言辞粗俗多了。她把两只赤脚绊在一起,在驹子面前荡来荡去,既像对驹子毫不见外,又似乎含有某种挑战的意味。

"什么事啊?"驹子微笑之中,暗含戒意。

"进口糖公子的事……"

"进口糖公子?"

"阿姨真是旧脑筋!就是隆文那样的小伙子呀!因为光是包装漂亮……"

"噢，原来如此。"

"也有甜腻的意思。"

"嗬嗬嗬，你们怎么发明了这么多新词儿！"

"算不上发明，不过学了几句惯用语罢了。"

"都无所谓。可在进口糖公子身上，有什么话要说？"

这一来，尤丽把染上口红的烟头按死在烟灰缸里，说道：

"阿姨，求求你，你把他接收下来好吗？"

"接收隆文君？"驹子迷惘起来。

"嗯。阿姨要是拒不接收，我真不知拿他怎么办才好。"

尤丽把眉头拧成个八字，喟然长叹一声。

"不过，你是说我有义务非对隆文君怎么样不成？"驹子不失微笑。

"耍滑头！大人就这点讨厌！阿姨不正把那人折磨得死去活来吗？又是领吃西餐，又是一块儿逛街……"

啊哈——驹子幡然醒悟：这位小姐原来妒火中烧，故意找别扭。那用不着如此费心。一个小小隆文，又不是生活必需品，随时准备完璧奉还。问题是银座之行，尤丽怎么会察觉到呢？

"你是无所不知啊！"

"那还用说！他给阿姨信中的词儿也好，对阿姨讲话的内容也好，我全都知道！"

"这话当真？小姐有电视不成？"

"没那玩意儿也瞒不住我。他那个人呐，从头到尾全告诉我了！"

尤丽倒是谈笑风生，可驹子却听得瞠目结舌。

真是不可思议！正像她在大矶那次听不懂他们讲的新式日语一样，这回依旧莫名其妙。那隆文张口闭口把尤丽骂个狗血淋头，结果却把自己心中隐秘的感情全盘摊到她面前……

"即使信中的词句，也采用了不少我替他想出来的哩！"尤丽轻松地补充道。

驹子愈发丈二和尚摸不着头脑，只能判断这两人是故意对她进行羞辱。

"你……你们……到底……怎么回事？"

驹子无法理解尤丽同隆文的关系，不由心火攻将上来，舌头也转动不灵了。

"阿姨，你且息怒。事情再简单不过：我是他的朋友，而阿姨是他的情人。我俩虽然要好，但绝对成不了情人，双方都感到不够满意，而且也不想成为情人，我们要坚决同婚约这种封建性的东西战斗到底。所以，为了永远保持我们之间的朋友关系，绝对需要阿姨出马上阵。你是我们的救星啊！"

"那倒也罢了。可接收不接收……"

"一言为定，一定要接收！就是说，和他结婚……"

洋味香鱼

直到十日过后的今天，驹子仍然余悸未消。

那算是哪家子少女，简直可以说是战后少女的标本！

尤丽那言语、神态、服装的与众不同，驹子一眼便已看出，可连头脑和心脏都属独家首创的新产品，却是始料未及的。

"结婚那玩意儿，算个什么事！只要阿姨有意……"

尤丽还不知道所发生的五百助事件，却满不在乎地直言不讳。

看来，她似乎将结婚这人生大事看得如同去邻居家串门一样轻而易举。

"嗬嗬嗬，你知道我和隆文相差多少岁？"

"不就十多岁吗？再好不过！这种夫妇，近来多的是！我也要找个比我大二十来岁的丈夫，否则终身不嫁！而且要全才全能才行，不然那还算什么男子汉！"尤丽回答得十分认真。

这么说，如今的年轻一代莫非对同时代人失去了信任感？很可能是战争狂飙摧残了他们心中初萌的嫩芽，从而使得他们凡事都非超越常规悖乎情理不可。果真如此，这新时代的产儿岂不成了应该寄予同情的精神残疾者了？驹子不由起了恻隐之心。此时又听尤丽说道：

"朋友还是朋友，有趣着呢！和阿姨结婚以后，我也一直和他相好下去。时不时地跳跳舞、野野营……"

简直莫名其妙！男女之间，似乎很难仅仅将对方作为异性友人而进行清白的交往，此中界限是相当暧昧的。

说得不好听一点，这少女恐怕想网罗一堆各有所长的男性围在自己四周——既有帮她做事的，又有同她恋爱的，还有陪她游玩的。

至于其真心何在，则无从得知，甚至其真心有还是没有都不可捉摸。

那么说，隆文也是一丘之貉。假如将一片赤诚之心毫无保留地奉献给驹子的话，驹子也会自有考虑。而若无论何事尽皆明告尤丽，就连情书私话都让尤丽出谋划策，则其真心便大可怀疑。恐怕也同样属于"没有真心"的一类。

这些人，全是无可救药的三尺顽童，如此而已！

驹子勉强做出了以上结论。倘若不弄出个结论来，真不知要被这些像海蜇般抓一把滑溜溜的新时代人捉弄到何时为止。

她觉得，对自己来说，还是多少趋于保守的男士容易情投意合。

这么着，一封鸿书从那多少趋于保守的男士手中飞来。那是用地地道道的厚进口纸写的，纸色正面纯白，折成两折后，隐隐泛出背面淡淡的褐色。信封很大，纸同样很厚，颇像英国绅士的用物。估计是战前买下的存货。

内容很短，不及隆文情书的十分之一：

> 很想再度聆听关于英国文学的高见，故不揣冒昧，敬请于本周日驾临友人茂木君稻田登户别墅一会。茂木君乃小生挚友，据闻与令尊家亦是世交，务请乘车惠顾。茂木夫人称将请尝洋味河鱼，正欣然以待。十一时，茂木君驱车前往涩谷站前迎接，小生亦在同处同时恭候。

仅此而已。

英国文学，友人夫妇作陪，品尝河鱼……不三不四之事，却只字未提，无论谁看都名正言顺。即使应约前往，也断不至于遭人非议。

尽管如此，驹子还是从这措词讲究的信中，嗅到一股危险气味。这气味同在藤村家边见手帕散发出的气味一模一样，即科隆香水味儿。绅士们是不用此外的任何香水的，这点驹子也知道。但这气味触到了她的要害处。她认为，危险在于她本身，而并非信中暗设圈套。

另有一点使她踌躇不决的，是茂木夫妇。诚如边见信中所说，茂木家与自己娘家斋藤家为世交，但那终究是双方父辈之间的交往。至于作为边见友人的当今家主，驹子连面都未见过一次，只是耳闻那男子是个浪荡公子，曾长期留学美国，战争期间返回国内。战后做起一桩什么买卖，同买方一拍即合，财运亨通，如花似锦。而自己这方却家境衰微，江河日下，同如此男人相见，自觉低人三分。

再说，光是男人倒也罢了。还有茂木夫人在座，令人隐隐不安。其为人如何，自是不得而知，而若自视甚高，目空一切，驹子这样的女子，不出一周便会郁闷成病。

不过，茂木夫妇作陪这点，却是驹子允诺边见之约的唯一借口。同边见仅仅见过两次面，若单独同其幽会，未免有失体统。这样想来，必须说这倒是个绝好机会。

而且，别墅啦，宴会啦，汽车迎送啦，一切一切无不撩起她一股淡淡的怀旧情绪。她觉得似乎相隔多年之后蓦然听到了自己原属阶级的呼唤。

有钱能使鬼推磨！

屈指之间，赴约日期来临了。

这是一个天朗气清的上午。涩谷站前你拥我挤，混乱不堪，连那忠犬八公的雕像似乎都被挤得吼出声来。白色的帽子，白色的半袖衫，白色的连衣裙，在阳光下炫目耀眼。无论走到哪里，都觉得汗味扑鼻。

"啊，太太……"

在如此拥挤的人群当中，边见居然从远处一眼发现身材不高的驹子，可见其眼力非凡。

边见先到一步。驹子比约定时间提前十分钟，本来担心对方看透自己的心思，不料边见早在等候自己，心中不无快意。

"承您盛情相邀，我也就厚着脸皮来了。"

驹子果断地弓下腰身行礼。她今天穿的是一套纯棉布白色连衣裙，对于初访之家，她自觉有失礼节。但那件外出用的夏令服装已经穿过，不便总是穿同一件衣服出现在边见眼前，那么剩下的便只此一件了。她还暗暗思忖，在家藏万贯的茂木夫妻面前，这种轻便的常服说不定更便于蒙混敷衍。

"哪里，恐怕倒是给您添了麻烦。茂木一家待人非常随和，而且地方幽静凉爽，正好慢慢畅谈……"

边见说话的语气比上次见时随便了一些，一边说着一边将白色遮阳帽扣回头上。

边见今天也是一身白色服装，而且居然没扎领带，敞着领口，短裤下露出膝盖，穿一双白色长筒袜，只有皮鞋是卵黄色的。不知是因为英国绅士也受不了夏天的炎热，还是为去乡下才做这身打扮的。与街上行人不同之处，是他还穿着上衣，并且无论上衣还是短裤，都是纯白棉布，与驹子不谋而合。这或许是边见出于热带殖民地里的洋人那种爱棉布胜于爱麻料的习惯，但在他人眼里，很容易被看成一对用同一布料做夏装的美满夫妻。倘若双方都对此有所察觉，那么便会收到一种空腹喝香槟般的效果。

"汽车在对面拐角处等着呢！"

边见拨开人群，向前走去。公司线入口处挤满了去不成海滨而改去玉川游泳的人们。两人就像鼓虫一样在波涌浪翻的人群中乘隙而过。

对面停着两三辆车。其中有一辆涂着浅绿色油漆、躯体长长的汽车。这种车，眼下非外国人莫属。驹子正要从车旁通过，只听边见向司机招呼说：

"呀，让你久等了！"说着打开车门。

司机赶紧从车上跳下，脱下帽子。

"请、请请……"边见转而对驹子脱帽说道。

"那户人家根本用不着客气，您尽管随便些好了……"

这汽车坐起来十分舒服，简直像在云中穿行一样悄然无声。因此边见的话声听起来格外真切。

"噢。可我还是觉得有点厚脸皮！"

驹子轻轻笑道。她知道，同这一阶层的人交往，在礼仪上是不宜以一本正经的口气说话的。

"哪儿的话。今天得让他们美美地招待一顿。茂木现在不费吹灰之力就发了一笔大财，得让他分散一下才行，也算是我们的一桩功德！"

"要是实行这种社会主义，我倒可以助一臂之力。"驹子愈发想开玩笑了。

"不过，太太，钱这东西有一种不可思议的神力。由于持有者的不同，它既可以成为万恶之源，又可以完全相反，甚至赋予钱本身以高贵的品性……"

"嘀嘀嘀，就我来说，哪怕品性低下一点的钱也好，还是想持有它呀!"

交谈之中，驹子的语言不觉恢复了昔日风采。在以五百助为对手满口粗言俗语的时间里，已将那种语言忘得一干二净。

"不不，只有太太这样的人，才充分具有赋予钱财以高贵品性的资格。我感到非常遗憾。"

听边见这口气，似乎已经知道驹子眼下的生活景况。也许是从羽根田博士口里听说的。

驹子有些难为情，但无须畏首畏尾。她自知这是边见的溢美之词，心里却有些痒痒的。

"哟，这么烈日炎天……"

汽车通过长长的混凝土桥面时，从车窗望去，只见阳光明晃晃直射下来的河滩上，撒黑豆似的布满一个个裸体，小船在浅浅的河水中游荡，一片寒碜凄惶的景色，丝毫没给人以清凉之感。驹子一时忘记了自己正属于这些下等人中的一员。

过桥不久，车即向右拐去。司机本来小心翼翼地缓缓拐弯，但因有小孩出现，便将车身向另一侧急拐一下。随着这一摇晃，两人保持一定间隔的身子凑到了一起。边见裸露的膝盖时而碰在驹子的裙子上。两人这样默默过了一会儿，然后驹子装出双腿疲劳的样子，以自然的姿势移开身体。虽然她并不反感，但害怕自己陷进去难以自拔。

然而，同涩谷站出发时相比，两人的心却是相近得多了。汽车从水泥公路转上山路，果园座座，田畴青青。景在变换，心在贴近。

河滩扑入眼帘。

"就在那座山上，茂木家……"

边见为了手指左边林木苍然的山丘，将身体靠过来。

房子虽是德国人所建，但更近乎英国小型别墅的风格。大门的式样也很潇洒。

司机按响喇叭以示客人来到。边见不无好奇地敲了几遍停车门廊上放着的编钟。

显然，他满心欢喜。

"欢迎欢迎……好早啊！"

夫妇和女佣同时迎出门来。茂木没着上衣，领口打个蝴蝶结。无论脸形还是体形，都和那位叫松井翠声的清谈家一般模样。夫人是高个子，比丈夫高约二寸，上穿一件夏威夷式短衫，下着白色短裤，以不亚于美国人的勇猛气势，向驹子伸出右手：

"南村夫人，久违久违！"

但驹子全无见过的记忆，只好赶紧递过手去，摇晃一番。

"请，请这边来！这边多少凉快些！"

矮小的茂木甩开大步将两人领入里边。昏暗的内走廊里响起皮鞋声。这户人家不备拖鞋，驹子也不必脱掉仅有的一双白色皮鞋，以免露出里面已经磨破的衬皮来。

很快走入大厅。看来是两个大房间打通使用的，既不像厅房，又不像餐室。从中穿过，走上宽大的阳台，河流、铁桥尽收眼底，横空而来的凉风从身旁掠过。

"啊，好景致……"

驹子不由得轻声自语。娘家原在大矶的别墅，是座日本古典式建筑。而像这样的别墅生活，她还未曾体验过。光是阳台上排列的各种漂亮的竹椅，便足以使她目不暇给。

"对不起，我去看看厨房……"

夫人刚一离去，茂木便一声不响地退回里面。介绍啦、寒暄啦一律从简，随便得简直近乎冷淡。但驹子仍对夫人刚才对自己讲的那句话有些纳闷，于是小声对边见说道：

"边见先生，我总觉得好像没见过这位夫人，或许在学校时不是同一个班的……"

"啊哈哈哈，那是她对初次见面客人的寒暄话，她那个人对谁都是这一句！这户人家的家风，相当与众不同，这点你得先心里有数……"边见饶有兴味地笑道。

"太太，您喜欢什么？鸡尾酒？"

茂木抱着鸡尾酒调配器，站在门口，像男侍那样以熟练的手势从正面餐柜里取出几瓶酒来。

那小小的香鱼，看来已用橄榄油炸过，遍体金黄，头尾翘起。茂木朝上面撒盐，一边用手夹着，一边口气随便地解释起食谱来：

"只有这条是这儿的香鱼，名字叫'柳叶'，其余的都是从长良川找来的。"

"噢，够味儿，这炸鱼……"

"确实不错，太太!"

边见和驹子规规矩矩地使着鱼叉。

"真的? 女佣炸的。其实，我并不喜欢河鱼，只是因为我控制自己不吃肉才吃起它的。"

茂木夫人用手抓着吃了块鱼肉，然后大口大口喝着罐装汽水。

"您不喜欢肉?"

"不不，只是担心发胖。我们讲定的标准界限是……"

没等茂木代答完毕，只听夫人"嗷嗷"叫着，怒目斜视丈夫。

一切都是美国方式。据说夫人也有过赴美留学的生活经历，似乎根本不懂"拘谨"为何物，清高孤傲，淡泊豪放。至于什么个头比丈夫高啦，什么嘴大颚方、长相不及驹子的三分之一啦，统统不以为意。而且语言粗俗不堪，似乎不会讲日语。驹子在校学得的那套待客礼仪，夫人一律略而不用。就餐当中，她忽而喷烟吐雾，忽而手托腮呆视，忽而"咕嘟咕嘟"大喝汽水和冰水。

丈夫茂木也是同一模式，同驹子娘家的关系只是片言带过，并未因此而对她格外流露出热情。瞧他那副样子，仿佛仅仅对此时此刻感兴趣，以为若不同来访的客人度过眼下的幸福时光便是吃了大亏。而且，他既不像一般暴发户那样自吹自擂，又似乎无意对降临到自己头上的幸运紧抓不放，甚至使人感到他身上有一种挥金如土的阔少习气。

"我说，你还在搞那个神乐演奏会?"当胀鼓鼓的法国式油炸香鱼端上来时，茂木揶揄地对边见说道。

"你不也吹过萨克管吗?"

"那却自当别论。首先，我没像你那么如醉如痴……太太，你说好笑不，他竟然对那种出土文物似的东西废寝忘食……"

驹子不置可否地笑着。说心里话，她真希望边见同那种狂欢会一刀两断。

"我家孩子可喜欢那种舞蹈呢!"

茂木夫人一本正经地插话进来，一时满座哗然。于是话题转到孩子身上。这对夫妇请了一位保姆，让她带两个孩子到逗子去了。这座别墅是专门为夫妇两人娱乐购下的，可以在这里尽情享受在代代木那座和洋结合的日常寓所得不到的各种乐趣。

真是夫妇中心主义！

驹子心中暗想。

新鲜的色拉倒是堆积如山，但随后只上来几片姜汁面包，午餐便告结束了。驹子本以为会满满摆上一桌子山珍海味，不料却如此单调。但转而一想，请客不大事铺张，恐怕也属美国方式。好在甜瓜、麝香葡萄等经过冷藏保鲜的水果倒是预备了不少。

“二位慢坐！”喝罢咖啡，茂木站起身来。

“哦，你们到哪儿去？”边见愕然问道。

“两点开始，我们几个朋友有一场比赛，今天死活得捧走个奖杯。一早上我们就准备好了。”茂木夫人乐不可支地看着自己穿着肥大短裤的下半身。

把客人请来，自己却去打高尔夫球——也太有失礼节了！而他们却似乎丝毫不以为意。

“不像话！把我们扔下不管了？”边见噘起嘴来。

“天还这么热，睡个午觉再走嘛！我们的卧室，对二位开放！”

这句话足以使驹子满脸飞红。但茂木本身一副若无其事的样子。

“好咧！作为看家的报酬，看我们如何把冰箱通通打扫干净！”边见欢快地说道，仿佛这才发现留守空城的便宜来。

“真的，开哪里悉听尊便！女仆也尽管使用……”说着，茂木走进里间。

"这样不好，还是告辞吧！"驹子对边见悄声说。

"没关系，才刚我都说了，这里的家风独特。不过，如果您着急的话……"边见总放不下绅士派头。

"急倒也不急……"这一来，驹子倒不打算像上流社会妇女那样装腔作势了。

"看，简直是一对匆忙的球童！"

茂木背着装有和夫人两人的高尔夫球棒的皮囊，出现在门口。夫人戴一副黑色太阳镜，头戴棒球帽那样的白帽，露出两条长长的光腿，完全是亚马逊女战士的打扮。

"那么失陪了，慢坐！"

边见和驹子只好反客为主，将两人送出大门。驹子两人来时乘的那辆绿色汽车正在门外等候。茂木夫妇才刚说过，他们购买这座别墅的原因之一，便是从这里去相模高尔夫球场方便。

"拜拜……"

于是，一对离去，一对留下。

"阿姨，要是有冰水、威士忌和可口可乐，请只管拿来！"边见像在自家一样，随心所欲地要这要那。

由于阳光已经照到阳台上来了，两人便移到北侧房间，往靠窗的宽大沙发上并肩一坐，那在树荫里冷却过的河风如同淋浴一般吹过两人的上半身。

"您会喝酒？"

驹子回想起五百助一气喝干两瓶威士忌那天的情景。虽然还未喝到烂醉如泥的程度，但驹子刚说他一句，他便怒目而视。看来他还是醉了，否则目光不可能一反常态地带有一股杀气。今年他一直喝烧酒，那股酒气已经使驹子忍无可忍了……

"嗯，饭后喝一点点……对消化有好处，您要是也这样喝的话……"边见说着，将冰冷的可口可乐注入装有些许威士忌的杯子里。

"会不会醉呢？"

"不要紧的！"

驹子本来喜欢洋酒的味道。为了同五百助针锋相对，才诅咒起酒精来。今天她不无想品尝一点的心情。那近乎可可般透明的清凉饮料，以前她只是耳闻其名，现在不由得起了好奇之心。

"哎哟，真好喝……"味道的确十分可口。

"是吧？美国的威士忌，这样来喝像是再好不过。"

边见端起自己的杯子呷了一口，然后用手帕拭了拭嘴边。一股科隆香水的气味，使得驹子不觉有些飘飘然。

"对了，那以后您丈夫的消息如何？"边见像一个第一步先走卒的象棋手那样试探着开口问道。

"这……怎么说呢，大概被酒精什么的灌倒了吧！"

驹子很想说得尖刻一点，以便将刚才还在脑海中闪现的丈夫的面影甩块石头驱赶出去。

"还是说说您太太吧，她身体情况还好吗?"

"这⋯⋯"边见也流露出与驹子同样的语气。当然，总不至于再提起酒精来。

"半年前体温就已恢复正常了。本来不必在那边疗养，可能是她觉得那样做有什么好处吧!"

边见自我解嘲似的笑着。在驹子听来，又多了一层凄然的意味。

"哎哟，那会有什么好处呢?"

"噢，她的主要目的，与其说是养病，倒不如说是分居⋯⋯"边见再次凄然地说道。

按边见卓的说法，他们的夫妻关系从一开始就不融洽。

媳妇要从门前找——他认为一切不幸起源于自己对母亲这一方针的服从。他妻子是经常出入边见医院的一位鱼批发商的女儿。虽曾上过女子学校，但满身市侩气，全然没有上层文化教养。那种由三弦和笛子伴奏的歌谣，她无师自通;可一领其出席什么钢琴演奏会，便兀自打起瞌睡。看日本电影她兴高采烈，而对欧美的有声电影却不屑一顾，而且对西式服装深恶痛绝，一穿三角裤，便连叫头痛不已。

当然也有边见母亲没有看错的地方，她喜欢早起和打扫房间，像个蚂蚁似的干个不停，而且十分孝顺，对婆婆要比对边见关怀得多。就边见来说，就像同一个女佣结为夫妇，爱情根本无从谈起，表情自然冷漠淡然。于是对方闹起别扭，说道:"我这样的无知女流，你当然看不顺眼，那就娶一个时髦女郎做偏房如何？"

纳妾之事有辱绅士名声，不能轻举妄动，然而自叹遭逢百年灾荒的内心痛楚，毕竟无法排遣。这期间，对方身患肋膜炎，医生提议去外地疗养。坦率说来，他反而感到庆幸。妻子那方面也仿佛大有逃离监牢之感，尽管病情日见好转，却一封信也未寄来，使人怀疑她可能不想重返家园……

"我也在想，再婚未必算是一种罪过。对丝毫没有感情的男女硬是称之为夫妻，这本身既不合理，也不道德……"边见一副认认真真的神态。

"话虽这么说，但不知太太的心情怎样。也许她怀有爱情，只是其流通渠道被堵塞了。"驹子头脑中想到的，与其说是那位素昧平生的边见夫人，莫如说是自身处境。

"纵使多少有一点感情，但由于性格和教养上的差别，而致使以对方完全无法理解的形式表现出来的话，那比没有爱情还要糟糕。我有时憋屈得真想哭上一场。"

"这个我理解。"

驹子憋屈得岂止想哭，甚至想像火山爆发那样大嚷大叫。

"性格的调和，教养和志趣的一致，这是作为夫妻所必不可少的条件。瞧那茂木夫妇，虽然两人的教养并不算高，却完全一致。看到他俩手挽手地一同外出打高尔夫球，我真羡慕死了！我也想找一位共同分享精神上的高尔夫球妙趣的伴侣啊！作为一个男性，我难道没有如此大声疾呼的权利吗？当然，在此以前这终不过是异想天开而已。我是为忘却这种寂寞才加入五笑会的，可是……"

这位多少趋向保守的绅士，仿佛早已把主义之类丢到九霄云外，越说情绪越激动；而且威士忌可口可乐的酒劲也逐渐攻将上来，连驹子也有点腾云驾雾了。

但若因此而以为她已对边见倾心的话，恐为时过早。她这样的女子爱上一个男人，须有法国宫廷用膳那般丰富的菜谱。单凭一盘性格与教养的说教，无论舌头还是肚子都不会答应。边见大谈特谈什么性格与教养的一致，其算盘打得未免过于如意。那种东西对于一位钟情于某个男人的女子来说，不过是小小配件而已。男人的世界是不该如此狭窄的。宁爱天地广阔的守林人而不喜欢生活单调的绅士，岂不就是这方面的一个佐证?!

使得驹子荡神销魂的，与其说是边见本身的魅力，毋宁说是他所属阶级的魅力。这座住宅虽非边见所有，但同属富贵之家，而且具有十足的西洋派头。驹子喜欢这点，因为它是当今日本荣华的象征。虽说贫家女也思慕荣华，但远远不如驹子这种一度尝过其快乐滋味而后又饱尝外强中干之苦的女子那般如饥似渴。

奢侈并非罪过！

这室内设备、家具以及餐具营造出的氛围何等令人心醉，而将其一一换算成金钱又是何等惊人！

"吸一支吗?"

边见拿出一盒似未见过的西洋香烟，看上去比尤丽吸过的那种红圆圈香烟不知高级多少倍，驹子不由得拿了一支。边见当即用打火机为她点燃。

这段时间驹子也多少品出了香烟滋味，加上身临佳境，便将诱人的烟气断然吸入腹底。

这一来，顿觉意识朦胧，威士忌的酒精也似乎攻上头来。心情倒并不难受，只听边见的话声变得似闻未闻，缥缈远去了。

"心里不舒服吗？"

边见惊慌地将她放倒在沙发上——她的记忆也到此为止了。

突然清醒过来时，发觉额头敷着一块冰凉的湿手帕。大概边见将自己的手帕用保冷瓶的水浸湿了，一股科隆香水味儿直冲鼻孔。由于手帕一直盖到双眼，边见似还没有注意到她已醒来。

手是温暖的。边见做出摸脉的样子，紧紧握着驹子的手。驹子决定装睡。

"驹子……驹子……"

随着手力的加大，驹子透过手帕空隙，发现他那张脸如同特写镜头一般凑上前来。迫在眉睫！不料那脸却又不争气地缩了回去。刚一缩回，又恋恋不舍地凑上前来，如此不知反复了多少次。

"噢……"

驹子急不可耐，做出开始苏醒的表示。

倒霉之日

驹子看到了边见的弱处。

边见当时的动作，比马戏团的表演还要滑稽可笑。只见他腰身似弓非弓，双唇收拢突起，鼻头汗珠点点。倘若如愿以偿，也算没白折腾一场，结果却在差一点就要相触的当儿，嘴唇临阵退却了。也许是因为他天性怯弱，不然就是另有考虑。无论原因如何，当其同一动作执着地反复到第三遍时，驹子差点儿笑出声来。她还从未看过如此滑稽的男子。

男人这东西果真这么惹人喜爱吗？

以往还有妓院那阵子，听说附近肯定有"思案桥"或"思案柳"之类的东西，成为男子为去青楼买笑而辗转踌躇的场所。莫非男人大多都有此种习性不成？

然而，五百助却是相反。

是的，那个人根本不晓得踌躇的心理、动作为何物，可又从未表现出当机立断、雷厉风行的气魄……

总之，这一男人的滑稽表演，不是一件快事。事后，尽管边见卓若无其事地大摆特摆绅士风度，但结果适得其反。在驹子的印象里，他不但滑稽好笑，甚至还道貌岸然。与来时路上截然不同，归途中的驹子几乎没有开口，直到新宿时同他分手走开。当然，回来乘的是"小田急号"列车，里面挤得一塌糊涂。

不过仔细想来，边见这种男人在他那个阶级里并非绝无仅有。绅士倒是绅士，但很难靠得住，亦即所谓第二代型之人。正因为他们是凭借父母遗留的财富获得良好的教养和神气派头的，所以绝不靠近任何危险以免得而复失。明哲保身之术，自是得心应手；怜爱女人之心，却是半点皆无。当上这等男人的妻子，实与遇难无异。K实业家之子，便是其中一例；M男爵的长子，亦属大同小异。边见之妻不就是对他忍无可忍才不肯从富士见高原回来的吗？

驹子去茂木别墅时，嗅到了自己原属阶级的气息，不由得产生一种恍惚之感，但同时也回味了早已忘却的恶臭，而觉得不胜厌恶。她清楚地意识到这种反感是那样根深蒂固。

真正懂人情的人，真正的男子汉，又在什么地方呢？

至于目睹男人滑稽表演时产生的自我优越感，绝不是女人追求的本来目标。事后回味起来，反而觉得苦涩和凄然。

不过，驹子的这一心理状态，边见是无从知晓的。

毋宁说，边见似乎因那天之事而增强了信心与火力，甚至摆出伺机猛扑的阵势。

这是以书信形式表现出来的。那种又硬又厚的信封，接二连三朝她身边飞来。内容也日趋冗长，几乎同隆文来信不相上下。不同的是，他丝毫不像隆文那样单刀直入地倾诉仰慕和爱恋之情，而凡事无不写得委婉含蓄，典雅得体，字里行间斧凿之痕所在皆是，以免日后留下任何把柄。这样一来，势必下笔千言，洋洋洒洒。

如此写法，当然要引起驹子满心不快。

爱上了就说爱上好了！为什么不能开门见山？又不至于触犯刑法条款！

而且，驹子喜欢也罢厌恶也罢，当时边见那似弓非弓的腰身、畏畏缩缩的嘴唇总是历历在目。

驹子这样的女子本当和多少趋向保守的男人情投意合，然而，为什么此派男人清一色是软骨头呢？从今人眼光看来，偏于保守无非是自由主义的别名，其身份也由此一目了然。他们为什么总是郁郁寡欢，一副哭丧相呢？战前被左派大加指责，战时被军部视为异己，而被冠以自由主义者别名后稍稍时来运转的，不过才有战后半年左右而已。年复一年四处碰壁，日复一日愁锁眉头，当然无法获得女性的青睐。这怕也是命中注定。

而这期间，那隆文的态度明朗到了无以复加的程度。其求爱的勇敢精神，同其女性式的面孔和声调，简直判若两人。

"阿姨，让我摸摸手，哪怕摸一下也好！"

这些天来，他不仅满不在乎地直言不讳，而且像涂抹墙壁似的在驹子的手背上抚摸不已，然后贴在自己脸颊上。

"瞧你!"

即使遭到训斥,他也毫无惧色。

糟糕的是,他似乎从母亲那里得知五百助下落不明,只有驹子单独在家,因此最近态度大为积极起来。若不然就是同尤丽商量好而展开了夏季攻势。他们的所作所为与边见不同,凡事我行我素,有些做法不可以其尚未成年而掉以轻心。

可话又说回来,驹子对这两个男人围着自己转前转后,并未感到特别不快。这便是所谓解放赐予的恩泽,同真间手古奈所处时代不可同日而语。

不久,到了金风送爽时节。

但这是仅就驹子所住的乡下而言,而一到市区,仍然酷暑灼人。由于边见催访的平信、快信如同雪片一般飞来,驹子终于不好一再拒绝,便开始梳妆打扮,准备到位于大森山王的边见家访问。

她没有精心化妆。在涩谷站碰头时的兴致连一半都没有了。恋爱大概也和香蕉差不多,很难盼到正好滑润可口的时候。假如边见不做那种滑稽表演,眼下她那颗心也许已经像熟透的香蕉一般通体金黄了……

"对不起……"

女子声音传来。驹子以为是附近哪位老板娘定做小孩衣服来了,便痛快应了一声,走到檐廊。

"啊,太好了!太太在家……这一路找得我好苦,总算找到府上了……"

来客是芳兰女士。春秋辗转，日月递增，她已脱去薄衫，换上了结城棉布做的单衣。但那发胖的身体显得很不耐热，加之怀抱礼物绕道而来，一时红头涨脸，气喘吁吁。

"欢迎欢迎！承您光临茅舍……快，请进请进！"

"您准备外出吧？我绝不过多打扰，只需十分钟……"

来客到底眼快，马上注意到了驹子的化妆和衣着，但仍然毫不客气地几步跨进屋里。

"好久……好久没来问候了……身体可好……太好了……一直想登门拜访……我说您、隆文他，时常……这真是……"

没有一句完整的寒暄话，但意思却是充分传达出来了，而且留有余韵。

问题不仅仅是这种寒暄，客人本身也使驹子颇伤脑筋。虽然并未对她产生敬意，却总是感到抬不起头来。当对方拿出一大堆礼物时，不由过度地弓下腰去。

"炉子烘得屋子热，已经把火熄了……"

驹子刚要起身烧茶，对方连忙说道：

"不必了太太，来杯凉的吧，那比什么都好……"

"是吗？"

就连端杯刚打出的井水，也是由于对方有言在先。一切都由对方先发制人。这一来恐是驹子怀有自卑感，自觉是原属阶级中的落魄分子；二来也是因为对方是中老婆子，在妇女队伍中处于中士地位，而驹子不过是刚交三十的新兵，在其面前难免自愧弗如。

"实在是个安安静静的好住处……不过，您一个人住该是十分寂寞难熬吧?"

来客把驹子当成了未亡人，一副居高临下的神气。

请勿见怪，单独生活一点儿也不使人寂寞。驹子本想回敬客人一句。但转念一想，莫如适当敷衍一下，使其早些回去为好，于是含糊地答道:

"啊，这个那个的，倒也忙得可以……"

不料，芳兰女士出乎常规地深深点头说道:

"那可不是! 我也是守寡多年，当然感同身受。刚开始那阵子，尤其寂寞得不行。房间好像格外空荡荡的，四下一看，除了空气没别的。一想到后半生都要以空气为伴生活下去，眼泪就掉了下来……"

"我倒不至于如此……"

"那还不是因为你们不是死别，和我们有所不同的缘故! 不过这一来，既用不着摆灵位，又无须去扫墓……我想反倒不易排遣愁情。"

看来女士非要把驹子当作寡妇对待不可。不知她在五笑会听到的是何消息，说不定认为驹子是个被五百助遗弃不管、值得怜悯的女人。

"真的，女人这东西，丈夫一不在，就像断了水的牵牛花似的，再也没有开花的时候了。更何况太太这么年轻，要是没有个人每天早上轻轻往上洒水……嗬嗬嗬。"

讨人嫌的女人！别说新宪法，恐怕连大正十四年的民法修改案都一无所知。作为驹子，自然无言以对。

"忘却寂寞最好的办法，就是做点风雅的事情。比如练练谣曲啦，学学南画啦……不过习艺这东西，哪一样都是不能唾手可得的。而且，如果天生就不是那块料……"

"想必是吧！"

"所以说，像太太这样的，还是再次找个正当归宿才是可行之策。我绝不是劝你干什么坏事……"

"谢谢。"驹子微微笑道。

"您要是愿意，我就给您介绍一个人。就是您所知道的边见先生。这位先生没摊上好妻子，他现在的太太……"

原以为她跑到这荒郊野外有何贵干，结果却是受边见之托前来做媒的。驹子一想到这里，这半老婆子在她眼里顿时显得愚不可及。

"太太，恕我直言：无论在道德上，还是在法律上，我还都是有夫之妇……"

驹子恐怕是在有意着重强调自己为人之妻的身份，至少在加速开动脑筋猜得芳兰女士的来意之后，堂而皇之地发表了此番宣言。

"当下虽不在家，但我毕竟有南村五百助这个……"

驹子开始用新派剧①演员般的语气说道。但她多少有点惭

---

①新派剧：日本明治中期以后流行起来的表演现代题材的新剧种，有别于旧剧歌舞伎。现在介于歌舞伎与新剧之间。

愧：倘若那是堂堂正正的丈夫，自己何至于发出如此感叹！但话头赶到这里，又不能不说。

这一来，芳兰女士狡黠地一笑，以似要欠身移开坐垫的姿势说：

"哎呀呀，瞧我说话有多冒失……简直信口胡诌……废话……噢嗬嗬……真是自以为是、定论过急……您千万千万不要见怪……"

"哎哟，太太，您快别那么说！"驹子后悔自己可能把话说重了。

"哪里，全怪我这个人粗心大意、粗心大意呀！不过太太，既然您说得如此冠冕堂皇，我倒有件小事请问一下。"女士往前趋了趋身子。

"哦，有何见教？"

"装糊涂可不成！我或许求过您教我儿子英语，可在我的记忆里，并没有连情书写法都请您赐教呀！"无论措词，还是眼神，芳兰女士渐露本相。

"哎哟，这何从提起……"驹子自然呆若木鸡。

"什么何从提起！丈夫不在家，即使再无聊得发慌，也大可不必勾引一个不通世故的小孩子吧！你以为你们到底差多少岁？"

听到这里，驹子禁不住像发疟疾似的浑身颤抖：

"这也太不像话了……凭什么说……说这种话……"

"现在想蒙混也来不及了！当事人隆文都跟我说了，那还有错?！他已经给太太玩弄得魂不守舍，再三再四央求我让他同你结婚！没想到你居然把他迷惑到这步田地！"

"那是隆文一厢情愿……"

"话不能这么说，太太！你要是不眉来眼去，事情如何会闹成这样?！那孩子可是有藤村百合子那才貌双全的未婚妻的人！怎么说好呢，你总不至于想男人想到不顾羞耻的地步吧……"

再没有比女人之间的争吵更为大煞风景的了。何况一个半老徐娘同一个中老婆子的唇枪舌剑，更是惨不忍闻。倘若如实写来，难免有反动和好战倾向之嫌。

芳兰女士起身离去。

想必是心中高奏凯歌跨出驹子家门的。因为驹子完全处于束手就擒的状态。

同厉声喝令五百助出去之时相比，驹子判若两人。在丈夫面前，她是那样口若悬河，而到了芳兰女士手里，却变得喉干舌麻，以致口吃起来。从表面上看，竟同罪有应得之人无异，而芳兰女士愈发乘胜进击，结果驹子更加瞠目结舌，欲言不得。

争强好胜的驹子如此一败涂地，似乎不可思议，而实际正是其争强好胜所使然。就是说，她比一般人不知要窝囊几倍，以致神经系统的传导和指令发生了紊乱。那无中生有的怀疑，已足使她窝火憋气，而老奸巨猾的芳兰女士那三寸不烂之舌，委实吐词如珠，令她招架不得。何况此人鄙俗至极，像驹子这样富有教养的女子，根本无法同其两军对垒，除非本身也变得同样鄙俗。

气杀我也！

芳兰女士回去之后，驹子还在心中继续叫道。她心中就像沸腾到极点的热水一样。她一举把对方送来的水果连筐甩到院子里，但还是无济于事。懊恼的泪水一连串滚落下来，算是深切体会到了个中滋味。

什么进口糖出口糖公子，离他远远的好了！

但这已经是马后炮了。

总之，这是她自从五百助离家走后尝到的第一个苦头，而这以前似乎还是一帆风顺的。看来，以为撵走丈夫便天下太平的想法，未免有欠稳妥。

在懊恼得以泪洗面的时间里，她确实一闪念想到了五百助。这并非所谓急时抱佛脚，而不过是触景生情、以己度人的结果。就是说，他觉得被芳兰女士数落得哑口无言的自己，同平日受到她同样叱责的五百助不无相似之处。

他到底去哪里了呢？这可真不是开玩笑！

长久以来，驹子第一次发出了叹息之声。

一会儿，当懊恼的泪水基本干了以后，她蓦地想起了同边见的约会。由于芳兰女士的打扰，加上事后自己的思虑，时间早已错过。但又不便置之不理，只好到站前用公共电话告诉自己难以赴约。

"哎呀，时间根本不用管它！还是尽量安排出来一趟，好吗？"听筒里传出边见苦苦恳求的声调。

"啊，谢谢您的好意。但我从下午开始有点头疼……"

驹子不是借口推托。也许过于气恼而血冲头顶之故，芳兰女士走后，直觉得脑门儿一跳一跳地作痛。

"嗯？头痛？这怎么行！发烧？心情不好？嗯？电话声小听不清……"边见像是很着急，"噢——要是那样倒还无妨。不过您的声音听起来非常抑郁，是有什么不顺心的事吗？"

边见的直觉令人吃惊。大概是出于恋爱之人特有的敏感吧。驹子觉得有点内疚。她刚才认为芳兰女士是受他之托而来的，现在看来是一种误会。不言而喻，女士的目的在于挑拨她和其儿子的关系。

为了制止无论如何都说要来自家探望的边见，驹子来个折中，告诉对方：只要明天心情一有好转，就去他家拜访。

"那么，再见……"

放下听筒，驹子本人都觉得自己的声音有几分凄凉，这就难免要使边见发挥他的直觉力了。至于凄凉的原因，倘若不是由于通话时间过长而被加倍索取了电话费而心中不悦，便是因为她依然未从芳兰女士的打击中振作起来。

任何人都惊讶地发现白天变短的季节来临了。表现夏日余威未尽的，只是人们身上的衣服，而樱花树叶早已透出黄色，树影长长拖地了。湿润的晚风之中，寒蝉令人心烦地叫个不停。

无聊！

进步宪法业已颁布，陈规陋习相继土崩瓦解，即使偶有不轨行为，也不至被人说三道四。虽说世道如此，然而驹子究竟得到了多少幸福呢？这是否因为驹子本身的思想里，依然残留着陈旧而脆弱的糟粕呢？不不，既然同五百助处于如此状态，那么本该破釜沉舟，随遇而安，将整个一生都投到爱情的赌场上去！可是靠自己孤军奋战能赢得了吗？孤军奋战啊！

也许自己眼角太高了？是否应降降格呢？

如此冥思苦索，当然无法排遣寂寞情怀。

咯噔咯噔……背后响起皮鞋声。

"这不是阿姨吗？啊，好极了……到底没认错。"隆文气喘吁吁地擦着汗，"我刚刚下车，这就要去府上拜访……"那神态非比一般。

"……"

驹子不得不思考是搭腔还是不理。刚刚下定绝对不接近进口糖公子的决心，不可能轻易改变。

"您生气了吧？阿姨……我明白，我全明白！对不起，实在对不起……真不知怎么向您表示歉意……"

隆文那乳白色上衣上下起伏，连连低头求饶。

"简直愚昧至极！提起我那个妈来，又愚昧又低级又自私，脸皮厚得无可救药，把个礼节客气简直当成了什么廉价物资！纯粹是个无赖女人！她那个人……"隆文滔滔不绝，要是给芳兰女士听了，肯定当场气个半死。

"这以前，就因我那个妈，我不知有多少次丢人现眼！可到底还没发生这种勾当。胡闹！这回……我就是告到民事法庭也在所不惜。她不是侵犯父子法就是违反婚姻法！成年之子（从上个月二十五日开始，我就是法律上的独立人）结婚时，用不着父母同意，更何况恋爱！要是妨碍这一点，我的人权就……"

"隆文君，你是怎么晓得母亲到我家来的?"驹子好不容易开口问道。

"要是早些晓得，我当然会劝阻她。可是她走后我才知道，就差一步！是尤丽告诉我的。我妈好像还把这事讲给藤村伯伯了……"

"噢，是这样……不过，已经可以了，这件事，有人误解，就让他误解去好了，这是我一贯的主义……只是，我已下了决心，和隆文君最好不要继续以往那种交往了。"驹子故意冷冷说道。

"那怎么行！阿姨，这可万万使不得！为什么？那岂不等于向我妈那封建思想屈膝投降了?!"

"不，这不是顺从你妈的意志，是我自己，怎么说呢，是按照我的主观性不想同你交往的。"

"这不可能，阿姨！那样我更想不通了……阿姨讨厌我了不成?"

"不是那个意思。不过隆文君的空想已变得对我有些危险也是事实。不明白?"

"不明白!您说是什么空想,可我……"

"好了,边走边说吧!"

驹子不好意思这样站在大街上说话。

走到青芋摇青的田间小道之后,隆文还在喋喋不休。驹子今天不想把他带到自己家去,所以选择了相反的方向。但因道路不熟,渐觉迷惘心虚起来。

"你我两人,无论辈数、年龄,还是生活水平或其他什么,全都不同。至于结婚,一想都觉得好笑。而且,坦率说吧,我不敬佩你!"

本以为如此一说,对方总会有所动容。不料他却眼皮不撩地说:

"不过,我可是敬佩阿姨的。假如爱情需要敬佩的话,这不就可以了吗?只要其中一方怀有敬佩之情……"

"同一心情女方也必须有才成呀!"

"那种想法已经过时了。为什么反过来就不行呢?崇拜一位女性,服侍她,把一生献给她。我相信这里边会产生男人的幸福……"

隆文格外一本正经。

此话倒也言之有理。驹子想,在原始母系社会里,日本的夫妇之爱可能便是这种形式,而若有征兆周而复始,倒也蛮有意思。可是一看到眼前隆文那张脸,又觉得啼笑皆非。

"那种时代要是真的到来，女人无疑会幸福的。可是我无论如何也活不到那个时候。你也最好放弃唯心论，而从尤丽小姐身上找出魅力来……好了，回去吧，太阳快落下去了。"

"请等等！我今天不管怎样都要弄个水落石出。要是得不到阿姨的爱情，我就不回家去。即使为了报复对您那般无礼的妈妈也有必要这么做。"

隆文说着，在要转身回去的驹子面前立定，挡住去路。

"嗬嗬嗬，真是人不可貌相，隆文君还蛮有勇气。你反抗母亲，可你有独立生活的能力吗？"

驹子想小小开个玩笑。其用心，一来想报复芳兰女士，二来也想激一激隆文，看他到底有何反应。

不料，对方也不示弱：

"爱情会给我一切勇气和能力！阿姨，原谅我……"

言未毕，他突然伸出双臂，像爬蔓植物一样缠住驹子的胸部，不顾一切地行动起来。

一瞬间，驹子感到一阵强烈的作呕，当即意识到隆文懂得女人！她动气地拨开隆文的手。正挣扎之间，只听一声：

"嗬，还真够亲热的！"旋即一个怪汉从树荫里突然闪出。

这汉子个头不高。穿一件浴衣样条纹衬衫和一条黑色长裤，两颊蒙一条脏毛巾一般的破布，戴着黑色墨镜。看不清长相。

"你们也太明目张胆了！不认得这家伙吗？瞧……"

怪汉从裤袋里一晃儿挥出一个东西来。不知是匕首还是手枪。

随即，就像在美国电影中看到的那样，隆文高高举起双手。

"好！女的也举起手来！从报纸上知道了吧，我就是那个一看到情侣就不白白放过的汉子！从东京到这里，一路打一枪换一个地方……"

声音倒也平和，全然没有杀气。但生来头一遭遇到如此场面的驹子，浑身早已僵如冰块，心头颤抖不止。

"钱，都给你……"隆文声嘶力竭地叫道。

"给钱也便宜不了你。有多少交多少！"

隆文一只手仍然举着，另一只手插进上衣袋里，抓出两三张百元钞票。驹子倒佩服起隆文的勇气来：在如此猝不及防的情况下，光是开口都不容易！如今像他这样养尊处优的学生，当然不会料到会在这不偏僻的场所遭到敲诈勒索。

隆文用手递钱的一瞬间，故意松开手指，钞票飘散开来。

"混蛋，慌什么！"

怪汉自己反倒慌忙拾起纸币。趁这当儿，隆文以疾风骤起之势迅速跑开，只见身影像皮球一样沿着田间小路飞滚而去。驹子自己也想效仿隆文的机智，刚要拔腿开跑，怪汉一把抓住连衣裙的袖子：

"站住，小丫头！你可跑不掉了！"

"求你别动手！我身上带的，什么都给你……"

一旦死心塌地，说话反倒镇静起来。说不定是怪汉那声

"小丫头"的称呼，多少缓和了紧张情绪。但她随即发觉自己随身带的只有打电话用的几个零钱，连手表都没在腕上。

怪汉果真不满：

"哼，你这丫头想蒙混过关不成？真的只有十二元吗？"

他没有接钱，手提包也还了过来。

"那就没有办法了，只好也跟我谈谈恋爱去！"

那动作比隆文还要粗暴。他抓起驹子的手腕就走，像要领到附近到处都是的杉树林里去。这一来，驹子开始反抗了。正在相持不下，忽听"啪"的一声，怪汉跌倒在地。原来被人狠而又狠地打了一记耳光，估计不是驹子所为。

解救驹子出围的，是粮食配给所的平君。此人是从西伯利亚回来的，平时总板着面孔，沉默寡言。可他那腕力之大，着实令驹子吃惊。只一击就将那怪汉打得像青蛙一样趴在地面上。

当然，虽说是怪汉，但从他在平君面前不住叩头求饶的样子看来，不过是个十七八岁的少年。毛巾面具和太阳镜不知飞到哪儿去了，整张脸暴露无遗：圆圆的脸蛋，惺忪的双眼，很难想象这副长相会干此等坏事。

平君又一次但比前次稍轻地打了一巴掌。那少年连声说"对不起，对不起"，从衣袋里掏出隆文的钱，乖乖还回。这时，"咚"一声，一个树根状的东西掉在地上，仿佛与刚才驹子以为是匕首或手枪之物是同一东西。

驹子感到有点不忍，反倒充当调解人，劝平君不要将少年带到站前派出所去。

"你这嘴脸我早就知道，是下泽的吧？要是下次再窜到这村里胡作非为，看我给你点颜色看!"

说罢又打了一下，把少年赶了回去。

驹子家住上泽，这里几乎是村外了。加上暮色苍茫，平君便把她送到村口。

他的确寡言少语，走了差不多二十分钟路，只听他自言自语地嘟囔了两句:

"近来的小鬼叫人伤透脑筋，苏联那些小孩不知有多么可爱……"

他脚步很快，驹子几乎跟不上。他端端正正地戴着一顶如今没任何人戴的、被汗渍染黑的军帽，上着草绿色衬衣，下穿带有细绳的军裤。这副打扮怎么看都与战时毫无二致，而且身上还散发出一种马和皮革制品特有的气味。这使得驹子回想起那个讨厌的时代，不由蹙起眉头，但她并不讨厌平君。他身体相当瘦削，看上去棱角分明，同五百助完全相反，然而却蕴藏着那般惊人的臂力。想到这里，驹子不能不觉得他是个极为剽悍的男子。

"太谢谢您了，真不知怎么感谢才好……"走进村道时，驹子躬身告别。

"那有什么!"

他站也没站地大步离去。只见他所去方向的天际，有一缕金色的夕晖和一弯新月。

第二天，驹子拿一条香烟，来到配给所。她想，虽说拦路人不过是个模仿流行犯罪方式的少年，但对解救之人还是应该表示一下谢意。

　　"昨天多亏您……"

　　仓库般昏暗的屋子里，平君仍穿着昨天那身衣服，坐在桌前。

　　"算了，太太，这……"

　　平君对礼物根本不屑一顾。看样子既非客气也非虚让，而似乎从心里认为自己的行为不值一提。声调也懒洋洋的，还有点悲戚的意味。驹子拿出她能说会道的看家本领，一直说得他不便推辞。

　　"既然这么多说道，那就收下了。"

　　他红着脸，接过纸包，"砰"一声扔到桌上。驹子觉得好笑，同时看出，似已三十出头的平君，竟有相当腼腆的一面。

　　驹子怀着三十岁女子特有的优越感，刚走出配给所，只听平君从背后说道：

　　"太太，等一下……"

　　驹子以为是什么东西忘拿了，折回身来。

　　"您家主人听说已不在好长时间了，最近还回不来吧？"

　　"嗯，可能……"

　　驹子吃了一惊，平君居然知道此事。不过也难怪，这个地方，什么事儿都会马上传开。

"那么，你得办个手续才行，不能一声不吭地把您丈夫的那份粮食领走。"

平君那张红黑色的脸膛露出事务性的冷淡神情，正面对着驹子。

对这点，驹子有很多理由可以陈述。至少她并非为领取双份粮食有意隐瞒的。但不管怎样，驹子还是觉得给平君将了一军。

"对不起，从下次开始，我只领一个人的。"驹子老老实实地说完，走出了配给所。

这人真怪，情面都不懂！

要是一般人，收礼之后是不会那样说话的。纵是公私分明之人，也要另找机会，这才是人之常情。说不定平君是为了发泄被强迫收礼的私愤，才如此报复驹子的。即使并非如此，平君当时那直言不讳的冷漠态度，坦荡磊落的胸怀，也足以引起她的兴趣。

刚一到家，正房里的房东婆婆把她叫住，递过一封她不在时送来的快信。见是隆文写来的。她同房东婆婆坐在廊下聊了一会儿，房东婆婆谈起平君来：

"他呀，是个少见的死心眼儿人。一提到粮食配给，就一点儿也不客气，性格也有点乖僻。"

房东婆婆就平君的为人拉拉杂杂地说了很多。关于其性格乖僻的原因，她举出了这样一个事件：在平君应征入伍期间，其妻子另找了一个男人跑得无影无踪。他原本是这村里一户中农的儿子，从西伯利亚回来后，尽管上过农业学校，却断然放弃农事，在配给所当一名职员，吃饭睡觉都在那里。

"人们议论说，可能是给那件事气的。从前不是这样的人来着……嗯，太太，您尽可能不要得罪他！"

驹子回到自己房间后，还是无法将平君的印象从脑海中抹掉。那张闪着红光、颧骨高耸的农民型面孔带有一种不加掩饰的忧伤表情。其实她不能断定平君一定是那样的神情，只不过难以消除其印象，而那印象给她一种纯净之感。

蓦地，她想起隆文的快信，读了起来。可能是昨天回去时在某个邮局写的。是用圆珠笔写的草书，内容是对扔开驹子而独自逃跑的辩解。还写到他本想去派出所报案，但又担心说出驹子名字反为不妙，只得作罢云云。

别担心，谁也没把你这公子哥儿当成骑士！

明信片随风落到院里。

接着，她想起今天去边见家的约定，时间还绰绰有余，但她实在懒得动弹。

昨天那种场合，边见也同样是无能为力的。

她惊奇地发现，趋向保守、富有教养的男子居然黯然失色起来。

假如是五百助呢？

也难预料。他向来与世无争，恐怕不至于同歹徒大打出手。当然也可以这样设想：若是同他一起走路，歹徒在庞大身躯的威慑下不敢跳出闹事。但这种银样镶枪头的骑士，毕竟不能赢得贵妇人的欢心。

那么说，我的骑士恐怕只能是那位配给所职员了！

驹子自觉滑稽，不由抖动着身子独自发笑，看上去不无歇斯底里发作之嫌。

她孤身独处已有一百十几天了。虽然女性不像男性想象的那样对爱情如饥似渴，但驹子很想借此机会主动求取一杯清水。因此若遇过度刺激，难免有失检点。

反正，这种状态永无休止地持续下去是无法忍受的。快点回来把话说清如何？

驹子对着看不见的五百助这样叫道。

寻觅自由

话分两头，再让我们看看南村五百助情况如何。

他离家出走至今已逾一百十几日，其间虽有诸多事体，但一未身染重病，二未参加求职运动，而是实实在在地在某处延续生命。所谓某处，不是红旗翻舞的边远地区，而是东京都内。

为什么我要写得如此煞有介事呢？其实并非要为那百无一能的汉子树碑立传。只是因为，倘若从现在的五百助说起，任何人都不会对他在此之前的心境与行动怀有兴趣。五百助的事，还真得从那一天开始写起不可。让我们回头上溯一段时间。

"出去！"

妻子一声令下，即使再老实厚道的丈夫，恐怕也不至于乖乖听话走出家门。

"是这样的吗？"

他只是斜眼瞥一下妻子，便飞出家门而去。之所以如此，是因为他多少有所预谋。

何谓预谋呢？

想必应该这样解释，即他企图利用这一机会来寻求其自身的自由与解放。当然，像他这样懒惰至极且富有一种忍耐力的人，是不可能指望他在有生之年毅然自力更生、决然自我革命的。然而，当那位君临头上的妻子突然放开锁链而对他宣告可以自由之时，其奴隶性尚未根深蒂固到仍想赖着不走的地步。既然如此，那就领情了——这便是他当时的心境。

丈夫离家出走，或遗弃妻子，乃是须三思而行的缺德行径，并非他这等懒汉所能玩弄的把戏。他已听天由命，而就在这时，一个偶然的机会从天而降——如此而已。

他对妻子产生厌恶之感，是始于战后。一切都怪战争。家道中落，妻子做工。刚一做工，便摇身变成一个讨厌的女性，受命扫地也罢，汲水也罢，他不以为苦。甚至有时给妻子搓背洗澡，擦拭皮鞋，他也绝无不快。只是对妻子的吆五喝六出言不逊无可忍受。

这是一种飞扬跋扈不可一世的心理，一种唯我独尊欺小凌弱的心理。他无时无刻不感到妻子骑在自己头上作威作福。倘若它具有交换物资的作用，即能以此换取爱情的话，他也许会欣然忍受。换言之，假如属于男人为女人梳头那种古代夫妇形态，他无半句怨言。然而，就连那种爱情都成了"战后型"——常常推迟或索性停止"配给"。

男女同权，婚姻平等，这无可厚非，我双手赞成。但受妻子虐待，五百助却不大情愿。他是个凡事都想息事宁人的人，无意称霸争雄。对"战败维新"带来的法律上的新型夫妻关系，他绝没感到于己不利，但同时又对那种一切都与战前反其道而行之的做法感到异常头痛。

驹子日益带有了一种封建家长式的倾向，不时将五百助当作奴隶一样驱使，其言语神态，屡屡无视五百助的人格与人权。不错，她确实以家庭副业挣得一半生活费用，但那在五百助面前自我炫耀的态度，甚至比战前负担全部生活开支的大多数丈夫要妻子感恩戴德还有过之而无不及，至少怕是忘记了数学！

五十对五十，一切都均分平摊好了！爱情也罢，敬意也罢，全都依照荷兰付款方式①，恐怕才算是民主主义夫妇。果真如此，倒还好办，然而驹子却蠢蠢欲动，妄图以五百助一人为对象举行示威游行。这能不使他头痛吗?！

另一点使他头痛的，便是弄不清驹子这种战后变化是否起于她的真心。

若是真心，便无可奈何。毕竟是朝夕相处九年之多的老婆，纵使身染重疴，也不能一刀两断。但察其言观其行，颇有大政翼赞会②之嫌。那伙人的胡作非为便不是出于真心，而

---

①荷兰付款方式：在饭店聚餐后个人付个人的钱。
②大政翼赞会：日本政府为推行"新体制运动"于一九四〇年十月建立的法西斯组织。

是基于理念那种怪物。所谓理念，不过是包在真心外面的一层状如脚后跟皮样的东西而已，那伙人将其撕掉大吵大闹。对理念骚动，那时便当不堪领教，不料如今却又故伎重演。迹象表明，驹子是在将世间理念风潮搬回家中实践，如何能不令人痛心疾首！

一言以蔽之，家庭在战后成了难以栖身的场所。五百助的家本来只有两个人，上无公婆，下无子女，按理事情该较为简单才是，偏偏简单不成。恐怕正因为简单，才反而更容易受新时代浪潮的冲击。移居此地以来，所谓家庭气氛迅速荡然无存。五百助无论如何都觉得似乎寄居驹子篱下。男人这东西，纵令五百助这类无心无肺之人，内心深处也还是藏有希求家庭安慰的愿望。而若求之不得，势必工作吊儿郎当，精神萎靡不振。

还是住进通讯社单身宿舍好，至少可以安心睡觉。

早在一年以前他便心生此念，但其离家出走非是仅仅这一项原因。

在妻子面前的自由——对五百助来说，这是仅次于四项原则性自由的第五大自由，而不是什么无关紧要的第六以至第七。

且以他对其所在的东京通讯社心怀不满为例。他瞒着妻子辞职离社，并非由于对工作产生厌倦情绪，而是因为忍受不了社内同战时毫无两样的黑暗气氛。

自从介绍五百助入社的干部 K 氏因战争责任被逐去社外之后，他便开始对东京通讯社抱有疑问。无论何人看来，K 氏都是一贯奉行自由主义的人。倘若因他在交椅上坐的时间过久而将其驱逐尚有情可原，问题是就连本社同行都将他冠以战犯罪名，委实有些费解。经常同军人、政府官员饮酒作乐之徒，只因其不居领导地位而苟且偷生，并将离社的 K 氏骂得狗血淋头，甚至对一度得其庇护的五百助这样的小职员也白眼相待，委实令人怏怏不快。

最使他气愤不过的，是社里的新干部。这些人比战争期间还神经质，每有外国电报打来，态度即刻为之一变，简直像在表演杂技。若仅仅限于他们本人逢场作戏倒也罢了，而竟影响全社，以至人人自危，惶惶不可终日。

此外还有很多使感觉迟钝的五百助不甚明了的扫兴的事情。总之，他觉得通讯社就像无法容身的狭小地洞，恨不得马上逃离为快。

无法疗身的不仅仅是东京通讯社，整个东京生活无不使他悲观厌世。无论物质上还是精神上，个人生活变得如此焦头烂额的光景，这以前难道出现过吗？

如果你建议增加警察来对付这动荡的社会，势必被视作重整军备论者；而若连声高喊和平，则又被疑为代代木的间谍。大事小事都谈论不得。那么假如默默行走街头，即有红羽毛①白羽毛迎面逼来，非叫你签名不可。刚刚抽身跑开，又

①红羽毛：日本在街头募捐时给捐款人戴在胸前的一种标志。

有个举喇叭尖叫着从身后穷追不舍。而迎面又有直把街头当舞台的活人广告挡住去路。难道就不能让人安静、自由一点吗？

于是自斟自饮。酒价过高，只好选那烧酒聊以解瘾。顾客没有一个兴高采烈，店主又被税金压得叫苦连天，开口句句不离税字，说税金如何之高，继而提起迟交时的利息税、滞纳税如何骇人听闻。即使好歹交上去，弄不好又有什么少报加算税、重罚税等不一而足。而且像谈什么鬼怪故事似的压低嗓门，小声细气。这一来，酒也自然喝得无味。

国家固然有其难处，但若把个人逼得如此走投无路，终究不是办法。国家、社会、家庭，全都朝个人头上开刀。纵是五百助这等感觉迟钝、软弱无能之辈，也难免有些动气，从而对某种别开生面的生活方式产生向往之情。正当此时，老婆命他"出去"。

这样，五百助便如同一根被阵风吹起的羽毛飞往大气层中。虽说有所预谋，也不过尔尔，同《玩偶之家》的女主人公的勇敢精神相比，含义略有不同。

况且，他还在爱着驹子。虽然是个讨厌的女人，但并不认为她是可恶的存在。他这样的男子，断不会轻易憎恶一个女人，更不至于因为令他离家这一点，就对她恩断情绝。相反，他还自作多情地担心自己走后对方能否安然度日，为慎重起见，尚留下锐利的一瞥，但见所有迹象都足以打消他的顾虑。

"那么，再见……"

就连退职金剩余部分的安放位置都如实相告，因此再无任何憾事。他的心情风平浪静，脚步悠然自得。附近任何人见了，都未觉得他与平素上班有丝毫不同。

"上班去吗？"

"啊……哈哈哈！"

在山货店拐角处遇到房东婆婆时，他神气活现到了极点。

天空也一碧如洗。这个地方，冬天是很难熬，但初夏一到，便迎来了一年中的黄金时光。他在微微泛青的麦田间一步步地走着，微风拂拂，清香阵阵，仿佛向他祝福。

到得车站，他丝毫不费踌躇：月票尚未过期。检票员也认得他，根本没有查票。他一如往常，缓缓登上天桥，而后悠悠走下，并且全然不以时间为意，身子往旧搁物板一样的椅上一靠，只听那状如日益增多的洋房的国营铁路电车"隆隆"开进站来。

这也训练有素：他不慌不忙地一走到适当位置，那车门便不偏不倚地正在他眼前停定。门是汽动的，自行打开迎客。

运气好的日子万事尽如人意，里面正好有一个座位虚席以待。电车若都是这般情景还算较为人道。那上下班高潮时的拥挤状况，怕是多少有悖于《波茨坦公告》①。

---

① 《波茨坦公告》：全称《中美英三国促令日本投降之波茨坦公告》，亦称《波茨坦宣言》，于一九四五年七月二十六日发表，苏联于同年八月八日加入，日本于八月十四日接受这一公告投降。

心静自有睡意。一直睡到终点也没关系，中途醒来下车亦不碍事。这与去社上班情有不同。退职一个月来伪装上班时的那种不安之感，至今尚未消尽。

国铁电车不也很惬意吗？既不必担心它会发疯猛跑，又有各种热情的服务。

"新宿！新宿！"

听得此声，五百助不由起身离座。这大概是他伪装上班而实则游玩的时间里养成的习惯。

在新宿大街上，五百助的身体俨然"大和号"战舰，以低速向前航行。一到行人稠密之处，他更显得鹤立鸡群。而且不仅是身体，其面孔的壮观也令人刮目。驹子当年之所以坠入情网，便是由于他这堂而皇之的浓眉大眼。

今天，他内心充满解放后的喜悦之情，无论体形还是脸形，看上去都比平时大有一轮。十一点满满吃一肚子早餐，尚不觉饥饿。因此，他目不斜视，径直穿过那摆满西餐零食、中餐小吃、炸猪排、烤鳗鱼、洋式点心、日本式点心、年糕小豆汤、甜馅丸子的街头，一副趾高气扬的样子。

接着，一些卖处理布料、旧浴衣料、降半价皮包、胶底红皮鞋等货物的人蜂拥而来，"买吧、买吧"叫个不止。他根本不予理睬。囊中无钱固然是一个原因，但更主要的是他早已养成只穿驹子所买衣物的习惯。因此，他在橱窗前全然无动于衷，绝不会垂涎三尺伫立良久。

他只是优哉游哉地在人行道上行进，俨然巡视自己所辖范围的老板一样大摇大摆。假如驹子看见他这副仿佛各条街道无有不知的神态，想必会心中讶然。而实际上，他以往下班后顺路喝酒，只限于银座一带，那种驿站般热闹的繁华地段，他从来未曾涉足。可是丈夫的行动，很难始终局限于妻子想定的范围内。在辞职退社而又假装上班的一个月时间里，他料想陌生地方会使神经得到舒展，便去浅草、上野逛了一番。但由于月票的关系，还是在新宿下车的时候最多。为了消磨时间，他或看电影，或观喜剧，从而记住了走红演员的名字和面目，以及战争流行用语。他原本在艺术方面一窍不通，几乎把大河内次郎当成了翻译家。新宿"青风船"喜剧院，起始他还以为是咖啡馆而过门不入。

现在，"青风船"也罢，"昔野"等各处电影院也罢，他至少推门进过一次。而且，西侧新兴街、南北后街，甚至光怪陆离的樱花新道等地方，也都大致走了一遭。为了强行打发时间，每日从正午一直逛到六点多钟。因此他也成了"行家"。

今天，他没有拐往任何横街，径直沿着大街行至追分。他想按往日习惯看一场电影，但在看广告牌时，突然改变了主意。

他打算见识一下在这座电影院五楼表演的"纽罗纽罗舞"。何谓"纽罗纽罗"，名称他固然不得其解，但内容他知道。迄今为止，他总觉得不好意思而一次未曾入内，但现在顿生此念，可见解放这种心理实在非同小可。

掏钱买票时，五百助猛然发现，褐色的皮钱包里，严峻的现实正冷冷瞪着他：

三百元！

这是驹子刚才给他塞进来的，不数他也知道。驹子那种女人绝不会多塞一点。昨天以前，他天天从退职金中抽出一两张千元钞票，但昨晚花得分文不剩，再没补充进来，真是疏忽大意！既然离家出走，至少该备下一万元才行。可惜现在才注意到，悔之晚矣！

"你怎么回事？"

女售票员霹雳一声大喝。一个劲儿眼盯钱包的顾客，恐怕理应遭到蔑视。

"啊，来一张！"

事已至此，有进无退。于是他递出两张一百元的，找回五十元——所持钱款的一半就这样付诸东流了。

要是给驹子看见，肯定骂他"活该"。正好在他想找粉头求欢之时猛然被泼了一盆冷水，那上水泥楼梯的脚步顿觉沉重起来。楼梯又陡又脏，根本不像通往色情天国之路，而且有四层之多，直上得臃肥体胖的五百助上气不接下气，实在苦不堪言。

但上到顶层一看，果然与普通电影院不同，画廊甚是宽敞。人头攒动，温暖欢快的气流迎面扑来。

天无绝人之路！

五百助的抑郁心情即刻烟消云散。他生来就是这样，虽然有时也沦为抑郁和沮丧的俘虏，但时间从未超过一个小时。他似乎有生理上忍受不了长时间不快情绪的折磨，而当心情如同雨过天晴一般豁然开朗之时，却又不伴有任何相应的缘由。因此他本人也像有些难为情，念咒似的嘟囔了一句"天无绝人之路"。虽然如今这个社会不能如此轻易地一概以"天无绝人之路"而论，但或许是因为摊上了贤妻，迄今为止他毕竟没有遇上绝路。不过从今日开始，情况就天翻地覆了。

"请，这边请……"

女侍打开旁门。内部极其昏暗。昏暗之中，站立观众的头部和背部宛似妙义山的剪影，黑乎乎地浮现出来。人多得惊人。满房间都是盛夏一般闷人的热气。然而全场鸦雀无声，恍若置身寺院。如此遵章守纪的观众，还从来未曾见过。简直比能乐堂①还静。只是那寂静之中，含有一种屏息敛气般的紧张，令人心神不安。

透过人墙空隙，只能看见半个舞台。似乎幕布已经拉到尽头，台中央可以看到幻灯样的东西。赤身裸体的女子扛着一个状如坛子的容器，全身一动不动，同观众一样悄无声息。

舞台上的幻灯变换了几次。每次都浮现出一幅似在什么画集上看到过的画面。刚才出现的是盎格鲁汲水姑娘，这次是歌磨捞取鲍鱼的潜水女郎。任何画面都大同小异，同原来

---

① 能乐堂：日本专门用来表演能乐（一种古典乐剧）的剧场。

想象的相差万里。围裙上的红色，似同木版画的红色相差无几。皮肤虽白，却像芋头锅里的煮鸡蛋一样，在幻灯下闪闪发光，甚是刺眼。

这当然也是一种表演，但毫无肉感这点却使五百助有所不满。他并非什么好色之流，但既然投入全部财产的二分之一进得场来，总该领略一下富有刺激性的场面才是。人们津津乐道的裸体舞，若同手帕盒上的石版画没甚差别，实在兴味索然。但奇怪的是，画面每变换一次，周围观众都似乎紧张得大气不敢出。

稍顷，这名画造型演完，场内一片骚然，同时人群波涌，打破寂静。原来是为了寻找空出的座位。每一个人都对靠近舞台的座位虎视眈眈。一个远非年轻的男人如同老鼠一般掠过地板，一屁股抢先坐在最前面的空座上，简直叫人联想到战壕里的行动。

五百助也好歹在最后排弄到个座位，刚刚坐下，只见帷幕拉开，这回开始了哑剧表演。背景似乎是铁道桥下，夜色深沉。剧中人是妓女和妓女吵架，互相把衣服撕掉，近乎裸体。同那高雅的画集相比，多少有点刺激性，但还谈不上富有性感。

是因为我对裸体没有兴趣不成？

五百助认真思索起来。果然，他无论如何也想不起妻子的裸体是何模样。新婚旅行时到过汤原温泉，赤坂老家的浴室很大，也一起进去洗过；去年为节省洗澡费还在厨房用水盆擦过身子。目睹驹子裸体的机会当有很多，然而却毫无印象。只是依稀记得肤色不怎么白皙。

同其他男人一样，五百助也具有把异性肉体尽收眼底的渴望。本想求妻子给予满足，又觉得过意不去而每每作罢。没有印象恐怕便是由此所致。那么说来，今天眼前丑态百出的肉体展览想必会慰其平生夙愿，却又不尽然。是因为那裸体本身没有价值，还是由于裸得不够彻底呢？那乳峰上贴着一小块香烟锡纸样的东西，腰间缠着一条西洋式遮羞布，即一种装饰性肉体。是这点使他扫兴吗？

"喂，喂，对不起，您是……"

这时，有个人从背后拍他的肩膀。

"到底是南先生！真没想到，您也会来看这玩意儿……哈哈哈！"

说话的是一个四十岁上下穿西装的男子。五百助压根儿想不起姓甚名谁。不过，既然称自己为南先生，想必是有乐町"阿力"饮食店的常客。那里的老板娘将南村略称为"南先生"，因此一些他熟悉的常客也跟着这样叫他。自然，另一个原因恐怕是这些人喜欢以一个新派剧演员的名字称呼这个巨汉，从中寻找乐趣。

"啊，这……"

五百助敷衍作答。正好身旁空出座位，那男子不失时机地移坐过来。

"那次实在太感谢您了！事后一直想还给您，到'阿力'

去了好几次，可听说这些日子您一直没有光顾……"

五百助不知所云，但近来以去新宿为主而未到有乐町倒是事实。

"这事儿一会儿再聊……可我说南先生，这裸体倒也不坏。我除了打职业棒球，就是看这东西，兴奋神经嘛！喂，瞧那女孩儿的裸体，真叫我开心！一看见这德莉·赤松的身子，什么日本人呀老婆呀，全都忘到脑后去了！"

那个叫什么德莉或德莉亚的女子，正在向前突出的舞台上自我炫耀地挺起赤裸的胸部，扭动腰肢走近前来。嗬，那身段确实匀称动人。身高足有五尺七寸，窈窕而又丰满，两条腿流线型下来，肌肤莹洁滑润，不仅在日本人中出类拔萃，在西洋人里也属凤毛麟角，使人联想到巴厘岛①上的美女。脸形、眉眼属南洋型，既富有野性，又能叫人充分领略战后异国情调。日本真是个不可思议的国度，只要需要，竟不知从何处觅得亘古未有的、具有如此观赏价值的肉体。

"那身子实在出奇！我对音乐舞蹈一窍不通，戏剧情节也看不出名堂。只是一见这身体，就百看不厌，不由来了个'连场'。"

所谓"连场"，就是第一场完了之后，继续留下来看下场同一节目。诚然，人体这一天然艺术品是不易看够的。五百助终于明白，正因为观众都如此连续作战，场内才像死水潭

①巴厘岛：印度尼西亚岛屿，为游览胜地，以佛教庙宇建筑及音乐、舞蹈闻名。

一样寂静无声。而且满座都是与这男子相仿的四十上下的半老头子，这一发现也增强了他的理解。

不过，我可损失了一百五十元，要是去看一场第二轮上演的电影就好了！

五百助心疼钱包的时间里，舞台上的表演不觉已接近尾声。

一场完了，五百助便和大多观众一同站起身来。他无论如何也没心思看"连场"。

"那么，恕我失陪……"他向那位尚未记起是谁的男子告别。

"嘿，南先生，好个急性子。你回去，我也回去了！"

他很不情愿地尾随五百助出来，一起下完四层楼梯，走上大街，他还是无意分开。五百助有点不快。

"站着不好说话，到那边坐一会儿吧！"他抢在头里，穿过大街，钻进一家战前就有的老牌饮食店。

我可不付款！

无可奈何地坐在椅上的五百助这样想道。平常他根本不把钱字放在心上，可能是境遇的改变开始影响到他的精神。

"酥饼两个，咖啡……"对男侍吩咐完毕，他转而对五百助说，"啊，南先生，那时候太对不起了！我就是喝得再醉，也绝不会忘记给您添的麻烦。对了，这是我的名片。我们虽然见过，但互相告知姓名，今天却是第一次……"说着，他从皮夹里抽出名片，放在五百助面前。

高山——五百助只瞥了一眼姓氏，名字看也没看就放入兜内。出于礼节，只好将自己的名片也递过去。

"哦，南先生的名字古色古香的。府上是下泽，大概在武藏野站下车吧？我住西荻，不很远。去拜访一次可以吗？"

"啊，这……"

五百助想起自己已成无家可归之人，有点慌神。从今天开始，他已失去了受人访问和传送信件的资格，心里不免有点凄凉。

"也罢。当时是您替我付的款。钱财上还是清楚些好，我这人就这个脾性。别见怪……"

高山从装入五百助名片的皮夹里拉出几张百元纸币。

"这是怎么说？到底……"

"啊，你要是不肯收下，我可就无法做人了！"

据高山说，他在"阿力"付款时，也许遇上小偷，钱包不见了。五百助见状，便替他付了。

经他一说，仿佛有过这回事。但五百助早已忘了。

"为了把钱还给您，我不知到那家并不怎么样的饮食店喝了几次酒。其实，那个店那天晚上是头一次……只是因为你的体格显眼，才记住您叫南先生……"

若是常客，五百助就是再健忘，也不至于连脸面都没印象。如此说便可以理解了。但摆在眼前的这五六百元应如何处理呢？

有它在手，那被裸体舞厅刮去的一百五十元不仅马上可以补回，而且今晚明天的饭钱也充足有余。离家不到半日，便有意外之财降临头上，无疑是天官赐福，堪称雪中送炭。

　　他恨不得嗓子里也伸出只手来一把抓进口袋。

　　尽管心里着急发痒，而手却偏偏伸不出去，就像吃了安眠药似的，神经处于麻痹状态。五百助并非那种打肿脸充胖子的虚张声势之人，想要就说想要，并不觉难以启齿。但不知怎么，唯独今天顾虑重重，不能断然伸出手去。当然，他还一次未曾让人还过请客的钱，今天完全可以理直气壮地开个先例。说起来不可思议，从来不晓得金钱威力的五百助，今天似乎茅塞顿开，像普通人那样开始对金钱感到难分难舍。

　　但不管怎样，这钱他还是不能接受。

　　"不，算了，这点小事……"声音低微而悲戚。

　　"算了可不行！你设身处地为我想想，怎么好将别人代付的钱不了了之呢！"迫于形势，高山也语气强硬起来。

　　这么着，五百助干脆转过头去，似乎为避免瞧见桌上的纸币。他是尽最大努力做此举动的，因此一时悲戚之极，紧张之至。

　　"哦，生气了？……真是难办！我也不是有意使您为难……那么，这样好了，这钱我收回。"

　　他将纸币聚拢起来，放入皮夹内。五百助终于垂下头来。

　　"但是，南先生，这回得请您听我的，到神田去一下。那里一个很妙的地方，有家我熟悉的炸虾店。请和我一块去！

连这个您都不赏脸的话，这回我真要生气了……"

两个并列的酥饼他动也没动，就立起身来。

出租小汽车从水道桥站的铁路桥下钻过，跑上三轮街的电车道。

"拐过那个角，往右……"高山在座席上命令道。

从门面上看，很像一般住户，但那块炸虾店招牌却异常醒目，似乎不是那种没有营业执照的偷税饮食店。其建筑本身，在战后来说也属上乘。

"这儿的老板，原本是开鱼店的，选材用料很有眼力……"

高山俨然行家里手似的说着，打开格子门扇，于是一股炸油的香味扑鼻而来。一进门口，便是油锅和站食位置。

五百助已经饥肠辘辘。刚才他便觉得肚子空空，情不自禁地扫了一眼剩在那里的酥饼。也许是由于体胖，吃完不一会儿便腹空喉干。但今天的空腹，还伴有令人窒息般的不安。为了充饥，必须掏钱。否则就必然让高山这素不相识的男子请客，两者都不可取。五百助是喜欢请别人的人。

高山没有在油锅前面就座，而走进里边雅座。一位年纪上还称不上老板娘的老板娘走来问吃什么。

"今晚嘛，有好的只管多多拿来！听说这位先生十个人的分量都不在话下！"

"哎哟，真是一副好身架……好像在哪里的拳击场上见过。"

坐在壁龛前面的五百助面露窘色。瞧高山摆出的架势，简直像是领一位自己偏爱的拳击家来共进晚餐。

炸虾上来之前，先端来了配菜，在五百助面前，分别摆上两份醋拌凉菜和生鱼片。莫非是羞辱不成？

奇怪的是，平素从来没起过作用的神经居然充起血来。自尊心这东西是什么时候开始具有的呢？

"怎么回事？怎么一点儿也没动啊？"

高山不停地斟酒劝菜。酒倒是"咕嘟嘟"喝得起劲，但菜五百助却很难伸一次筷子。看来，这条巨汉已完全为那种乖僻的孤儿心理所征服。

空腹喝酒，反而激起了他的食欲。为了压下食欲，他便一个劲儿猛喝。于是醉意迅速上来。

不吃！不吃！

他在心中大声叫道。只见他两眼发直，鼻孔喷着粗气。

这当儿，炸虾端上桌来。虾、星鳗、云鲥鱼，堆积如山……

愈喝愈勇。直从夏令时间①十七时喝到夜阑人静、街道生凉之时。又是啤酒又是日本酒，不知喝光了多少瓶。

高山早已舌根发硬。从自己买卖的经纪人说到家庭纠纷，絮絮叨叨，没完没了，有一半话语无伦次。说着说着，"扑通"一声，直挺挺倒在矮脚餐桌旁。

五百助也一度觉得天旋地转，但毕竟是海量，喝到一定

_____

①夏令时间：日本按美国驻军意见从一九四八年开始使用，每年五月二日零时起将时针拨快一小时。一九五二年废止。

程度，酒劲反而停滞下来。他真想喝个一醉方休。他不是想借酒浇愁，忘掉一切，而是要大鼓作气，至少向眼前的炸虾发起进攻。结果未能如愿。高山醉得不省人事之后，他本想趁机猛吃，但手欲伸又止。小时母亲秋乃给他的告诫蓦地从脑海中浮现出来，使他只好忍痛作罢。

一看手表，已过二十时。肚子满是液体，尽管没有进食，却鼓鼓膨胀起来。

"喂、喂……"

他摇晃高山的身体。

"噢、噢——到富士见町去！"

高山胡言乱语，仍大睡特睡。五百助觉得时间不早，该离开这里了，便按铃叫人，老板娘走出。

"我想回去……"

"哎哟，高山先生怎么醉成这样……也罢，叫车送他回去就是……"

"哟，那，钱……"言未毕，心中大叫"糟糕"。以往的慷慨大度使不得了。

"那哪行！事后高山先生会怪罪我的。"

老板娘的回答，远比救世主之声还难能可贵。

他忙不迭地一步窜出炸虾店，如释重负地仰望天幕。只见一反白日晴空，云片低垂，被灯火映红，梅雨季节即将来临。

他下意识地来到水道桥站，匆匆赶到检票口，双脚随即被死死钉住。

我已经无家可归了！

但他总不能永远站在车站不动。从这里一看，发现一道昏暗的坡路，沿着铁路线往御茶水方向伸去。那片昏暗在招呼他。陡然高出的混凝土基础上面便是铁路。对面是一座庞大的建筑物，不见半点灯火。路上没有一个行人。他面对混凝土墙壁站着撒了泡尿。正当这时，灯光明晃晃的下行电车从他手上飞驰而过。不知它是开到间站为止，还是驶往立川方向。

他脚步沉沉地登上暗坡，见半坡中闪出一盏方形檐灯，上书"旅馆"二字。那是一座建在大火后废墟上的小型双层建筑。窗口泻出的灯光，给他一种温暖、亲切之感。

噢，住在这里好了！

五百助刚想从檐灯下钻过，双脚又一次被突然钉住。

即使收费再低，一宿恐怕也要五六百元。即便不吃早餐，他身上的钱也远远不够。

算啦！

他重新起步前行。

路上了无人影。上到坡顶，也只见街灯凄清地勾勒出八字形光亮。借光环顾四周，这地方好像是轰炸区和幸存区的分界线。一侧黑黝黝地耸立着高大的宅邸和医院楼房，而可以俯瞰的神田下町一侧，则是一片仅有断墙残垣的荒地。

他沿废墟间的道路移步向前。移步之间，左侧出现一座式样独特的建筑。那如同红色巨箱般的正面，排列着一根根圆柱。其间垂下一块木牌，写着"妇女图书馆"。

这里是女人的领地？

但见大门紧闭，唯有一盏残灯。即使男性借檐下栖身，看来也不至有人埋怨。他登上宽大的石阶，心安理得地在圆柱阴影里弓身坐下。

虽然未走多远，却觉得像走了一百里路似的。

寻求自由，实在非同儿戏！

离家时他兴致勃勃，而不出半日时间，元气便已消耗殆尽。如此下去，前程令人不寒而栗。寻求自由却为不自由所困扰，可谓徒劳无益。看来还是回到驹子身边才是上策，哪怕多少忍受一点奴隶式待遇也好！

算什么事！道个歉不就行了！今天那样子，又不是真正发怒……

五百助也有相当厚脸皮的一面，驹子的气质、心理状态他都心中有数，不过佯装不知而已。

问题只是，今晚回去好呢还是明早回去好呢？现在马上开跑，也许可以在水道桥站赶上开往间站的末班车。但下车还要走那么远，再说到家敲门能否给开还是个疑问。眼下蚊子已经出阵，万一在家门附近坐待天明，那可就惨了。反正要是注定野营的话，还是市内平安一些。而且，明早回去跟驹子诉说一夜的折磨如何不堪忍受，对方想必更容易息怒开恩……

他决心在这里熬到天亮，但那混凝土地板的硬度，逐渐在屁股底下捣起鬼来。一摸烟盒，早已空空如也。这一发现反而使他烟瘾上来，不知所措。无论如何也难以成眠。

看样子夜已经很深了，而五百助仍然背靠石柱，久久不能合眼。

突然，他听得有轻微的脚步声。图书馆对面，有半截烧剩下的石墙和无门的门洞，里边漆黑一团，有两个人影从中闪出。

男的一身西装，女的穿连衣裙。最先露头的是那没戴帽子、提着折叠皮包的男子。他从门口向外望了望，似乎确认有无行人。然后向女方招手。女方蹑手蹑脚地移出门口。从衣着上看，像是事务员或店员。

两人一看周围没人，便马上合成一株孤树，那动作的熟练程度简直不亚于西洋人。这也是眼下的新风气。

这万物静止的时间非常之长。好不容易，树枝分离，柔蔓松开。

"那，明天见！"男的说。

"嗯，明天……"女的回答。

旋即，男的果断地向水道桥方向走去。女的也随之带起一串急促的皮鞋声，消失在骏河台那边的夜幕之中。

原来是在等人！

由于在丸之内上班的关系，五百助时常在皇居广场见到如此情侣，早习以为常。因此，他没怎么认真想过应如何对待战后的性道德。根据自己今夜的体验，他甚至对刚才这两人有些同情。因为旅馆就在附近，而他们却不能利用。估计这对男女是在神田附近工作的，但肯定属于经济上捉襟见肘的一类。深更半夜，竟不得不在废墟灰堆上卿卿我我，活像发情的家猫，想来叫人可怜。

但对五百助来说，当务之急是如何找个稍微舒服些的地方来度过一夜。而刚才的两个人，无疑给了他一个暗示。

他鼓起勇气，试着走进那没有门的门洞。出乎意料，里边面积很窄，下边就是山崖。脚前杂草丛生，其间必定藏有一处能使人歇息的场所。

他把手伸进衣袋。香烟没了，打火机还在。打着火往四周一看，见那低矮的地方，有一个混凝土防空洞入口。他下到里边。

这真是一大发现！里边的土非常干燥，中间还铺着一块席子。

他"扑通"一声倒在上边，关上打火机。不知哪里荡出一股香水味儿，大概是刚才那个女的留下的。如此想着，不知不觉进入了梦乡。

"怎么？到时间啦！"驹子摇晃他。

"再让我睡会儿，辞职不干了嘛！"

"胡说什么？起来！快，快起……"

好个粗暴的女人，她将五百助的身体摇动得像起伏的波浪似的。到后来，居然抓住头发，一把抓他脖子拎起。

"也太不像话了！你这人……"他睁开眼睛一看，四下仍然漆黑，而且有一股强烈的土气味儿。

"什么不像话？你才不像话！一声不吭钻到别人的窝里来……"

黑暗中，吼声如雷。声音是男子发出的，男子就蹲在他身旁，怪异的臭味直刺鼻孔。

丈二和尚摸不着头脑，不过他意识到，那片如同刀削一般的长方形的微弱光亮，正是防空洞入口。

"是你，这些天是你在糟蹋我这个窝！我每次回来，都肯定有件什么臭玩意儿丢在这里。你还装糊涂……难道你不晓得同伙要讲义气吗？"

"是……"

五百助不由脱口而出。他睡得迷迷糊糊，战局还未辨清。只是朦胧觉得有个人把这无人居住且可倒头便睡的防空洞当作自家住宅，当其深夜归来时，发现了他这个入侵者。不过，近日糟蹋此地之人，却与他毫不相干。

"三个月前我就住进这里了。你打听打听那些住在山崖附近的家伙，没一个不知道！你小子大概是个流浪汉，从上野那边溜来的吧？"

"对不起！"五百助在黑暗中低下头去。反正要道歉才行。

然而，这是何等令人不快！他不由叹息一声。所有权——这等场所都有人在确立和主张所有权。五百助在社会生活中遇到的所有麻烦，十之八九都起因于人们对于所有权这一怪物的过分敏感和过度行使。对"所有权"这三个字，他直觉得一阵阵作呕。

"嘴上说对不起，那还磨蹭什么？"

"是。"

"出去！"

他心里一惊：这同一句话一天之内竟然听到两次！

五百助从对方的声调里揣度出对方的年龄，于是用恳求的语气说道：

"别那么说，留我住一晚上！我被赶出家门，无处可去了……"

"赶出家门？给谁？"

"给老婆……"

天光渐曙。

五百助终于免受夜露浸衣之苦，在防空洞里平安度过一夜。他一说是被老婆驱逐出来的，黑暗中的男子遽尔改变态度，不但允许留宿，还同其分享五百助早已垂涎三尺的香烟来。只是，这条汉子压根儿无意睡觉，而开始论述妇女或为妻之人的本质。弄得五百助好不烦恼。但以此作为住宿费，还是应该忍受的。

"对女人可马虎不得！见到女人你就当她是扒手，那保准没错儿。女人这玩意儿，只知道一味夺取，却不晓得给予……哎呀，天亮了，到底跟你说了个通宵……"

看起来，这个男子也曾尝过老婆的厉害。但借明亮的光线相对一看，两人都吃了一惊。五百助吃惊的是，那男子竟是个年届花甲的老流浪汉，穿一身几乎要腐烂的工作服，实在寒碜得惨不忍睹；对方吃惊的是，五百助的声音那样柔弱动听，而身体却如此庞大无比，而且衣冠楚楚，令人不胜愕然。

"先生……要是不介意，请请！"

他朝五百助递过早上的香烟，用词也改了过来。那香烟全是别人抽过的，装在一个空盒子里。五百助昨晚并不知道，津津有味吸了好多。吃惊倒是吃惊，但不觉得作呕。尽管生于上流之家，却未爱洁成癖。

"谢谢！"

他挑了一支较为长些的，看清是所谓"洋烟"。

"伯伯，你干这个？"五百助示以实物，表示问他是不是捡烟头的。

"这个也干，别的也不嫌弃。噢，算是捡破烂的吧！什么都捡……哎呀，到出工时间了！昨晚没合眼，差点儿忘了。干这活儿，必须趁别人没起床时赶到街上才行。"

说着，他爬出防空洞，五百助也跟着出来。只见老流浪汉像出入自家厅室一样拨开茂密的夏草，搬开石堆，从中露出一个已经磨秃的自来水管，管口滴着水。他用水认真洗了把脸，还漱了漱口。而后朝着阴沉沉的东方天际，"啪啪"拍了几下手。

"可你怎么办呐?"他对模仿自己洗脸的五百助开口问道,"要是乐意,在这儿睡也没关系!"

"谢谢。可我想,今早是不是回家向老婆道个歉。"

"是吗?那种勾当,怕是要好好想一想……不过,你愿意怎样就怎样好了!好!再见!"

望着老人那脚步有些踉跄地走下山崖的背影,五百助不由生出一种依依之情。

为什么?莫非感于一宿一餐(尽管是以烟代饭)不成?抑或是对这位似乎同受恶妻之害的老人怀有同病相怜之感呢?这诚然不容否认,但此外好像还有什么东西在吸引着他。至于那东西究竟是什么,弄清它还有待后话。

可我怎么办呢?

他慢慢悠悠走到水道桥站之后这样想道。之所以走到这里,是因为他昨晚空腹喝酒过多又感到饥饿。肚子一饿,在驹子做的酱汤和热饭的诱惑下,恐怕难免思归。但踏上归途竟如此之早,却是他始料未及的。

最要紧的,是他想睡一觉。为了寻找午睡场所,他乘上国营电车,在信浓站下来。这是月票通用区间,在伪装上班的日子里也曾在此下车,到外苑呆呆地打发时间。于是今早也照例前来。

由于是一大清早,在外苑走动的人只有脚步匆匆的上班人员。他们是为抄近路而从外苑穿过的,无论速度还是方向都与五百助不同。他意识到自身已成无业游民，惭愧的同时，又不无涉足另一世界的乐趣。

步入绘画馆后面，上班的人也没有了。阴晦的天空下，树木葳蕤，阒然无声，真个别有天地。他往长凳上仰面躺倒。

在这里睡上一觉好了！醒来回家，怕正是时候。

他将帽子压在脸上，双腿一挺，不到一分钟，便酣然入睡。

不知睡了多久，只记得做了个梦。梦中驹子向他道歉不已：

"这以前都怪我不好！你走后我马上觉出自己的不对。夫妻这东西，讲的不是势均力敌，而是以和为贵。就是说，不是争鸣，而是合唱。我明白了……往后也像别的妻子那样好好体贴你。"

"不不，倒也不必那样……"说到这里，一觉醒来。

好像睡了很长时间。因是阴天，判断不出时刻。往周围一看，见旁边凳子上，一对似来东京观光的中年夫妇和和气气地吃着夹馅面包。树荫深处，两个学生模样的年轻人，穿裤子的腿和穿裙子的腿并为一排，正起劲地谈着什么。搞不清是正午还是偏午时分。

差不多该是回家时间了吧？

他想看看表，以弄清准确时间。不料，手腕上空无一物，压在脸上的帽子也不翼而飞。

他愕然爬起，上下找了一遍凳子。结果帽子无影，手表无踪。

手往上衣兜里一伸，皮钱包也没有了，只有打火机还待在裤袋里。

给人偷了！

这世道真麻痹不得！所有余款、月票、手表、帽子——大凡能从他身上拆卸下来的，都给拿个精光。

帽子是战前买的，早已发旧，丢了也不足惜。手表却使他颇为心疼。听说是什么世界第一流的高级表，那还是当过外交官、已经去世的伯父从瑞士给他带回的礼物。驹子也知其价值，即使在"剥笋时代"①，也唯有这个不肯脱手。

不得了，这可不得了！

五百助恍若听到命运的大门"砰"一声关得严严实实。

他仿佛觉得，刚才在梦中微笑的驹子，正在咬牙切齿、披头散发地朝他扑过来。一切辩解都无济于事。她恐怕绝不会相信彻夜未归连手表都丢掉的丈夫的话，肯定一口咬定是他醉后眠花睡柳时被勒索去的。她平时之所以每次只给少少的三百元零花，无非是出于一种束缚男人的谋略。即可以使其勉强喝一点酒，但绝不至于用以胡来。这点把戏五百助也不是不知。更何况还有昨日事件！即使没有，求其谅解也近乎枉然！

这样，家也回不成了！

---

①"剥笋时代"：战后初期，日本生活困苦，人们像剥笋一样将衣服、手表等一件件变卖度日，亦称"剥洋葱时代"。

五百助像一个外出买东西而丢钱回来的继子似的，体大如牛而胆小如鼠，一时万念俱灰，陷入唯恐受责挨骂的不安之中。而且，月票没了，买票钱也没了，等于被斩断了回家的双腿。

　　五百助在外苑过了一天。

　　他往来转移位置。从绘画馆后走到游泳池前，又踱到摔跤场附近，但终归未越出外苑一步。他的移动是为了寻找饮水点。那种喷水式的饮水点本来到处都有，他必须找到猛猛喝上一通。醒酒问题已经谈不上了，而是为了忘却饥饿。

　　昨晚的酒精撤离体内之后，肚子骤然痛了下来。从昨天吃罢很晚才吃的早饭，到现在还一个饭粒都没进肚。他身体大出常人一倍，食欲也该是与之成正比的。在空腹的折磨下，他头晕眼花，失魂落魄。时间也罢，场所也罢，自身行动也罢，几乎都成了梦幻。

　　不觉之间，暮色降临。不觉之间，他踱出外苑。电车、汽车、街道、桥梁，像幻景一样在他身旁流过。当他清醒过来时，已经站到了昨晚的防空洞跟前。洞口外坐着昨晚那个老人。

　　"到底回来了，估计是这样。饭也没吃等着你呢！"

皈依此道

五百助在老流浪汉那里当了五天食客。

这是地地道道的食客。就是说，他只是在食物本身上有求于老人，而并非那种餐具、卧具一应俱全的生活。至于住处，不管老人如何强调所有权，也不能算其私人所有。

食物几乎尽是硬馒头一样烧焦的面粉团子。可能有卖这种东西的地方。

"吃吧！"

老人从工作服口袋里，掏出用破报纸包着的食物，他自己是在外面吃完回来的，这算是给他的礼物。

虽然像馒头一样坚硬，但慢慢咀嚼起来，还是多少有点味道。他吃罢两个，再到洞外喝些自来水，觉得好歹对付完了一餐。

令人吃惊的是，老人竟给他拿回一次（尽管是一次）荷兰干酪。味道稍有点变酸，他吃得蛮有滋味。

"哪里是买回来的，我可是捡破烂的!"

据老人说，这一带有美国驻军的宿舍和饭馆，从残羹剩饭到空罐空坛，甚至有时连旧衣旧鞋都能捡到。一问是从哪里捡的，答说从垃圾堆里。如此不难想象那干酪也是出自那里，但五百助决定不加理会。

老人似乎无所不拾，可是带回来的，只有食物和烟头，可能是在附近什么地方处理掉了。老人的一些同行，也都好像在这山崖边挖洞而居，五百助是在早上解手时发现的。本来空地上到处都可作为排便场所，但老人命令他，一要在无人看见的清早或晚间使用，二要用后务必用土盖上。看来老人也懂得要避免受世人讨厌和重视卫生。

第三天下起雨来。老人在洞内同五百助一起度过了大半个下午。

"我有自己的房子，由于某种原因，三个月前搬到这里住的。过些日子房子空出，我可以领你搬回去住。人又不是鼹鼠，怎么好老在洞穴里住下去!"老人充满自豪感地说道。

若真有房子，想必他并不一贯是流浪汉，不过，看样子也不是最近才捡破烂的。说话莫名其妙，反正是另一世界的居民无疑。在一起过了整整五天，既不打听五百助的姓名，又不做自我介绍，也只字不提此后打算。至于让食客感恩的神色，更是丝毫没有。

五百助同家庭、同妻子日益疏远起来，但并非一点不想。

他胸中每每怀有想回家饱餐一顿，之后在褥子上美美睡上一觉的愿望。然而每当天亮醒来，自家门槛就似乎变得高不可攀。他觉得求取驹子原谅的困难正在成倍增加。对于一般战后人来说，五百助这种懦弱的男性心理，恐怕是很难理解的。

相比之下，他更觉得对不起老人。在让驹子帮助家计方面，他根本不以为意；而让这位贫穷的老人供自己一日三餐（两餐时居多），则感到非常过意不去。

到第五天，他忍不住了：

"叫我也来干吧，伯伯！"

"干？你能干什么？"

"和伯伯一块去捡点什么。"

"生手还不那么容易捡到哩！不过背背扛扛你怕还能行。那就跟我来！"

然而，一旦动身，恼人的问题发生了：帽子倒是没了，但他那套春秋西装，分外显得仪表堂堂，不便干这种买卖。捡破烂既然是一种职业，那么也要有工作服才是。

"你小子这副身架，生来就不适当捡破烂……"

老人叹息地说道。五百助脱掉了上衣和衬衫，藏在防空洞里边的石头底下，换上了肮脏的衬衣和沾满灰土的裤子，形象多少给人一种没落纨绔子弟之感。但同老人结伴在街上走起来，看上去活脱脱像一个保镖押送一个小偷。

清晨的街道还都在沉睡之中。从三崎町到神町、骏河台，老人那双脚步就像老练的渔夫沿河岸行走一样，准确无误地向前迈进。走到渔场前，他马上停住脚步。闭门未开的大小出版社前面，无一例外地散乱扔着包装用的木框、草席、绳索和纸张。老人手脚麻利地归拢到一起，装进五百助手中的破口袋里。

"前年那阵子，拾到的东西有这两三倍多。这些日子书店怕也要完蛋了！"

可是，一登上骏河台的坡路，老人忽然转而捡起烟头来。他说这里是同美国驻军有关的人员来往之处，因此有好烟头落在地上，但老人没有捡烟头的工具。他说，那是专家所用之物，而他是兼职的，避而不用才算讲义气。还说拾取路上遗物也是一项兼职，这在战前全是由叫作"地皮刮"的专家干的。那时秩序井然，并不侵犯别人的领地。

"好世道啊，那时候……"

五百助算是作为老人的助手出来干活儿的，扛起口袋跟着老人一走，也就算尽职尽责了。这工作绝对谈不上辛苦。街面上像废墟一般寂无声息，起来走动的只有派出所的几个警察。因此他没感到怎么难为情。

然而，当走到明大街可以望见美国驻军宿舍和坂下时，老人厉声一语直刺他的耳膜：

"喂，你脚前有个好烟头！"

柏油路拐角处，扔着一支尚未吸完三分之一的粗秆香烟。

"快捡啊，发什么愣！"

这是捡不得的。一股异常情绪冲击着胸口来，使他无法伸手。

捡烟头人的样子，他也到处见得多了，未曾特别觉得是什么下贱的职业，但一旦轮到自己头上，感受竟如此不同。看来，那种生于上流社会的固有思想，在五百助身上还是盘根错节地占有一席之地。退一步说，即使从战后穷困潦倒的生活来看，恐怕这也是需要一大思想飞跃的行动。

五百助脸色青了，尽管是一瞬间。他站在这肉体反射与伦理性命令之间，左右为难，无所适从。

一定得捡起来！

老人是使自己生命赖以延续五天的恩人。这恩人无所不捡，而自己却一个不捡，岂有此理！倘若果真弃烟头于不顾，那么不仅将证明自己的懦弱无能，而且还意味着对这位亲切老人的侮辱。

一、二、三！

他掉转面孔，摸索地面，像老人那样动作迅速地装入衣袋中。

一旦做罢，并没有什么，也并非破釜沉舟的壮举。所谓万事开头难，这怕也不例外。五百助更是如此。上帝赋予这无能男人以一种随遇而安的素质。上坡途中，他自动自觉地捡起了第二支。

然而，最初拾起的这支烟，却是五百助迈向新生活的第一步。这天，由于带有身强体壮的脚力，老人的收获比平日多出一倍。到金之水时，老人对五百助说：

"我去把东西处理掉，你先回去等着。今天要让你吃白米饭！"

这话不假。一小时后，老人用纸包着一个大大的饭团，回到防空洞来。别提那味道有多香了！何况每颗饭粒里还多少含有五百助的一份功劳。

从此以后，五百助便每天早上跟老人一起外出赚钱。

当然，事已至此，他也只好硬着头皮踏上这条生活道路，但另一方面，也与他开始对捡破烂这一职业产生了兴趣有关。

拾烟头之类，是拾别人抛弃之物，自然无可非议，但将店铺门前的木框、箱子、草席等也径自拿走，难道同样能算是合法行为吗？对此，五百助刚开始时曾有疑问。一次，他笑吟吟地向老人问道：

"嗯，伯伯，那种勾当，怕是行窃吧？"

"天大的笑话，瞧你说的什么！我们可不干那种缺德事。外边扔的东西，谁的也不是了。说得干脆点，那是弃物！是不怕别人拿走才扔在外边的。"

把老人的话归纳起来，无非是说：凡想真正主张持有所有权的物品，必定置于房门里侧。这也不是老人的主观之见，而是社会常识。不妨认为，东西一旦被扔在门外不管，其所有权便模棱两可了。而捡破烂这一职业，正是建立在此基础之上的，事实也是如此：物主即使发觉东西被捡破烂者拿走，也从未向警察报案。纵令当场目睹，至多只是叫骂几声而已。就是说，社会不成文地承认了捡破烂这一职业，它与巧取、与行窃截然有别。

"说得也是。这世道还没有憋屈到原来想的那样啊！"

五百助心花怒放。他没料到，那窝囊得几乎令人窒息的东京生活，竟有如此令人扬眉吐气的天地。据闻，在中国偷盗者自己被盗，法兰西通奸者自己被奸——大国自有其大国特有的疏漏；而日本社会，也不能一概斥之为只有岛国的劣根性。换个场所，也会有此等自由之风吹来。想着，五百助顿觉身心舒展。

五百助越是浮想联翩，越是发现使他品尝到不受所有权制约的快乐滋味的捡破烂这一职业魅力无穷。但若真正皈依此道，无论如何都必须更换装束。眼下这一身既有损形象，又妨碍工效。任何工作都该有制服才是。从事捡破烂的工作，就非穿老人那样的衣着不可。但问题是，即使再破旧的衣服也得付钱方能到手。

"那么，你就把西装卖掉买工作服，还可赚点零花。"老人指点迷津。

但在老人将五百助的西装拿到相识的旧物收购者那里换钱之前，发生了一桩蹊跷事。

"这东西能值多少钱，得好好看看才行！"

到底年长有经验，老人将五百助脱掉的西服拿到防空洞外面，仔细翻看起来。布料倒蛮不错，美中不足的是尺寸过大。"不过，七八百元约莫还是值的。"老人一边絮叨地估价，一边将衣袋逐个翻过，清点里面的积物。果然，五百助早已遗忘的、断了油的打火机出来了，高山送的名片、污黑一团的手帕出来了。看来东西也就这几样了，不会有什么宝贝藏而未露。

"喂，这，这是什么?!"

老人突然一声怪叫，从上衣衬里的小口袋里掏出皱皱巴巴的纸片来。那不是别的，是钞票!

"哦，一千元哩! 你瞧……"老人的声音直发颤。

对这钱五百助毫无印象。也许是怀揣退职金沿街喝酒的日子里喝得酩酊大醉时放在里面而后来忘了。驹子这号女人虽然动不动就将丈夫的西服清查一遍，但恐怕还不至于连装名片的小兜都不放过。

"这一大笔钱，怎么竟弄成这样，你这个人! 怪不得给老婆撵出家门! ……不过，有这钱，就大可不必卖什么西服了，用它买件工作服算了! 把这西装放好，说不上有什么用场……"老人说着，将千元面值的钞票按平，递给五百助。

"伯伯，这是你的，你捡的!"

五百助猛然想起捡破烂的精神。谁发现归谁有，这是原则。假如连这个都不遵循，他本身也失去了在此世界栖身的资格。

"这算什么话! 同伙是另一回事!"

老人坚决辞而不受，双方费了很多唇舌。最后，他终于

找出一个折中点:

"那，这样好了，就让我把它作为我那房子的搬迁费。房子一倒出来，咱俩就搬过去，随便你住到什么时候都可以，一半就算你的家。不管怎样，那里上有房盖，下有地板，住起来比这儿舒服多了……"

接着，老人谈起了他个人这段时间的情况：三个月以前，他在连接神田与平乡的大桥下面盖了一座小屋栖身，但妻子起了野心，妄图提高自己的阶级地位，看不惯丈夫软弱无能的样子，把他驱逐出来。没奈何，他便钻到这防空洞里来。但由于那座桥下成了破烂市场，因此他每天都访问旧居，同妻子见面，而对方却毫无破镜重圆的表示，甚至声称，只要给她一千元搬迁费，她就倒出房子走开。

于是，这笔意外之财的处理就这样决定了。不过五百助那身西装的免遭拍卖，并非由于又发现一张千元钞票。说实话，当时五百助以为里边还会有什么奇珍异宝，耐着性子继续在衣袋中摸索良久，结果除沉积物以外，并无任何发现。但老人深深感于五百助的义气，在桥下山一样的破烂堆里，圆瞪双目苦苦翻找，终于找出一件似乎是美国驻军用过的工作服上衣和一条像是人造棉的国产裤子，按几乎等于无偿奉送的内部价格卖给了五百助。

那灰色棉布上衣，穿在五百助不亚于美国人的巨体上正相合身，但那绿色裤子，却紧紧裹在大腿根上，几欲胀裂，小腿又露出半截。

"我是挑大号拿回来的，可还是不行……噢，等等，我来想法试试。"

老人以灵巧的手势，"毕毕剥剥"地撕开裤缝，卷起裤腿，改成一条短裤样的东西。他还说，家里有针有线，等回去时再好好缝制。

"伯伯，你过去当过西服裁缝?"

"哪里，只是加工衬衣。归终也没能自己开个店……"

"不过，你有这手艺，不捡破烂不也可以吗?"

"哈哈，有意思……"老人根本不想同五百助说下去。

五百助穿上这身衣服之后，简直换了一个人。可以说，原来叫南村五百助的市民在社会上已不复存在，而是一个牛高马大的流浪汉在轮回转世。有趣的是，老人看五百助的眼光骤然变得充满温情，就连他自己也恍惚觉得脱胎换骨一般。看来，这服装哲学在他身上的作用，远远胜于驹子去大矶时所穿那件最得意的服装给她自己的心理影响。

"这回，你也再不是外行人了! 怎样，喝碗生粹庆贺一番吧?"

"生粹?"五百助一惊。

"就是清酒嘛! 往后，你也得记一点我们的行话才行。你小子好像很有酒量，但你以前那身，是不好领到我们去的那种地方的。总怕弄不好会给你一巴掌打倒。从今天开始就不要紧了。走，这就出去……"

老人站起身来。五百助差点儿忘记把西服藏在洞里，幸亏老人提醒。他说，这类东西要全都装进布口袋，藏在不引人注意的地方，以免被人拿走。

目的地是神田站附近的市场。

下午三时许，小川街上走来一大一小两个流浪者，活像过去美国电影中出现的哈姆与希比。人们微笑着目送他们，但老人全当作天外来风，丝毫不予理会，这点五百助还无法效仿。至于老人沿途仍念念不忘拾烟头的精神，更是望尘莫及。看来，捡破烂者无论何时何地都不能失却职业意识，否则这碗饭便吃不下去。

拐进横街，没走几步，很快看见一处沿铁路桥建成的市场。老人说他同妻子分开后，常来这里吃饭。

那种像火柴盒般一字排开的市面景况，五百助在新宿一带已经司空见惯。但对这里铺面上摆放的食物、标价牌，以及顾客和行人的表情、举止，仍感到有些意外。车站四周那些东京随处可见的茶馆、小食店也很漂亮醒目，而唯独这条市场通道仿佛与周围世界隔绝，使人联想起又黑、流势又急的脏水沟。事实上，奇腥恶臭也直钻鼻孔。炸动物油味儿、烧淀粉味儿……而且远远不止于此。

离吃晚饭时间还早，各家店内，顾客寥寥，没有一个衣着整齐，全都同老人和五百助一般打扮。就连过路人也不像普通市民，而且无一例外地受到店内顾客目光的强烈扫射。

五百助感到惶恐，尽量在路中间行走。这样一来，不仅店内，而且狭窄的路面上也有人将可怖的视线迎面投在他脸上。他为了避免同对方相撞，屡屡闪开身子。不料奇怪的倒是对方首先给他让路。其中甚至有人向他投以尊敬的目光或致以明显的注目礼，这反而使他心悸起来。

　　"大伙好像把你当成了谁家的亲戚。你小子不但个头大得可以，眼珠子也叽里咕噜转得飞快。"老人对他悄声低语。

　　肉丝面馆、葱丝清汤面馆、面包店、炖肉店、烤鸡肉串店、炒荞面条店——老人一一窥视店内食物，却不肯轻易进去。

　　"我熟悉的店倒是有，但最好还是大致转一圈再说。咱们花钱得精打细算才行！不过你肚皮情况怎样？要是饿得发慌，还是马上就喝有好处，那样醉得快些。要不然，就到那家葱丝清汤面馆里去。这种面香得很，浅草那里也找不到。再说吃上这东西，浑身马上就来了劲……"

　　门面设有六尺宽的入口处，摆着几乎探出门外的粗木桌子和板凳。桌面油黑锃亮。端上来两个盛荞面条的类似大碗样的容器，里边放着弯瘪的铅灰色汤匙。

　　"冬天吃这玩意儿，一整天身上都热乎乎的，真是怪事！"老人满面笑容，"噗——"嘴朝汤匙里吹起来。

　　面汤稠乎乎的，热得烫人。五百助舌头怕热，不能马上动嘴，只在碗里反复搅拌。于是，猪肉块样的东西、咸牛肉、鸡骨、番薯胡萝卜、芹菜根等，接二连三进到汤匙里来。就材料来说，远比战前西餐小吃要高级得多，而且肉的分量也很可观。此外还有罐装的玉米粒、青豆和干酪、蘑菇等，更是有滋有味。只是稍稍令人不解的是，里面混杂着小豆状的东西和面条头。更令人纳闷的是，居然还漂浮着红圆圈洋烟盒的碎片。这在调味上究竟起何作用？

"怎么样，好吃吧？"

经老人一说，他往嘴里放了一小勺，只觉得黏糊糊、甜津津、油腻腻，活像动物油做的年糕小豆汤，说不出是什么味道，有点倒人胃口。驹子曾做过一次一长串外国名字的法国菜，结果一败涂地，那滋味便和眼下这东西大同小异。

但无论如何，正如老人所说，的确是营养价值高的食物。而且战前绝对没有此种只重实效不求形式的做法，这点也是事实。在加工上，完全置材料的性质、搭配于不顾，无论什么全都凑在一起，然后进行热处理就算了事。是的，这就是战后汤面，淋漓尽致地体现了战败滋味。

吃罢一碗，五百助肚子鼓鼓地膨胀起来。价格每碗十元，一共二十元。如此便宜的食物，恐怕别无分店。五百助不禁生疑：这样难道还能赚钱不成？老人随即给他道出了材料的出处。原来那材料同他近日吃的荷兰干酪一样，都是美国驻军宿舍或外国人饭店里吃剩下的。被如此慷慨大度的外国人进驻领土，日本人可谓幸运之至！

"走，这回来点厉害的……"

老人将五百助领进旁边的烧酒店。烧酒每碗三十元。但老人说肚子饱时喝这东西不合算，只要了一碗叫什么"炸弹"的饮料，说这玩意儿只消两杯便足以使地球倒转。

地球倒平安无事，五百助却觉得自己恍惚一头栽进完全陌生的世界之中。这市场的空气、食物和饮料的味道，似乎将他从以前与驹子共同居住的世界里活活拉出分开，恐怕再没希望回到原来的门口去了。

都市河谷

七月上旬，五百助同老人总算从废墟搬回桥下居住。

想来已有一个月之久了。由于梅雨连绵，捡破烂收入骤然减半，加上防空洞里雨水进来，开始了难熬的日子，老人拼死拼活同妻子交涉，叫她退还房间。然而对方在将搬迁费拿到手之后，还是不肯轻易动弹。直到最近才好歹搬到本乡医疗器械商店当炊事员去了。于是，老人欣喜若狂地迁移过来。不料那天却梅雨初歇，晴空万里，老天爷似乎有意拿他开心。

虽说是搬家，但无须动用卡车。两人分别把自己的口袋往肩上一背就算完事。当然，自从下雨误工以后，两人时常自己做饭，便也有几个捡来的水壶、锅盆之类。他们把它用绳子捆好，提在手里，分量不多，不至于影响迈步。

"没丢下什么吗?"

老人再次往防空洞里看了看，十分小心谨慎。

然后，两人沿着骏河台一之通大街走去。过得御金水桥，向右一拐，便是河堤。堤上的铁栅栏已在战争期间回收金属时被拆得一干二净，可以畅通无阻地走下堤去。看来真的有人来往，草丛中现出一条自然踩出的小径，尽头还竖着一个梯子。五百助的巨体往上一趴，只听"吱吱"作响，但若论危险，并不比战后满是陷阱的路面更为严重。

　　五百助在乘坐中央线电车通勤的期间里，也曾注意到河谷里有人居住。作为战后住宅奇缺的一种反映，他认为无须大惊小怪，只是觉得有些煞风景。说得难听一点，就像人住在垃圾堆里一般，总该设法改善一下才好。但现在跟随老人深入谷底一看，同乘电车时从车窗得到的印象大大不同。

　　首先，环境幽静深邃。他没料到树木竟是这样多，草丛竟是这样绿，水源竟是这样近，充溢着一种引人遐思的闲适氛围。同样的风景，从上往下看和从下往上看居然如此悬殊，令人唯有感叹而已。

　　其次使他讶然的是，桥下面积相当之大，足有一百多坪①，美中不足的是有点倾斜。但拥有此等前院的住宅，东京都内又能有几家呢？

　　空地的最上边建有几间房子，均以高悬的桥梁为顶承雨，以陡坡为墙挡风。这显然是人家，而绝非其他任何建筑。几位家庭主妇腰扎清净的白色围裙，手提水桶从中走出。一瞥见老人，马上绽开笑容，彬彬有礼地祝贺道：

①坪：日本面积单位，1坪约等于3.3平方米。

"哦，今天搬回来了？太好啦!"

"伯伯回来了?"

"好啊，这太好啦！那婆娘前脚走掉，你老就后脚进来，今天真是个大喜日子!"

中年男子出来了，十五六岁的少女出来了，小孩出来了，狗也出来了——为保卫河谷安全，这里时兴养狗。

五百助马上看出，这里的居民普遍对老人怀有好感。老人曾吹嘘自己是大桥下面的开拓者，看来绝非无中生有。

"又要打扰大家了……不过，这回要和这男主妇一块儿住，就是这人！请大家好好待他……我说，你叫什么名字?"老人这时才感到有必要知道五百助的名字。

"南村五百助……"

他老老实实地报出姓名。众人随即哄然大笑。这倒不是因为五百助名字本身好笑，而是由于对老人那句"男主妇"的逗趣，现在才品味出来。

"伯伯好大的块头……"一个男孩儿仰望五百助。

"我叫末松员吉，住在最西头。"一个身穿旧军装的中年男子自我介绍。

"我姓铃木，就住在隔壁。我家那位在公路局上班，还没回来。"一位腰扎白围裙的主妇鞠躬说道。

时间尚早，村里七户人家的主人大多不在。

"那么，先打扫一下吧！哎呀，那个混账老婆，东西拿了个精光!"

老人往位于正中的自家房里窥看。里面有三张垫席大小，尽头是裸露的石头桥墩，其余三面墙是用木板钉成的，不甚整齐，却很结实。虽有点倾斜，但既有房盖，又有地板。老人说他建房子的时候，用了三十五个苹果木箱。临河一面的玻璃窗、入口的木板门，看不出是出自外行之手，可能是用大清早捡来的废品安上去的。只是那窗口很小，不能开闭，采光不便，通风不良。而且不像是战后新建的，板壁熏得漆黑，就连地板上铺的席子，也似乎年代极其久远，令人费解。

　　然而，终于告别了长时间的穴居生活而重返屋顶之下的两人，早已心满意足，甚至有一种亢奋之感。

　　"好了，我来扫地，你弄水浸浸抹布。"

　　至于清扫工具，老太婆还是留下了。五百助拿起水桶，按照所指路线，往下走到汲水的地方。斜坡下边，有个公用洗澡场，水从伸出地面的管口喷涌而出。五百助以为是下水道的水，没敢马上伸桶去接。但仔细一看，却是无色透明的，而且有一股战后自来水特有的气味。

　　这水是捡来的。

　　老人之所以在战败后不久便选此河谷来建造他的小屋，并不单因为这里是北靠山坡的向阳之地。长期的流浪生涯，使他深深懂得水的重要。而这山坡下恰恰有一眼由德川家康发现并命名为御金水的喷泉。御金水的地名即由此而来。在一次闲谈中，老人听得这眼喷泉藏在杂草丛中，无人汲用。

于是他在盖小屋之前，首先来寻找它。结果没费什么事就找到了，不过并非黄金水，而是遭到战争破坏的自来水管的余水。这点他一闻杀菌剂的气味就知道了。但即使不是历史名泉也无可挑剔，他们毕竟也是在东京都内汲水处喝惯自来水的人。更何况水量比天然喷泉还丰富。他在那里安上半截缸管，用防火水槽做成一个承水池。这样，一眼具有现代气派的新颖喷泉诞生了。

解决水源之后，下一个需要满足的重要条件就是地面的干燥。好在这宽大的御金水桥下面，长年累月滴水不落，表土干燥得与灰烬无异。

经过如此慎重的选择，老人在桥下正中建起了他的小屋。不出半年，求家无术的人们络绎前来如法炮制。右邻铃木一家是最早的移民。老人热情指导房屋的建造方法，他们便在老人小屋旁边盖成一间同样的小屋。其中一面墙可以借用开拓者的板壁，省去一些麻烦。由于以下每个移民都可以利用先来移民的板壁，既省工又省料，从而自然而然地形成了一连七间长的滚地龙房子。若再继续盖下去，势必伸出桥外，不仅受风雨之害，而且还将暴露在对岸国铁车站月台的众目睽睽之下。于是他们在拒绝接收新来移民的同时，借此时机确立并加强了生活共同体。

首先，建造了公共厕所，制定了每户轮流清扫广场和汲水池的公约。这不仅出于河谷生活自身的需要，也可以避免被警察和公所抓住把柄说三道四。此外，由于大部分居民都以捡破烂为生，便在职业上采取了积极的合理化措施：不但要捡，而且开始加工。他们将稻草和席子之类在这里烧成灰，转卖给农户人家。其他东西也在这里一一加以整理，分别运往相应的收购总店，以免受中间人盘剥。

进入这一阶段之后，老人便失去了临阵指挥的作用，而只被众人奉为名义上的"首领"，但他依然得到大家的爱戴。当然这里边也可能含有对老人深受争强好胜、爱慕虚荣的老婆之害的同情。

当天晚上，在老人（其姓名为长谷川金次，这在小屋门口的名牌上写得清清楚楚）的家里，举行了晚宴。

"对不起，让你们破费了……"

烧酒一瓶、烧鱿鱼干、煮蚕豆，还有为老人和五百助准备的六个大饭团子——都是住户们为祝贺老人乔迁之喜送与他的。来客是五个男子，都已吃过饭，只是凑来喝杯酒。那位叫高杉方的女户主没来，但捎来了不少酱菜。

"伯伯，那种婆娘，可再不能让她跨进这个门槛了！"左邻荻谷说道。这是个二十上下的单身汉。

"说的是！提起那个婆娘来，连我们都不瞧在眼里，实在叫人气不过！"右邻铃木也对老人那个向往闹市生活、离开河谷的妻子愤愤不平。

样子最年轻的是铃木，已有妻儿。像文学青年那样留一头长发的川野也已成家，夫妇两人度日。人到中年的末松和江马却与荻谷同是独身，想来好笑，住在最右头的高杉在战争中失去了丈夫，和女儿两人相依为命。

这里边，捧工人饭碗的只有在公路局当搬运工的铃木，其余全是捡破烂的或自由职业者。五百助奇怪地发现，他们每个人都流露出文弱、忠厚的神情，而且从其言谈听来，清一色是战后没落者，像老人那样一贯流浪的人却是再无第二个。

"你从前过的也是舒心日子吧？一看手我就知道。"江马最先上来醉意，朝五百助搭话。

"嗯，啊……"

"不过你够幸运的了！要不是和老人一起，哪里会钻到这么好的地方来！"末松开口说。

问后得知，无论是下一座桥下，还是沿这土坡的其他地方，都有类似村落，但其建筑和人的品行却大不相同，因此相互间绝少来往。

四合瓶喝干的时候，人们开始高声谈笑起来。即使在这据说最为宽敞的老人家里，一下子涌进七个人也很紧张。光是喷出的烟气就几乎令人窒息，而且那盏灯是用旧墨水瓶做的，里边装上煤油，瓶口中间插一条细绳。灯罩也没有，简直同打火机持续燃烧一般。房子四下熏得乌黑，恐怕也是这盏油灯的关系。

"伯伯不在的时候，一个怪模怪样的汉子在柳树那边盖了一间房子。因不是这儿的地段，就没吭声，不过还是趁早把他轰走为好！"荻谷上来了气势。

"别那样。我们七户抱成一团，再加上这位大力士，天塌下来都不怕！"

江马说着，觑了一眼五百助。看来他给人的印象并不坏。

河谷居民起身非常之早。

当第一班国营铁路电车在对岸"哞——"一声拉响汽笛的时候，他们已经全都在喷泉旁边洗漱完毕，然后多数黑黝黝的身影进入迷蒙蒙的河雾之中，沿路往上坡走去。早饭前的工作——听起来这话似很容易，其实捡破烂也好，去职业介绍所排队也好，都不得不先人一步，而将早饭推后。

在小屋门外用陶炉、破锅生火做饭的，唯独有正式职业的铃木家和母女两人度日的高杉家。而捡破烂的人，一般都在八点左右收工以后才在神田市场或回自家吃早饭。

五百助昨晚被成群结队的跳蚤咬得无法入睡。蚊子倒没有骏河台防空洞多，或许由于地面干燥，跳蚤简直多得惊人，像骤雨雨点一样在地板上蹦跳不止，朝五百助庞大的肉体猛烈进攻。据说这种跳蚤叫地跳蚤，与普通跳蚤有所不同，但在咬人发痒这点上却毫无二致。

说不定那些早起的人是因此才一跃而起，被迫在这河谷里散步消遣。

"早上好！"

未亡人高杉从公用厕所里出来。有三十七八岁，穿着裤裙，把头发紧紧扎在一起，一如战时的装束，看上去苍老得多，但眉眼还不算难看。

"这地方跳蚤真叫厉害！"五百助直率地发表感想。

"不过虱子可没有，绝对！"她正色看去，似乎自豪感受了损伤。

"吱——"公用厕所的门关上了。不知是谁想出的主意，门上安有一个锤状物，可以自动落下把门封住，不致门开丢丑。里边有一个便池，是陶瓷制品。但从它以及厕所的位置、结构上面，都可以看出营造者讲究卫生的意图。这座不顾不方便而尽量建得远离住房的厕所，其形状同公用电话亭一模一样，只是缺少房盖，大概是为了省事和充分换气。

厕所四周也好，整个广场也好，没有任何脏物，可能被值班户打扫过。五百助从中穿过，钻出钢铁桥墩，往河流上游走去。转眼间，百草丰茂，露珠凝重，河柳参天，灌木苍郁。连那污秽的河水也晨雾轻笼，描绘出舒缓的弧线，潺潺前流，使人回想起被传唱为"小赤壁"①时的昔日风姿。

草丛之中，可以看见白色的山羊。是谁在这种地方放养呢？抬头一看，只见前方再远一点，孤零零地立着一座可以称为半圆锥形的小屋。那是用席、竹和树枝搭成的，而且非常之新，桥下的房子根本无法与它相比。

里边走出一个同五百助年龄相仿，身穿草绿色脏衬衣的男子，用锐利的目光久久盯视五百助。

"噢……"

---

①"小赤壁"：御茶水一带的景致颇似我国的赤壁，故有此称。

在这一情况下，那种默默转过脸去的动作，五百助是做不来的。

对方像认错人似的惶惑地东张西望，好半天没有开口。

"你是桥下的吗？"

"嗯。"

"那么，我跟你说清楚，这河堤并非你们的专用设施。至少，得允许我有过路的自由。"

他咬文嚼字地说道。与昨晚聚集在老人家里的那伙人相比，简直不像是同一人种。他剃着和尚头，脸膛晒得黝黑，身架敦敦实实，是个典型的日本人，给人以燃烧着日本式斗志的印象。

"我弄不明白，我是昨晚才来的新户。"五百助用天生的缓慢声调回答。

"是吗，那么和你不相干！"那汉子泄气似的说着，转身要返回小屋。

"这个是你养的？"五百助瞟一眼正在一口接一口吃青草的山羊。

"养山羊不行？"

"有什么不行！不说别的，瞧它长得多可爱！出奶吗？"

"出奶才养的嘛！"

"你喝？"

"当然！我的口粮嘛！"

"想得真妙，省去了自己做饭的麻烦！"

五百助打心眼里佩服这条妙计，这等于将堤上的杂草加工成粮食，草通过山羊身体变为新鲜而富有营养的羊奶——办法简直想绝了！尤其对又笨又懒的五百助来说，这不生火即可得到食品的办法更有诱惑力。他做了好几次饭都没做好，每次都遭到老人的训斥。

"噢，光吃草也出不了奶，还得给些豆腐渣才成。"

男子现出苦笑，黑黑的脸上露出白白的牙齿，于是，一种与其外貌不相称的惹人喜爱的神情在脸上荡漾开来。看来他已对五百助解除了警惕。

"你这小屋怎样，有跳蚤吗?"五百助问。

"哪里会有！我撒过滴滴涕。"

"还是你文明啊！不过上厕所不方便吧?"

"哪里，离水道桥公厕没几步远。"

"水呢?"

"堤上有清水冒出来。大概就是德川家康发现的黄金水。"

两人站着交谈不过十分钟，五百助便和这汉子热乎起来。昨晚提到的外来入侵者无疑指的就是他，但看不出他是什么坏人。

五百助差不多成为一个合格的捡破烂职业者了。近来他仍和老人一同出工，但收获都以现金形式进到手里。显眼的东西卖给每天都来的收购贩子，其余的则加工成草木灰脱手。所得现金每天一般一百五十元，多的时候可达二百元。

这点钱只能全部用于糊口。和老人共同起火也是每两天才吃一次白米饭，此外大多吃面条和红薯。尽管如此，由于享受不到配给米，开销还是有增无已。当然，桥下居民中持有配给米购买证的，只有在公路局当搬运工的铃木及其家人，其他人一律买黑市米。但他们对于不领配给米这点，也不无自豪之处。那大概是说：我们是靠自己的双手生活，而不依赖国家的帮助。

但不管怎样，分文不剩是件恼人之事。

"要是碰到卖旧毯子的，得趁现在买好！"

老人这样告诉他。可是钱怎么也不凑手。五百助连一件卧具都没有。眼下热得难以成眠，自然不碍事，老人是提醒他做好过冬的准备。

现在他最伤脑筋的是没有贴身衣裤，卧具还排不上号。正像驹子想象的那样，由于在烈日炎天里坚持出工，那套衬衣衬裤早已满是汗味儿，又酸又臭。洗倒可以在泉边洗，但晾晒时间里，竟可怜得连条裤衩都没有。老人看不过眼，从市场烂布堆里找出一块端午节挂的燕尾旗，给他做了一条"丁"字形裤头。老人是缝纫匠出身，手工确实不错，但那块布染得红一道蓝一道，看上去甚是刺眼。

另一点使他恼火的是洗澡问题。汤岛和骏河台本来都有浴池，但即使去洗闭店前的最后一次水，也还是不时给柜台上的店员挖苦几句。或许是从衣着上便觉察出他们是河谷居民，以致每一个人都尝过这种不快待遇的滋味。听说血气方刚的荻谷曾同浴池人员大吵大闹："什么，我们又不是要饭的！"但妇女是不敢如此轻举妄动的，男人们其实也对浴池心有余悸。

五百助决定在夜深人静时在泉边淋浴，但到冬天恐怕勉为其难。其他一伙人不时地乔装打扮一番，像是到远处的澡堂里去。

提起乔装打扮，原来这里每个居民都有一套漂亮服装。尤其是单身小伙子，从帽子、领带、到西装、皮鞋——时髦的用品一应俱全。他们穿戴完毕，便去看电影，或去逛烟花巷。从外表上，怎么也看不出是桥下居民。老人曾劝五百助勿卖西装，说以后也许会有用场，现在五百助终于明白了他的用意。

由于一大清早就出工，每到偏午时分，五百助就饥肠辘辘了。

他还没有产生过想眠花睡柳的冲动。有人认为他那样的巨体必定伴随着相应的肉欲，这是一种偏见。身体肥胖未必意味着生活糜烂，毋宁说有时倒是清心寡欲的证据。他以前就淡于此道，驹子对他的轻蔑，说不上多少与此有关。

虽说如此，他毕竟是身心健全之人，有时难免感到浑身阵阵发涨。在这种时候，他往往找到一处树荫，仰卧草地之上。

今天他做的就是这桩事情。

可能是因为躺的位置低些，的确大有仰视苍穹之感。透过鲜绿莹洁的树叶，只见七月的晴空那般辽阔、邈远，云片是那样洁白、轻淡。

驹子那家伙现在怎么样了？

冷峻的眸子、上翘的鼻头浮现在他的眼前。雀斑之中那三个最大的也赫然入目。他凝目注视那张脸，试着做出种种判断。但有一点十分明确：那不是为难发愁的神情。这女人既有赚钱手段，又不怕鬼怪、毛贼，即使丈夫不在，也全无困窘之色，表情是那样镇定自若，分明在等待丈夫快快归来，尔后高声怒骂，变本加厉地行使统治大权。

这也未尝不可忍受。被老婆压在身下并不像表面看去那样痛苦不堪。重压之下也不是没有换气喘息的办法。这点只需看一眼封建专制下江户生灵的生活景况即可明白。因此何时回家都不在话下。只是那种"大获全胜"的心情务必请你趁此机会丢掉才好，那种"征服丈夫"的理念务必请你抛弃才是。唯独这个对夫妇纯属多余。因为它首先使我沦为战败丈夫而终日手擎白旗！

然而，驹子那张浮现在空中的面孔却一言不发。

那好，让我们分居一段时间吧！我无所谓，这里的生活并不那么糟糕。

这不是他打肿脸充胖子。防空洞时代确实不大好受，而迁居此地以来，他始终感到生活得称心如意，如鱼得水一般。

没有任何人束缚他。河谷里的居民文弱老实，从不说三道四，待五百助如同亲人。而且，一度把五百助折腾得郁郁寡欢的"社会"那个怪物，早已退居陡坡之上，而谷底中生息的只是群聚一处的个人。愁人事一桩没有。不要地皮费，不要房租，不要水费，不要向社会捐款，而且不要税钱！

五百助刚刚意识到这般般好处，兴奋得几乎一跃而起。但这一大发现带来的喜悦，被突然响起的喊声无情打断了。

"南村君，你在那里干什么？快来呀！"铃木的老婆面无血色地飞奔而来。

"怎么回事？"

"打架啦！荻谷和养山羊那个家伙交手了！不巧男的都走光了，给他加不上油！你赶快过来……"

"哎呀，我不行啊，吵架……"

"别再啰唆，这是什么时候！"

铃木老婆一把抓起五百助的袖口。无奈，他只好回到桥下广场。

果不其然，两人抓在一起，弄得尘土飞扬。

"你要怎么样？混账！"

"什么?！"

养山羊的汉子个头虽小，但似乎谙习柔道，几次想要抓住荻谷的腰部，年轻的荻谷往后弓腰弓得厉害，躲闪之间，屁股陡然坐在地上，只落得满脸通红。

五百助嬉皮笑脸地搭话道：

"到此为止吧，怎么样？"

"哦，是你？你这人真不像话！我再三托你讲情，可我刚要打这儿经过，这小子就上来拦路！"养山羊的汉子怒视五百助。

原来，从他的小屋往水道桥那边去，沿堤还真有一条路，但若到圣堂方向，却只能从桥下村落经过，别无他路。因此他才求五百助讲情让他过路。

"啊，对不起，都怪我没跟大伙讲，早忘掉了！"五百助深感问题严重。

"不必道歉，南村君！这小子一身毛病，非得教训他一顿不可！"

荻谷一看见五百助，顿时神气活现，趁对方没注意的当儿，"砰"一声往对方脑门打了一拳。

"好家伙，你真下手啊！"

再无调解余地了。打、踢、咬——简直是原始男人本性的还原，是獠牙与利齿的重新较量！

"快点，快想法……"

铃木老婆大放悲鸣。女人确实见不得暴力。五百助也再不忍袖手旁观。但现在已到了非以武力调解不可的地步。他几经踌躇，终于开始活动，将自己的肩部与臀部轻轻插入两个相互争斗的肉体的中心点。就他来说，这是平生首次行使武力。

不料奇迹发生了：两个难解难分的身体当即一分为二，如同一块石头沿着广场斜坡滚了下去，幸亏有桥墩铁栏杆挡住，否则肯定落入水中无疑。

"五百先生真厉害！"

"好个大力士！我们十个加在一起，也压根儿不是他的对手！"

这一事件发生之后，河谷居民无不对五百助刮目相看，将他奉为超人。虽然目睹现场的除当事者外只有铃木妻子一人，但只要听得此话，无人不信以为真，肃然起敬，堪称一桩怪事。

当然，吵架的双方当时都面色苍白，气焰消尽，哪里还顾得上重整旗鼓，只有唯唯诺诺地服从五百助的劝解，乖乖讲和了事。其后，桥下人承认了养山羊汉子有在桥下通行的自由，那汉子也给村落送来一升烧酒，从此再无战事。

就五百助而言，因他并不觉得自己曾诉诸武力，自然没有引以为豪。相反，当他看见两人被自己碰得连滚带爬时，顿时大惊失色，心里乱跳，忙不迭地向两人弓身谢罪。然而，他这种懦弱行为，在人们眼里，似乎反倒成了宽宏大度的举止。人们都说：力大无比，又不自我炫耀，这才真正是强者的表现。

其时世道混乱，平和的河谷也需养犬自卫。何况有过怀揣凶器的汉子进村强行留宿之事。而这力敌十人的五百助远比家犬可靠，万无一失，于是乎他深得村民信赖。在驹子或通讯社同事面前他曾百般受辱，但在这里十分受人敬重。

"五百先生，进来喝杯茶吧！"

他时常被请进各间小屋，倾听诸多实情，从而连每个河谷居民的身世都了然于心。

除去金次伯伯，其他人无不是复员兵或战争受害者，战前过的都是中等生活。他们虽然满腹牢骚，但人情并未泯灭。川野夫妇膝下的男孩，听说不是亲生子，而是捡来的流浪儿——一个进入收养院不久便跑出来的男孩，已经在这里安然度过一年半之久。

此外他还听说，铃木妻子临分娩时，为请接生婆费了好大周折。若讲明住处，接生婆便不肯前来，因此铃木深夜出门请人之时，只好谎报住址。及至领对方行至途中，刚一咬牙如实告以去处，那接生婆便吓得失魂落魄，瑟瑟发抖。待孩子降生后递上三百元谢金，对方更加慌得六神无主。

"你说，我们不也和普通人一模一样吗？"铃木妻子寻求五百助的认同。

这里没有任何异常，只不过与世隔绝而已。当然，唯有邮递员像圣诞老人一样公平。只要信封写有"御金水桥下"，他就下到这河谷里来。这是他们同外界联系的唯一渠道。

乱世百态

五百助没有因为人们将其待为上宾而沾沾自喜，但那与此俱来的懒病近日有所萌发却是事实。

　　他过的是为吃而干的生活。只要不向往每天都吃白米饭的奢华，只逛一次早街便足够一日之计。近来，他每天只赚百元左右，多赚也没意义。捡烟头而不用花烟钱，洗冷水浴而无须洗澡钱，既不上理发馆，也不看报纸。金钱那东西只是在买红薯和挂面时才有用武之地。

　　尽管以粗粮为食，但他并未明显消瘦，恐怕是体内贮存脂肪过多之故，或是由于精神的稳定开始给健康以良好的影响。同在通讯社上班及和妻子一起生活时相比，他感到神经舒展，心灵安逸，简直不可同日而语。

　　确实，五百助比驹子更快地达到了预期目标。而作为他，达到这一步没费任何力气。当初离家不过是服从妻子的命令，尔后听天由命、辗转流离之间，恍惚来到了自己梦寐以求的天国门前。

他全然没有想到竟会如此迅速地在如此邻近的地方发现自己的伊甸园。由于发现得太容易了，他反倒疑神疑鬼，怀疑这可能不是现实。但不管怎样，他觉得这同自己想象的并无天壤之别。在这河谷地带，时代与社会的统治力变得微乎其微，每一个人都能自由自在地尽情呼吸，这是不容争辩的事实。即使不是现实，也距现实不远。若是这般模样，现代社会也并非不可忍受！

五百助基本上心安理得、谢天谢地的同时，懒惰之心也卷土重来。乐园与劳作势不两立。他奉行两小时工作制，其余时间便在河谷里东游西转。这想必也是出于他力图遵守伊甸园宪法之念。

然而，即使这点也被众人视为美德，说他没有贪心，是对钱财恬淡的雅士。他确实也不稀罕钱，只是偶尔很想去神田站市场开怀畅饮一番。同做工相比，毕竟还是大解酒瘾来得开心。懒惰是一种根深蒂固的毛病，纵然以氢弹相威胁，恐也无济于事。

他终日间在河谷里行走坐卧，有时不免看腻破旧的报纸杂志。躺在树荫下仰望蓝天白云，也有时感到空虚无聊。每当这种时候，他甚至对同驹子吵架的回忆也感到甚是亲切。就是说，他想找个说话的人。

蓦地，他想起该去看看养山羊的汉子。

他的小屋建在颇为古怪的地方。从桥下到树木繁茂地带还真有条小径可寻，但从那株高大的垂柳再往前行，便是近乎绝壁的斜坡。而他就在那斜坡间拓出一块小猫额头般的平地，勉勉强强地定居下来。桥下为一等地段，二等地段是敬天堂附近，但他偏偏住在孤立于二者之间的险恶场所，只能认为这是他有意做出的选择。

五百助在坡上不知滑倒几次，好歹来到半圆锥形小屋门前。不知什么时候，小屋已经钉上木板，席子部分被多少遮掩起来，已经不宜再称其为地道的半圆锥体了。这也是这一带简易房屋大多经历的进化过程。

"喂……在家吗？"五百助像访问友人公寓似的招呼道。

无人回答。如此烈日炎天，门口居然挡着席子，里边发出窸窸窣窣的声音，说明主人并非不在。

"谁呀？"

良久，席子被人卷起，随着一声厉叫，两道锐利的目光直向五百助刺来。

五百助没有自报姓名，只是笑嘻嘻地站着。

"怎么搞的，原来是你……"

难怪对方一时不敢相认，这段时间五百助一次也没到理发店去，脸已经成了胡子团儿，而且这两天流浪汉模样又特别明显，即使驹子见到他，恐怕也不会马上认出。

"来串个门儿，可以进去吗？"他用固有的轻松语气开口说道。

"嗯，可以。不过有点热。"

那汉子"哐啷"一声打开两处窗户。窗户是折叠式的，往上一拉，然后用木棍支住，气流畅通无阻。里边不比外观，铺着地板，席子里侧用帆布或黑色建筑纸糊得严严实实，滴水不进。那用苹果箱叠成的搁物板上，整整齐齐地摆着各种餐具，远比桥下小屋文明开化，甚至使人联想起野营用的帐篷。

"住得不错嘛！"五百助这话并非客套。

"有什么不错的！我住窄地方住惯了，要是你，一天就闷死了！"

如此说来，确实有窄小的缺点。面积不及金次老人的二分之一。

"早晨在街上很少碰到你，你在什么地方转呢？"五百助认定对方也是捡破烂的，于是问道。

"不，我……"说到这里，对方迅速转换话题，"真啦，还是让你品尝一下我的鲜奶好了！"

"好喝吧，这个……"

羊奶这东西，已经久未进肚了。更何况是装入坛内用坡下清水冰过的，喝起来当然格外可口。这汉子所作所为，全部有别于一般流浪汉。

"要是喜欢，全喝完好了！我嘛，每天都喝，都喝腻了。"这人可谓身在福中不知福。

"看来，你的生活真够高级的！小屋收拾得井井有条，还洒着滴滴涕……"五百助说着，将耐酸铝杯放在铺板上。

"你不也过得舒舒服服优哉游哉吗?"

"那倒也是。不过要是能有几个零花钱,我就毫无怨言了……"

"可你不是文化人出身吗? 你一开口我就听出来了。"

"哪里,谈不上是文化人……"

"Do you speak English(你会讲英语吗)?"

"No(不)。要说学过的,德语也学过……"

"这不是! 地道的知识分子! 沦落到这步田地,怕是有一言难尽的原因吧?"

"你不也是大学毕业吗?"

"不是大学,但也是从学校门出来的。只是那座学校早已从日本消失了。"他悲戚地扭过脸去。

"好,不提了。反正这儿的生活倒还过得去。每天下午我都闲着没事,你常去玩就是。我叫南村五百助……"

"啊,对不起。我还没告诉你。我是土佐人,叫加治木健兵……"正说得起劲,他陡然现出后悔失言的表情,"不过,眼下一般都叫我中村太郎,你也这样称呼好了。请您转告桥下人,不要叫我的真名实姓。拜托您了,南村先生!"他开始显得顾虑重重。

"尽管放心。我这个人,连该说的都懒得开口,为这个总是落老婆埋怨……"

"谢谢,我相信你。不论从前些天那次劝架看来,还是拿人品和体格来说,我都觉得你不是凡夫俗子。你如此落魄,我想大概是有着非同小可的缘由的，例如作为日本人必须刻骨铭心的那种……"

"哪里，不过是被老婆撺出来罢了……"

"你还真会找借口！现在我什么也不问……不过，南村先生，你对日本现状是怎么看的？难道可以这样听之任之不成？我们的祖国……"他突然改变语调。

"怎么看？也就是这样吧！"

"也就是这样？这样是什么样？"

"啊，战败国这东西，亘古以来不就是这个样子嘛！"

五百助语气极为达观，坦率说来，他并没有什么具体感想。他不是不考虑国家大事，但战败以来一直为个人私事忙得晕头转向，甚至连私事也未抽出时间深入考虑。

不知为什么，加治木健兵陷入了冥思苦索之中。他有一张典型的农民脸型，高耸的颧骨，狭小的额头，红润的皮肤，活脱脱表现出他的朴实与执着。那副苦苦思索得青筋暴起的神情，使人感到一种无可言喻的悲伤。

"罢了，罢了……那是神明考虑的事。人、国民，不能满足这种现状！"他突然气势汹汹地厉声大叫起来，就像轮胎气门嘴猛然泄气一般。

"怎么了？你……"

"不，战败也分几种。迦太基①败了，德意志帝国败了，

---

①迦太基：非洲北部（今突尼斯）的奴隶制国家。后发展成为西地中海的强国。与罗马争夺地中海西部的霸权时战败，沦为罗马一行省。

平家败了，会津藩败了，通通败了！但败的方式各有不同。至少，战败国应该堂堂正正地战败！那种对天、对全世界、对战胜国都不丢人现眼的战败方式是存在的。败而不乱，败而无愧，知错改错，有罪服罪，同时大振精神，绝处求生。这才是真正的战败方式！可你瞧日本的现状，瞧东京的民心，那能算是什么？比战败还等而下之！充其量算是败于内乱！假如真正知道是败在别国手下，不可能是这个德性！我是觉得愧对一百万战争牺牲者……"

加治木眨几下眼睛，旋即抬起黑木桩样的手臂，往脸上横抹一把。

五百助头疼的就是这类争论。在通讯社上班时，每当同事们争执不下，他就悄然离席。然而今天不同，加治木已经热泪盈眶，自己总不能佯装不知，而须不偏不倚地敷衍几句才好。

"还是那种休克状态……"

"你这说法不行，太放纵国民了！南村先生……你过于宽宏大量了！自从在'密苏里号'签字以来，你以为过去几年了？难道能容许这种腐败和混乱永远持续下去吗？东京街头上是什么东西在泛滥成灾，你就不知道吗？百闻不如一见。看完你肯定会改变认识。然后我还有事求你帮忙，这个下步再说。怎么样，我这就领你出去好吗？"

加治木健兵真是个好事之人，居然要诚心诚意地带五百助参观东京的"黑暗面"。五百助生性懒惰，黑暗面也罢，光明面也罢，他都兴趣不大。但又不忍一口拒绝别人的邀请，只好跟他看看再说。

"你那满脸胡子可不成，活像瓜达尔卡纳尔①的日本兵！"

临出门，加治木不满意地说道，并且从苹果箱做成的搁物板上取下安全剃刀，给他刮胡子。

花了好半天时间，才把那宛似黑草地般的胡子刮净。接着又挑剔他身上又脏又臭的流浪汉服装。

"西装倒最不引人注意，你没有吗？"

有还是有的。换上衣服后，不仅加治木，就连铃木妻子和高杉氏都对他判若两人的变化感到吃惊。

"哎哟，五百先生，好一副绅士派头，要到哪儿去呀？"高杉氏说着，做出一种别有意味的笑。

实际也是如此。好久没穿西服的五百助现在的确气宇轩昂、仪表堂堂，与这河谷景物大不谐调。但这八月上旬正是炎热时节，他那身本该春秋穿的西服带来的痛苦，却是无人知道的。

"领带就别让我扎了！"他打开自己洗得皱皱巴巴的衬衫前襟。

"好，上路！"

加治木领头走上河堤小路。他对别人的服装百般挑剔，

———

①瓜达尔卡纳尔：南太平洋所罗门群岛中的最大岛。第二次世界大战期间日美两军曾在此激战。

而自己则一身轻装：上着半袖开领衫，下穿草绿长裤。但在不引人注目这点上却恰到好处。或许这才正是最为符合东京新潮的夏装。

爬上梯子，进入大街，世间之风便吹将过来。这其实是夹杂着铁锈和汽油味儿的西南风。五百助明显感到自己呼吸到了所谓社会空气的味道。而他每天清早外出做工时并未有这种感觉，这是什么缘故呢？他觉得奇怪。归终，他只好解释为自己相隔好久才穿西装的缘故。

"噢——先从哪里领你看呢？"

加治木自语着，在路上立定脚步。稍顷，往水道桥那边走去。

"请你尽量挑麻烦少的地方去……不过，你住在河谷，能晓得那种地方吗？"五百助一边下坡一边搭话。

"我恐怕比报社记者还熟悉东京的反面哩！"加治木有点得意起来。

"你到底做什么活计呀？难道晚间才出去赚钱不成？"五百助笑眯眯地问道。

"别说傻话！你当我是什么扒手或强盗？马上你就会明白，马上……"

从水道桥乘上东京都营电车，加治木健兵狠狠瞪着后乐园里的棒球场、自行车赛场悄声自语：

"这伙混蛋，全把战败忘在脑后了！"

电车进入繁华街，到达终点之后，他仍然把视线向四面八方射去。

"时间还早，那标本式的家伙还没出巢呢……"

国营电车站前的广场上，大多是从附近住宅区走出买东西的一伙伙主妇和急于赶车的商人模样的男子。迈着八字方步的几乎只有他们两人。

加治木催促五百助，跨过长长的旱桥，走到车站西侧。这里完全是另一番景象：所有房屋都是战后新建的，质量粗糙，独有门面还凑合。商品摆满摊头，柏油路旁搭着席棚，显得热气腾腾。

"噢，有好戏看了……"

加治木把眼睛落在一对学生模样的人身上，两人刚刚从写有"麻将"两个红字的房门里走出。

"哎哟哟……简直倒霉透了!"

其中一人说道。他扎着一条目前流行的大花纹领带，身穿白衬衫，肩上漫不经心地搭着一件制服上衣。

"可是哟，你小子叫牌哟……"

另一人身穿夏威夷半袖衫，敞胸开怀，叼着香烟的嘴唇四周，胀鼓鼓生出几个粉刺来。两个人都留着长发，校帽岌岌可危地扣在头上，脚蹬一双上等红色皮鞋。

加治木朝五百助使个眼色，开始尾随二人。

五百助也未如此真切地看过近来的学生。由于太不像学生样子，他估计可能是冒牌货。两人那副长相，看上去与知识与学问格格不入。诚然，五百助读书的那个时代，也有不少在任何方面都没必要钻研学问的学生。有的学生根据自身的头脑和气质条件，认为当花匠或染衣匠要幸福得多。不过那时候的大学毕业证书关系到工资的多少，因此还有理由勉强当学生。而当下世道早已今非昔比，他们何苦非戴那种并不美观的菱形校帽不可呢？

两人拐进小巷。

道路突然狭窄起来，有点令人担心迷路。饮食店、旧衣店等比比皆是。其中一间传出女播音员尖厉的嗓音。里面颇有纵深感的店堂里，摆着马蹄形桌子，围着满满一圈人。两个学生钻了进去。

"什么呀，这是？"五百助问。

"不知道？冰高①嘛！战败的国民，还有心成天摆弄这个……"加治木气呼呼地说。

然而，还没等五百助彻底弄清这玩意儿究竟是新式游戏还是新式赌博，两个学生已经窜上街心，看来十分没有常性。加治木催促五百助，随后跟出。

"看见了吧？一个小孩也在里边玩哩！"加治木一副苦相。

确实，有个十二三岁的少年俨然成年人似的坐在桌前，这点五百助也注意到了。

或许在冰高馆时已经商量妥当，学生的脚步加速往目的地奔去。当然，途中两人一度停下各买了一支冰棍。他们一边贪婪地舔着冰棍，一边如入自家庭院似的穿过狭小的胡同，

——————
①冰高：一种赌博性游戏。

尔后走上一条木板房街道。木板房固然到处都是，但尤以这一带的简陋低矮，且又小又旧，真个是地地道道的木板房。也许因为还不到时间，几乎空无人影。每家每户都显得寒碜不堪，但其门面无不是饮食店模样。然而里边又没有饭菜味儿荡出，相反，一股股脏水沟臭气倒直冲鼻孔。

"喏，到底跑这儿来了！"

当加治木道出这句似乎夸耀自己料事如神的话时，两个学生自我解嘲似的一边哼着流行小调，一边隐入一家房中。

"什么呀，这里？不是窑子吗？"五百助问。

"只是要低级得多。我是想让你见识一下现在的学生干的是什么勾当，也算是一种参考吧。"

加治木大摇大摆地走入相邻店内。

"哎哟，请进，真够早的呀！"

只穿一件衬衣的女子一面刷牙（已是下午之时）一面从里面走出。

"不是来玩的，是这个！"加治木做出戴双筒望远镜的手势。

"可现在还没一个客人呀！"

"没有？刚刚进来两个嘛！"

"哎哟，哥哥的眼睛真尖！"

之后，两人在狭窄的裸土房间里喝起啤酒来。大约过了五分钟，那个女子走出，伏在加治木耳边嘀咕了几句。

"跟这女的去看看！"加治木小声说着，捅了捅五百助的膝盖。

　　简直莫名其妙！他脱去鞋，走进里边，见是一间两张垫席大小的房间，从窗口可以看见房后的草地，旁边竖着一个梯子。女子以目示意，叫他爬上去。

　　上边房顶很低，五百助必须弓腰才能避免碰头。女子也随后爬上，打开墙角（只有顶端是壁橱）的槅扇，像塞什么东西似的将五百助的上身推出窗外。对面墙壁上开着一个小小的玻璃窗。从中望去，邻房一室就在他眼皮底下。只见两个人并卧在那里。男的就是那个扎领带的学生。当然现在领带也没了，衬衫也没了，全身一丝不挂。

　　"怎么样，没想到吧？"

　　第二天一见面，加治木劈头就问。

　　"是啊。不过我想，这种事也未必就是战败带来的现象。听说马赛不是古来就有的吗？"

　　事实上五百助也只是对昨天的"节目"觉得有点肮脏龌龊而已，并未产生什么冲动。感觉迟钝的男人是无可救药的。

　　"那么退一步说，对这种有失检点的学生，你……"

　　"不过，我当学生那时候也闹得很凶哩！"

　　那是一九三二、一九三三年间，流行过一股色情歪风，学生也深受其害。五百助的同学中就有人从不三不四的女人手里诈取零花钱，还自以为得意。相形之下，昨晚那个学生无非是沿袭明治书生以来的恶习而已，算不得伤天害理的罪过。他们之所以不知不觉地沦落到那般地步，其实是同父母过分克扣娱乐费有关，而这不倒是值得同情的命运吗？

"你这人真能沉得住气。也罢，今天带你到稀奇一点的地方看看！"

看来，加治木下决心根治五百助的不感症。

"不，还是算了吧。别的不说，怎么忍心叫你那么破费呢！"

五百助确实是这么想的。仅昨天就让加治木花了五六百元。

"那就请你别介意了！我是出于一点想法，才让你认识认识当今社会状况的。志在天下国家，我是为此而花钱的。"

钱为什么而花，且不去管它。令人不可思议的是，身居半圆锥体小屋之人竟如此有钱。昨天他就满不在乎地从兜里掏出一把钞票，似乎身上带有不少。其本人自称不是小偷，果真可以如此相信吗？但五百助混迹俗世之时也是这般模样，加上他交友不太注意人选，因此对这怪人的来历并未耿耿于怀。

"那就听从你的安排。不过还非穿那套西服不可吗？"

五百助昨天热得甚是难受，现在觉得还是那件美国驻军的工作服穿起来舒服。况且，若是身穿西装，即使碰到好烟头落地，也不便伸手去捡。总之，一切都受到约束。西装其实是条束缚手脚的口袋，不适于自由生涯。

"可是，穿那身流浪服，人家是不会理睬你的。再说，将来还想请你穿一身清晨礼服哩……"加治木又口出奇言。

这天，五百助被领到浅草。

最先带去看的是"喇叭座"的裸体舞。但五百助已经在新宿领教过一次了，全然无动于衷。接下去看的是分娩电影，这不过是经常见诸报纸的悲剧新闻照片的翻版而已。

"你好像看什么都麻木不仁！"加治木有所不满。

"可这种东西，现时的东京人哪个不晓得呢？"

"是的。这个尽人皆知而又无动于衷的事实本身，不就是值得震惊的吗？不过，既然你这么说，那就换个场面！"

加治木加快脚步，穿过兴行町，又继续往前走了好长一段路。五百助本来就对浅草的地理情况不熟，现在早已摸不着东南西北了。只是发觉街面上依稀暴露着战火的遗迹，空地随处可见。新建的房屋，大多挂有旅馆招牌。往昔这一带多是小客栈，而现在落成的建筑通通是饭店风格。所挂招牌上有的用红色油漆涂有温泉标记，大书特书每晚要价几百元的字样。

"全是男女乱来的旅馆，东京到处都是！那三道红色的热气就是标志。它再好不过地说明了战后的道德状况。这世道成什么样子了！南村先生，我总觉得全体国民全都乱了套！"

加治木站在街心，不胜感叹。又走了片刻，旅馆不见了，来到普通住宅区，牙科医院等招牌闪入眼帘。

"我给你说，这牙科医生，就是为带有温泉标记的旅馆做善后工作的。"加治木说起怪话来。

"那里面也能捞一把吧？"

"傻话，挂的是牙医招牌，实际干的却是打胎勾当！"

五百助觉得好笑，从拔牙手术想来……

正想着，加治木叫他在外面等待，独自走进一家茶馆。

"好像有点热闹看。喂，走吧！"

加治木很快从中出来，拐进路旁非经商住户的街道。这里外表上虽是非商业街，但听说大多住户都开旅馆，只是没挂带有温泉标记的招牌，以免上税。

进得其中一家，五百助看到了一种哭笑不得的情景：一个仅上身穿有自行车赛选手运动服的女子，在室内脚蹬原地不动的自行车踏板，直看得他目不转睛。

"如何，这回吓一跳吧？"

加治木胸有成竹地说。但五百助还是不为所动：

"这个嘛，和分娩电影差不多，只不过不生孩子罢了……"

又是一个第二天。

"真货还得晚上看……"

离开上野车站，加治木一边说着，一边登上通往西乡铜像广场的石阶。但五百助以熬夜影响第二天出早工为借口，拒绝去看晚间的乱世节目。说实话，一连看了几日，白天都已经够受的了。

"不要紧！这回你睁大眼睛，看看这世道的末端。当然啰，这像是满地乱草一样一团糟的社会，一两眼是看不全面的。政治家、官吏、商人、大学教授，是不可能一一步行来看这些乌七八糟的丑恶表演的。不过，正像医生摸脉断病那样，从末端来研究主体也并非不可能。即使通过末端中的一端，也能够接触到这百鬼夜行、惨不忍睹的现代社会。这段时间我领你看了那么多末端，可你一点都没反应，我真有些沉不住气。今天死活得打起精神来！"加治木显得有些焦躁。

问题是，五百助并不是存心装疯卖傻。一来固然因为他天性迟钝，二来更因为加治木领看的乱世百态，无不是他在《文艺春秋》《周刊朝日》上看到过的。他之所以对乱世报刊、乱世新闻颇具兴致，恐是因为他那军人气质尚未丧失干净。就拿两人现在行走的上野公园来说，两三年来不知被以"野性公园"之名连篇累牍报道过多少。看来看去都不外乎令人作呕的丑闻，五百助当然不可能次次都觉得怵目惊心。坦率地说，今天一听说参观"野性"，心里就已厌烦透了。

"这一带晚间是禁止入内的。"

加治木俨然发现什么犯罪老巢似的盯着清水台上的红色佛堂，往前移动脚步。太阳晒得正紧，各处树荫下躺满了午睡的流浪汉。五百助眼下也与他们是同类，没有理由对他们嗤之以鼻。

"喏，来了，来了！"加治木突然轻声说道，以目示意，叫五百助窥看佛堂后的树荫。

只见一个十三四岁的流浪少年挽起衬衣袖口，露出手臂。

一个衣着脏污的中年汉子正往上边打针。

"那是苯齐巨林兴奋剂!"加治木解释说。

但那少年的眼睛却机灵地闪动着健康的光,似乎和打伤害预防针并无二致。

"孩子们都染上了这种恶习。这是'末端'中最严重的一种。"加治木愤愤不平。

不过,自己瞒着父亲开始吸烟是几岁来着?

五百助只是这样想道。不知为什么,他嗅不到毒品的气息。

墓地石塔之间,路旁广告板后,挤满五花八门的小房,同桥下自家房屋相差无几。如此一想,便觉得不足为奇。

加治木一一指点给他:哪里曾有妓女被杀,哪里做吗啡交易。但白天的公园,到处显得懒洋洋的,一切安然无事。

据说在公共厕所里,也有技术专家在里边待客,也是一桩丑闻。

加治木还告诉他,那边有个派出所巡警,在查禁妓女的过程中,自己倒喜欢上了妓女,从而辞去公职,专给妓女拉客。五百助听罢,甚至产生了共鸣:倘若自己身临其境,说不定也会那样做。

"看来,南村先生真是个木头人!差不多也该开开窍才是!还剩池水那边没看,怎么办?"对五百助的不感症,加治木也感到无计可施。

"算了,已经可以了!还是回桥下去吧!"五百助用手心擦拭脖颈上的汗水。

"不过就此作罢，可就前功尽弃了。再到浅草去一次，那里的把戏还多着呢。前几天那次参观，不过走马观花罢了!"

"也许是的，可这大热天……"

五百助胖得宛似裹着一层厚厚的人肉外套，而加治木瘦得恰如一块石板，他当然体验不到五百助的痛楚。

"一点点热，你就忍一忍吧! 这可是天下大事!"

一旦被抢白一句，便再无二话，五百助向来如此。

"现在就慢慢往浅草走吧!"

"走着去?"

"哎呀，这又不是消闲散步。从这上野到浅草之间，有好几条直路。流浪汉、罪犯常在两地间游来窜去，路上留下的痕迹多的是。这你一眼怕看不明白……走，路上我给你说!"

加治木好像不知疲劳，在前边迈开步伐。没奈何，五百助只好拖动沉重的皮鞋。

到达上野站前，一看便知是"野性人种"的男女成群结伙。这是尽人皆知的常识，加治木也省去了解释之劳，大步流星径直穿过广场。

走上横道，他依然只顾默默行走。不久，来到一座外表像是区公所的建筑物门前。他像突然想起什么似的说出一件轻松的事来:

"南村君，你好像热得够呛，洗个澡如何?"

听说洗澡，五百助正中下怀。这些日子，尽在喷泉旁淋浴，污垢洗不干净，直觉浑身发痒。幸好，今天西装革履，不必担心在澡堂遭人奚落。

加治木去附近一家店里买来一条毛巾和一小块香皂。

"那，你慢洗……"

"哦，你不进去？"

"我在外面等。你一个人去想必印象更深一些。"

他说了一句令人费解的话，但五百助没有加以理会。

进得里边，见是一间普通的澡堂。看样子是战后建的，面积不大。"哐啷"一声拉开磨砂玻璃门，便是冲洗处，只有两三个顾客。时近午后四点，里面却如此空空，看来社会到底稳定下来，"澡堂地狱"①时代业已成为过去。至少澡堂和理发店已经渐渐从乱世中挣脱出来。

"您来了……"就连值班台里的老人，声调也和蔼可亲。

五百助兴冲冲地脱掉外衣、衬衫，使劲甩到衣服篓里。蓦地，他想起那条燕尾旗做的丁字裤头，不由一阵惶惑，好在没人注意，赶紧一把藏在裤子底下。

于是，他摆动着堂堂裸体，走进浴池门内。这时所有浴客一齐抬起眼来：他不仅身架大得出奇，而且肌肤滑润细腻，无一疤痕，活像个剥去外皮的胖鼓鼓的大白桃，十分显眼醒目。由于他脱去衣服比驹子还白，一次驹子说道：

"男子汉还有曲线美哩，你这人……"

---

①"澡堂地狱"：战后初期，日本东京等城市里澡堂数量不多，市民洗澡非常困难，甚至发生过男性闯入女性澡堂的事件。

五百助记得当时驹子还捏了自己一把，不知是爱还是恨。

浴池的水尚未变脏。五百助身子一进，水顿时涨满，令人心旷神怡，欣喜莫名。独有入浴一事，他是非常喜欢的。自从战后家境没落，沦为自家设不起浴室之身以后，他便经常向驹子发牢骚。因此，他现在全身每个细胞都浸满喜悦之情。

开始搓洗时，污垢多得实在叫他感到难为情。最后一次去骏河澡堂，至今已逾一个半月，那黑蚁样的东西从身上纷纷滚落也是理所当然。也正因如此，他才觉得心里格外舒坦。这时他突然想起，加治木是出于什么理由将他领到如此惬意的场所的呢？这里根本没有什么"末端"之兆呀！莫非因为这里是偷盗浴客衣物之贼的作案现场而叫他来亲眼见识一下不成？然而，三个浴客之中已有两人走掉了。五百助在更衣处的衣服篓处，远远看去未发现任何异常。剩下的那个也不像品行不端之辈，而倒像个赋闲在家的长者。

难道加治木失算了？

五百助这么想着，开始洗起头发。他抹了满脑袋肥皂沫，用手抓挠着，好歹用水龙头冲洗干净。抬头一看，意料不到的奇异现象发生了。

起始五百助还以为发生了错觉。

糟糕，大概进错门了！

也就是说，他以为自己不慎跳到女浴室来了，然而，待稍为镇静下来往四周一看，那位似乎赋闲的老人正在若无其事地擦看干瘪的脊梁，不能认为他也同样会弄错。如此看来，只能说是那四个女人伤风败俗了。她们像一串白面团子，赤裸裸地列队进入浴室。

"喂，阿铃，把水桶递给我！"

"懒家伙，你这人……好嘞！"

"劳驾了……今天真不错，澡堂里没人。"

"是啊，要是太挤的话，让人害臊，化妆都化不好。"

这确实不是五百助的同性。红一道绿一道的小洗脸盆里，放着香皂、搓身用的小糠袋儿、洗头粉瓶子等一些零碎东西。再往头上看，电烫发、大卷发、夜会发等，黑压压的，奇形怪状。今天虽未涂脂抹粉，但其痕迹犹存。凡此种种，无须反复推敲，显然是女性，是女人无疑。

这些女人为什么如此恬不知耻地通过值班台，而侵入男人的领地呢？这里又不是温泉浴场！莫非旧市区流行这咄咄怪事不成？

不错，这世道是有点乱了章法。肯定是因为时间尚早，女浴未开，所以才闯进这里。即便如此，战前也无此等败类事体。

五百助也不由多少为之讶然。也许他受过良好的家教，唯独在风化这点上，他还保留着绅士教养，而且胆小如鼠。至于同不是妻子的女人的裸体相对，实在有伤雅兴。他只觉得心跳气急、头昏眼花，不知将身体置于何处是好。

而女人们则怡然自得地将四颗脑袋浮在水面之上，其中一人竟肆无忌惮地将视线朝五百助投射过来。

"莲子，昨晚可好？"

"不行不行，白白过了一夜！怎么搞的，近来莫非都是穷光蛋？"

"虽说夏天是淡季，可这些日子太清闲了。这样下去，连烟钱都挣不到手……"

"起码有个他那样的人迷上也好……"说话的女人朝五百助暗送秋波。

"别净想高口味了！哈哈哈！"

她们齐声笑了起来。每个人的声音都像笠置静子那样又粗又哑。

这时，隔壁女浴池传来"哗啦哗啦"的冲水声，吵吵嚷嚷的说话声，旋即响起此呼彼应的欢笑声。

哦，怪哉！

五百助被包围在双重疑问之中，女浴池不仅没关，而且浴客众多。她们的笑声也与男浴池这边女性的笑声明显不同。若将隔壁的比作纯金，这边的只能说是镀金，价值截然有别。

这几个的确是来历不明的女人。她们从事接客业这点，从其谈话中已不难看出，但那种入侵男浴池的勇气及其挑衅性行动，岂止令人目瞪口呆，简直不可思议。

五百助本想再进一次浴池，然后出门，但水面已成四个女人的一统天下，他无论如何也没胆量跻身其中，而只是一味缩着身子，没完没了地洗着早已洗罢的脸。

正洗着，见她们又像面团儿串子似的接连爬上浴池。这伙人看来非常喜欢集体行动，在水龙头前也同样排成一队，脊背相连。

"快，把毛巾借我用用！"

第二个女人往第一个女人背上撩水，第三个往第二个背上抹肥皂，如此相互擦洗。五百助想起过去在一本带插图的旧小说里看到的盲人入浴的漫画。

他突然发觉浴池里已经没人，赶紧跳了进去，如释重负地看着那幅松尾风光的油画。但心里还是放不下那几个女人，倒不是好色，而是怎么也抑制不住好奇心。于是他悄悄转动脖颈，只见她们已经相互洗完脊背，正在各自搓洗身子。那姿态比深闺小姐还要文雅。她们小心翼翼地（与刚才的声音、语气大不相同）将该遮掩的地方遮掩起来，一边扭动着带有浮世绘式曲线美的肉体，一边涂抹肥皂。

其中却有一人坐在齐腰高的镜前，用刷子往下颏和鼻下打着肥皂沫，随即拿起安全剃刀，"喳喳"地刮了起来。作为女性，可谓惊人之举。五百助发现，此人喉结大得出奇。再仔细看去，原来这点上她们全都大同小异。他觉得甚是惊异，顾不得有失检点，将搜索式的目光往她们胸部投去。

哎呀呀！

胸前空无一物，比平足人的脚底板还要缺乏起伏。

一瞬间，五百助不寒而栗，继而像吸进毒气一般浑身难受，恨不得马上逃离这莫名其妙的浴场。

"哎哟，先生，身子长得真好，让我摸一摸！"

一只分外柔软的手触在他的背上，他当即怪叫一声，纵身跃到更衣处。

至于怎么穿的衬衣，怎么穿的裤子，他已全不晓得了，当然也来不及系好鞋带。

来到街上，被冷风飒然一吹，五百助才真清醒过来。哪里还谈得上浴后的舒服感，直觉得像从妖河里勉强逃出的游人一般。

好了好了，得救了！

然而，那像海参般软绵绵黏糊糊的手指触及背部时的感觉，仍在衬衣下没有消尽。他抖动一下身体，急欲把它抖落干净。

这些"野性"败类，他再也不堪领教了。他巴不得马上乘上电车，赶回御金水去。那里有健康、平和、天然的秩序在等待着他。

他顺着来时的道路一溜烟奔跑起来。

"喂，南村先生，这里！在这里！"横街一家小冷饮店传出加治木响亮的招呼声。

"噢，是你……"

"怎么样？怎么脸色都变了？"加治木给跨入店内的五百助推过一把椅子。

"哎呀，这真是……"

"喝杯冰水好吗？"

"还是来一杯汽水或柠檬酸什么的，得先通通胸口！"听五百助口气，好像醉得两天不省人事似的。

"我说，有何感想？"加治木等五百助把杯子喝干，开口问道。

"可吓坏了……"五百助声音低微，似在自言自语。

"呵呵，这好、这好……总算把你吓了一跳！"加治木半信半疑地凝视着五百助的面孔。

"乱世，真是乱世！简直吓死我了！现在心里还怦怦直跳……可我说，那到底算什么玩意儿？最起码，是男的还是女的？"

五百助竟如此不辨真伪，惊魂甫定。加治木觉得纳闷。

"哈哈哈……真没想到。人家脱得精光，你怎么还没看明白？"

"嗯，没看清楚……"

"那就是'野性公园'的名产嘛！出工之前，每天都到那个浴池去。"

经如此一说，反应迟钝的五百助也幡然醒悟，茅塞顿开："啊，原来如此。嗯——怪不得……"

但那种令人战栗的作呕之感，反而有增无已。他很想再进一次澡堂，重新洗涤身心。

"可是，南村先生，假如你刚才说的是实话，那么作为一个爱国者，能这样默默地袖手旁观吗？"加治木的态度突然一变。

"你是指乱世吗？那没说的，的确是乱世！不过……"

"什么不过！只有断然采取行动！"

地下人踪

"那好，我毫不保留地把一切都告诉你。我以前当海军来着，就是那场愧对祖国的惨败之仗的演出者……"

　　在靠近半圆锥形小屋的柳树荫下，加治木开始对五百助诉说自己的身世和经历。在上野归途中的一家小饭店吃晚饭时他就想和盘托出，但怕别人听见而未开口，以致终于在这可谓河谷孤岛的僻静之处才展开话题。

　　此时夕阳西下，河谷中暮色苍茫，河堤上美国驻军宿舍里的灯光，将说话人的一面脸颊微微照亮。

　　他说，所有参加太平洋战争的职业军人都对国家与国民负有战败罪责，即使投生七次也无法将功赎罪。接着，他讲起自身的罪过。

　　"你是外行人，恐怕不会知道所罗门海战给战争造成的后果何等严重。可以说，自从那时转移阵地以来，我国就失去了制胜的机会。当然，刚开始战局还不错。我们传统的夜战稳步成功，一时还以为自己是无敌海军哩……"

他当时是大尉，在某驱逐舰上任水雷长。正是从塞班岛海战开始，发生了不可思议的现象：敌人的炮弹和鱼雷竟在夜战中突然百发百中起来。虽然日本海军把人训练得像猫头鹰一样熟悉黑暗，但毕竟眼力有限，远远不如敌人来得准确无误。这只能使人怀疑我方舰上有间谍潜入，向敌方发出某种信号。但无论怎样严加搜查，都未发现迹象。最后，他确信是神人降临敌舰，并认为要想取得胜利，就必须把那神人杀死或生擒过来。于是他同舰长激烈争论之后，盲目发起突击，刹那间造成了舰沉人亡的后果。

舰上人员大多身死。而他经过一夜漂流，游到一座无名小岛，被岛上土著居民救起。之后，又有几名被击沉的运输船上的陆军士兵漂来。他同他们一起度过了漫长的孤岛生活，终于迎来停战。当然，他考虑到海军的声誉，诈称为随军家属，并更名改姓。后来被英国海军救出，在战败那年冬天辗转返回日本。但他只能继续使用中村太郎的假名。其真名，已经作为战死者被从户口簿上勾销。

"作为军人，我当然痛感战败责任。但回到日本后，才知道所谓萨普迪夜战中敌舰上的神人，其实是雷达。从那以来，我就觉得对不起祖国，对不起舰上人员，即使奉献自己的一生也不足以谢罪……"加治木抽噎起来。

而后，他又说了自己是经过怎样的岁月才熬到今日的。这段叙说不够具体，甚至抽象得有些过分。

"我当然没到原籍区公所那里办理生存确认手续。在户籍上我已经死去，我的名字早已被消除。严格说来，我已经不是日本人，至少是不受日本法律约束的人。为什么呢？因为刑法也罢民法也罢，都不适用于死者，假如亡灵可以束缚，那你就束缚一下试试……我发觉自己获得了一种广大无边的自由，而且这种自由绝对不能据为己有。这个，必须把这个奉献给祖国和同胞，以表示我对那次惨败的歉意……因此，我开始在方法上研究应如何赎罪……"

他以无比健康的身体和毅力为资本做黑市买卖，当掮客，而将赚得的钱送给贫困的军人遗属，救济流浪孤儿。但他意识到这种做法只是杯水车薪。只有设法使财源滚滚流进日本，才能把百姓解救出来。他考察了东京的各个方面，得出的结论是"贫穷"。人们最为渴望的东西，既不是道德也不是文化，而首先是"金钱"，是可以随意使用的钞票。因此，他下决心使国家富强起来，以此为自己赎罪。

"这期间，我发现了三个同志。啊，与其说是同志，还不如说是同类。因为，他们和我同是户籍上的死者，同是一心忧国的幽灵。调查一下日本全国，这种活着的战死者似乎不在少数。不管怎样，我们三个同志先成立了一个'战败赎罪同盟'，眼下正在扎扎实实地计划干一桩事业。近日，我们也弄到一座房子，光明正大地在市区横冲直闯。但由于事业的性质要求避人耳目，所以我们断然决定转入地下。这也没什么，亡灵本来就是在地下的嘛！这是命中注定！我们三人决定在必要的情况下才到秘密点集中，此外分散各处。我选中的就是这个河谷。这是地地道道的地下，电车、行人都在头顶通过……"

加治木不厌其烦地谈罢自己的过去，俄而把语调一转：

"可我说，南村先生，你看上去也总好像个亡灵。即使未必是活着的战死者，也是悲观厌世分子，这我一眼就看出来了。你还是当代罕见的大人物……啊，不必谦虚，我的眼力准没差错。我有一事相求，就是请你务必加入我们这伙人里，助我们一臂之力……"

五百助为难起来：

"加治木君，我哪里算什么大人物……"

"西乡隆盛也一次没有自称为英雄嘛！"

"再说，我是被老婆赶出才过这种生活的，绝不是那种……"

"啊哈哈，你是在变相使用大石内藏助的故伎哟！"

加治木健兵所引用的历史人物，通通都是说书人口中的。但更使五百助头痛的，是加治木毫不迟疑地将他纳入自己的同类。这汉子绝对自以为是。

"不过请你放心。你是大将，我是小兵。虽说我啰啰唆唆道出了自己的秘密，但你也不必为此尽情分。我再不问你什么……问题是，南村先生，现在的社会正值乱世这点你可认识到了？"

"这个，已经……"

仿佛海参爬上肩膀的感觉。关于那个澡堂的记忆，不仅没有消失，至今肩背仍阵阵发痒。

"那好，这就请你出庐吧！我算是尽三顾之礼了。"

"不太好办啊……乱世这点，我的的确确认识到了。但至于如何解决，我一来没有那么宏伟的抱负，二来干事业的能力也提不起来。我这人最懒不过，我老婆就最……"

"没关系，我看中的恰恰是你这点。要是太慌手慌脚的，我们反而受不了。只要你不慌不忙老老实实地往那一坐就行！必要时我们会请求你怎么办。平时仅仅作为我们的精神支柱和象征就……"

如此听来，这项生意似乎并不辛苦，五百助也不好不分青红皂白地加以拒绝。

"你们的事业到底是什么呀？好像秘密制造或私卖劣酒的？"他压低嗓音问，这也是必须问的。

"这个嘛，眼下不知道或许对你更有好处。告诉你的时间早晚会到来的，那时你不愿意听也得告诉你。但对于象征性人物，还是尽可能将你放在安全位置上才有利于国家。只是有一点向你说明白，那种制造劣酒或冒牌香烟的勾当，即使规模再大，也不过是把日本的钱从左边拿到右边，对国家的富强没有丝毫作用。它不符合我们的宗旨。我们干的事业，目的在于赚取外汇，只是这点要请你理解……南村先生，说明就到此为止吧。我期待你的，仅仅是一句yes（是）。就是说，是这个……"

加治木暗中伸过手来，紧紧握住五百助的手。五百助也用了用劲，本来他并没有回握的念头。

　　"啊，谢谢你!"加治木突然发出高兴的声音。

　　从第二天开始，加治木对五百助的态度完全变了，而且变得绝不算坏。至于让他尽情喝什么山羊奶，那简直不值一提，不仅送给他并非烟头的香烟，还以机密费的名义把十张百元钞票塞到他手中。

　　身为河谷居民，这机密费该用于何处，自然不得而知。但有钱便无须打早工，而可以四处游花逛景，真是再妙不过。若处于其他环境，五百助这等好吃懒做之徒势必马上招致怀疑，但这河谷地带，流行互不嫉妒的美风，可谓个人主义的天国。金次老人以为五百助在捡破烂时捡到一个装有巨款的钱包，而全然佯装不知。

　　五百助一早就无所事事，访问加治木健兵半圆锥形小屋的次数自然频繁起来。加治木不经常在家，毋宁说不在家时居多，不晓得他在哪里做什么。但五百助已经获准可以随便出入半圆锥形小屋。因此他有时俨然到了自家别墅，美美睡上一觉。还有时从小屋中拿出豆腐渣喂一会儿山羊。他喜欢动物。

　　一天，他正和山羊逗趣，天下起雨来。他不忍心眼看山羊淋湿，便把它牵回拴在小屋檐下。这檐下有一简易的羊栏，看来晚间羊就睡在这里。

为了避雨，五百助自己也钻进了加治木的小屋。房顶之上还有桥梁为盖，不必担心漏雨，同时也听不到雨声。

有时，雨打房檐的声音进入耳中。他好久没有听到了，不由陷入沉思。

驹子那家伙，是一个人逍遥自在，还是……

这种意外出现的怪念头倏忽掠过他的脑际。他想象：妻子或许正在同近日流行的所谓男友手拉手地欢度人生。他从来没有对妻子有过疑心，倒是驹子怀有醋意。作为他，有生以来还是第一次尝到这种滋味，心中怏怏不快。然而，新宪法已经赋予妻子以恋爱自由，而且五百助本身也没资格向驹子说三道四。因此，这嫉妒黑烟只是闷在心头，终未变成红色的炉火。最后，他用鼻子"哼"一声了事。

这时，"咩——"山羊高叫起来。山羊是非常机灵的动物，虽说看见加治木或五百助也"咩咩"叫唤，但那里边含有撒娇的意味，而刚才这声却很尖厉。这是发现陌生人影时的叫声。

思忖之间，忽听小屋背后"扑通"一声，似有什么东西落下。

五百助冒雨绕到屋后一看，并无异常迹象。

只是草地上落有一个茶罐般的铅色圆筒。街上的人时常从堤上倾倒垃圾，恐怕又是他们所为。但那茶罐没生半点锈，是个上等货。于是五百助又上来了捡破烂的劣根性，将它拿回加治木的小屋。

随后，他再次陷入对驹子的种种推想之中，像条有病的蚺蛇一样横卧在那里，发出阵阵呻吟。不知什么时候，他睡了过去。那张脸很叫人可怜，就像哭着入睡的孩子似的。

　　不知睡了多长时间。

　　"哎呀，对不起，我没在家!"加治木的语声把他惊醒。

　　加治木身穿有些污点的劳动服，好像没怎么淋湿，可能雨已经停了。

　　"你不在，我就睡了个午觉……"

　　"啊，没关系。有你在小屋里，我就放心了。"

　　"我说，你可有妻子?"五百助没头没脑地突然问道。大概是刚才睡觉时梦见驹子了。

　　"那种东西，多此一举……"答得倒也干脆。

　　"分手了?"

　　"本来就没有。我是军人嘛! 战争中有不少同伴利用军人的声誉匆匆忙忙地结了婚，但我坚决以楠木正行①为榜样。这独身生活，不知给现在的地下活动带来多少方便……再说，我不大喜欢女人。"

　　"那么，上次去的那澡堂是怎么回事?"五百助对这位朋友随意诙谐，亲切无间。

　　"别说傻话了……"他脸红起来。突然，他的目光落到了躺在小屋角落里的铅色圆筒上。

①楠木正行:日本南北朝时期的武将,名将楠木正成之子。父亡后,率领一族为维护南朝同足利氏作战。

"哦，这是什么？"

五百助一五一十地讲给他。

"是这样，幸亏你在这里。不过还是确切弄清我在不在家之后再扔才对，这样马虎大意怎么成！"

他剥去圆筒上的玻璃纸封条，打开盖子，从中取出折叠的纸片。五百助斜眼看了一下，见不是文字，只是几个用铅笔写的简单符号。

"噢——是这样。那么……"他嘟囔了几句什么，接着扫一眼手表，急切地说，"南村先生，今晚得请你出马打第一仗。不过，问题是——你还有比那件高级些的西装吗？"

"哪里有，就那一件。"

"也罢，你就先把那件换上。然后到理发店去……"

五百助和加治木宛似两只蝙蝠，离开暮色苍茫的河谷，登上圣堂桥石阶。

即使在如此场合，加治木也毫不麻痹大意，他前后观察一番，得知无可疑迹象，当即叫住身旁一辆带有白线的出租汽车。

"御德町！"

他打开车门，迅速弓身进去，动作十分熟练，肯定经常乘坐出租汽车。若论五百助，离家出走后自不用说，在家时也没坐过。一有乘出租车的钱，他就喝进肚里，自然不懂得里程计算器是怎么个看法。

总而言之，加治木是个莫名其妙的汉子。对于今晚即将开始的行动，他一句话也没交代；而五百助既然接受了"象征"这一愧不敢当的称号，也就只好有意避免刨根问底。

"到了……"

加治木让车停住。这里是人山人海的御德町站附近。他钻过铁路桥，在对面街上转了一圈，然后从另一座铁路桥下再次来到高架铁路的西侧，拐进后面昏暗的小巷。走了半天，总算在一座极其寻常的两层高日本式房门前停了下来。若径直走早就到了，真是不怕往返徒劳！

楼下是杂货店。通往院内甬路的入口是一扇格子门，挂着一块木牌，上书"彰义出版社"。

加治木一声不响地打开格子门。紧挨右边有一道楼梯，五百助跟在他后边上去，直压得楼梯"吱呀吱呀"大叫不已。

"噢——"加治木在关闭的槅扇前招呼道。

"噢——"里边传出同样的回音，槅扇随之打开。

这是八张垫席大的日式房间，摆着办公用椅和桌子。一个男子挽起白衬衫衣袖，脸朝这边站着。

"没情况？"

"没情况！"

一呼一应地回答完了之后，加治木把那男子介绍给五百助：

"这是林同志，和我同样，请多……"

被称为林的男子似乎已听说过五百助，以直立不动的姿势寒喧道：

"无名鼠辈，请多指教！"

"今天去我那里联系的是高桥吧？我不在时就往下滚什么联络筒，危险啊！幸好给长官捡到了，要不然……"加治木所说的长官，似乎是指五百助。

"那家伙毛手毛脚会坏事的！务必请长官训导训导……"

这里似乎就是他们的所谓秘密据点。虽然挂的是出版社招牌，但室内看不出相应的特征。当然，不出书的出版社当下为数甚多，这样也似乎并无不可。

"我说，你知道哪里有西服店吗？长官的服装有些……"加治木对林说道。

"可也是，确实不太……"

两人上上下下眼盯盯地打量起满是汗渍的西服来，弄得五百助不大好意思。

这也难怪。他们两人刚才打开壁橱，拉出手提皮箱，全身焕然一新。那加治木也穿上一套与他不甚相称的薄质法兰绒新式西装，扎一条胭脂色领带，前后判若两人。因而，恐怕更觉得五百助相形见绌了。

"好的！西服店倒晓得，可今晚来不及呀！没办法，请你先用现有的，把领带、袜子、皮鞋换一下吧！"

令人惊诧的是，壁橱里这类东西多得数不胜数，简直就像戏剧服装店一样，从高档的到低档的，应有尽有。

西服和衬衫用熨斗熨好穿上，系上崭新的领带，在上装的小衣袋里探出和领带同样花纹的手帕，加之五百助体魄魁伟，整个人看上去具有十足的绅士派头。

三碗肉排盖饭被送了进来。

三位打扮得即可出席夜总会的绅士，端起肉排盖饭，确实不大谐调。但加治木和林却像吃学生餐那样表现出旺盛的食欲。这说明他们平时大概没享过口福。至于五百助，光是雪白的大米饭就足以使他目不暇接，他最先将一大碗饭打扫干净，随后"咔嚓咔嚓"大嚼特嚼萝卜酱菜，令人忍俊不禁。

"今天的行动，是马上到一个地方见一个做外国买卖的商人。请你装扮成货主。放心，绝不会给你添麻烦。其实货物我们已经到手，你也不必怎么开口，开口反倒不好办，只管一声不响地坐在椅子上，等我们给你暗号时，你点一下头就行了……就是这点事，但对社稷苍生却举足轻重。"加治木一边喝茶一边说。

虽说五百助生性马虎，但对这种委任还是有点不快。

"可你们本身为什么不能当货主呢？"

"长官，我们的苦恼就在这里……"

待林答完，加治木又说：

"我们三个同志，也许长年累月受军纪严格约束的关系，哪一个看起来都气度不扬，像个下层人物，经常为此吃亏。尤其这次要做一笔大买卖，我们自称货主，对方不会相信……"

"要是不开口也可以的话……"

五百助终于应允下来。刚才他之所以打退堂鼓，主要是因为他对居中调解缺乏自信，倒不是对扮演货主角色本身忐忑不安。

时值仲夏，不觉之间，夜幕完全降临。用闲谈来消磨时间的两个人，等到九点半一过，便站起身来：

"喂，走吧！不过，南村先生，才刚已经说了，Yes（是）与No（不）的暗号由我们发出，你只要照说就行。万一被问到复杂问题，要避免做明确回答。那种时候，我们不发任何暗号，而您只要说一句'具体情况下次再谈'就可以了。那么……"

加治木领头走下楼梯。三个人分别手提自己的皮鞋，走出地板房间时才换上。五百助的那双最为高级，而且崭新。

然后，他们走上宽一些的街道。大百货商店的窗口一片黑暗，街灯也寥若晨星。路面上宛如一片片蘑菇般站满了女人。加治木不屑一顾地快步从中穿过，既然已使五百助认识到乱世，那再无必要逗留于这种"末端"了。

他瞪大眼睛，物色出租汽车，这比"末端"要紧得多。好歹抓住一辆，他弓身进去，命令道：

"银座！"然后对林说，"喂，今晚可要喝个一醉方休哟！"

"是啊，还可以逛上两家吧？"

林也像是有意讲给司机听似的随声附和。目的地好像是银座，但又装得像外出兜风。从三人的模样上看，俨然志得意满的经纪人，因此不可能被看出马脚。这加治木等人任何时候都不忘记放烟幕弹，令人惊诧莫名。

下车时也故意选择灯火明亮的拐角，然后才进黑暗的后街。一路如何走法，五百助也稀里糊涂。不一会儿，到得一条不见任何霓虹灯光的横街，加治木悄声说：

"这附近有很多私人俱乐部和酒吧，而且是银座中最豪华的。"

两人在这里停住等人。少顷，一个男子从昏黑的河岸那边走来，简直像埋伏一样准确无误。

"没情况？"

"没情况！"

加治木和男子低声回答。

"高桥君……"加治木介绍。

果然，这男子也骨瘦如柴，全无威严相貌。

接着，高桥在前边带路，走过几户人家，来到一幢小楼跟前。正门上装有防火小门，旁门也关得严严实实。高桥在门上"咚咚"敲了几下。

"哪位？"

门"吱"一声启开，但只有三寸空隙。挂着锁链，再不能大开。

"找茂木先生，我近几天来过一次……"

高桥小声答话。一个腰扎围裙的中年妇女，从门缝里目不转睛地盯视着他们。

俄而，默默打开门，当然没有带路，那神情似乎是说到这里来的人都该对这里了如指掌。

这是一座没设电梯的小楼。高桥率先登上楼梯。楼梯打扫得倒很干净，但没铺地毯，露着混凝土，显得很是宽敞。每一楼层都悄无声息，了无人影，使人觉得似乎自己成了侦探而在深更半夜里摸进犯人老巢。然而这关得紧紧的每扇房门里边，果真空空如也吗？其实不然。当高桥"咚咚"叩响三楼走廊里的一个房间时，从中闪出一位身穿晚宴礼服、貌似头面人物的男子。一看见他们，他脸上露出诧异之色。

"约好和茂木先生相见……"高桥说。

"这上边！"男子冷冷回了一句，随即"砰"一声把门关死。

由此看来，这座楼里恐怕设有很多秘密俱乐部一类的机关。

上到四楼，高桥似乎恢复了一度来过的记忆，大踏步走到一扇门前。

这回走出一个穿白礼服扎黑蝴蝶结的胖胖的男侍。

"请，请进！"

看来已经通过话。男侍恭恭敬敬地低头行礼，让入房间。

里边并不大，安有酒柜和柜台，排列着全皮革包面的宽大扶手椅和沙发。看得出曾按酒吧样式改造过。

"先生马上就来……喝点什么好吗？"刚才那个男侍走到桌前。

加治木和高桥有些怯场，只是面面相觑。而五百助则心中大喜，以为美餐在即，便说道：

"也好，那就来点冰威士忌汽水吧！"

态度十分坦然自若，而又恰到好处。作为他来说，不过是不知不觉地恢复了战前出入酒店、俱乐部时的心绪而已。但男侍却对他流露出明显的敬意，退回柜台里边。

这个房间，只有男侍和一个举止端庄的女佣。透过窗口镶有花边的窗帘，可以隐约窥见隔壁明亮的房间里有两对男子各围一张桌子打扑克牌。

"打扑克呢，一次好像输赢几万元！"高桥悄声说道。

他们一边等待，一边喝着带有苏格兰威士忌味道的冰威士忌汽水。大约过了五分钟，隔壁打扑克的似乎告一段落，传来说话声，看身影像在写什么支票，而且其中一人不大像日本人。

片刻，一位潇洒地扎着青竹色单层领带、没穿外衣的男子，带着急促的足音朝这边房间走来。

"哎呀，抱歉，让你们久等了……"

那张面孔，五百助和加治木都没见过。但读者已经知道：那就是请驹子和边见到登户别墅品尝洋味香鱼的茂木夫妇中的丈夫一方。现在他同那时一样，脸上充满乐观而机警的神情。他将矮小的躯体移近桌旁，同立起身来的高桥与加治木轻轻握手。

"我们按约定把货主领来了，这位就是……"

高桥将五百助介绍给对方。五百助只是微微一笑，兀自端坐椅上，伸出一只手去。这原本出自他懒惰的天性，却给人一种沉着稳重的富翁印象，甚是不可思议。

"我是茂木，初次见面……"

"噢，请多关照……"

五百助未报姓名，这是因为他害怕一时话有不慎而遭到加治木等人的训斥，但从茂木那方面看来，恐怕反倒认为这是货主考虑到今天交易的性质而表现出来的慎重自信的态度。如若五百助道出南村这一罕见姓氏，说不定茂木会想起驹子之事而说出始料未及的话来。那么五百助便可能由此得知驹子的消息，从而不知闹出什么结果。但机会毕竟轻易地从身旁溜过去了。

"听说您有'白药'？"

茂木一问，加治木便在桌下用脚踩了五百助的皮鞋一下（仅仅一下），这是 Yes（是）的信号。

"嗯。"

"一号、二号、三号之中，您手头哪种最多呢？"

五百助一时语塞，高桥赶紧接过去说：

"二号三号最多，其次是一号。"

"都是一磅瓶装吗？"茂木看着五百助。

加治木又用脚踩了五百助一下。

"是的。"

"东西可靠吗？"

"那当然！"

加治木狠狠踩了一下，五百助也加重语气回答。

"能允许我看看样品吗？"

"不是样品，给您看实物。"高桥代他回答。

高桥从衣袋里掏出一个贴有日本药局方标签的紫色瓶子。

"可以打开吗？"

确认之后，茂木拔出平顶软木塞，用指尖从中抓住一点闪闪发光的白色晶体。

"不错不错……确实是海军医院出品？"

"是的。"五百助按信号回答。

"价格每瓶二百万元？"

听得价格，五百助本身比任何人都先吃了一惊：这像硼酸似的药品，怎么要价如此之高？！

"不，一百五十万元就可以了。假如能满足我们条件的话……"加治木突然插嘴了。

"条件？"

"首先，请不要将这药内销。"

"这我知道。前几天已经说了。近日有船出洋……"

"第二，如果能用外汇付款，自然最好不过。若不然，请采用物物交换方式。就是说请您依照应付款额，提供您准备在日本推销的商品……"

"真是啰唆。当然，我也是做买卖，你肯买，当然求之不得。只是这交易有些奇怪：眼下进口货泛滥成灾，您为什么偏偏喜欢这种方式呢?"茂木转向五百助笑着。对此既不好答"Yes"也不好说"No",加治木也无法表示信号。

"啊,具体情况嘛,以后有机会再说……"

五百助淡然一笑。加治木如释重负地手摸脸颊,似乎在向五百助表示敬意。一切都是按他的指示进行的,没出一丝一毫的差错。

"那么,明天晚间九时在这里交货,请您准备好现货。货款我用现金支付一半,另一半用实物,我列一个清单。OK?"

"OK!"

茂木和五百助相互握手。

然后开始喝酒。

侍者端上黑鱼子酱和橄榄等些许下酒菜。几个人一时觥筹交错,喝起威士忌汽水来。

"您去过外国吧?果真气度不俗……"在茂木眼里,对五百助评价极高。

"不……啊哈哈……"

此时,五百助心情愉快,加上酒意上头,便摇晃着大肚子,高声大笑起来。

"怎么样?到隔壁一起玩会儿扑克好吗?有几个人想同日本的绅士交个朋友……"

家中信息

东京城已到了秋风萧瑟时节，而五百助身边依旧春花烂漫。

钞票大把大把地流进腰包，几乎多到了无以消费的程度。服装也由"战败赎罪同盟"提供了两套高级新式西装，顿时变得风度翩翩，判若两人。

光是加治木给的那部分钞票，用一个月已经绰绰有余了。

"你们都是按劳取酬，我也不能无功受禄呀！"

五百助最初拒绝接收。加治木告诉他，他们三个同志，除生活费以外，赚得的钱一分也不沾手，准备逐渐积蓄资本，待讲和以后，成立一个合法的贸易公司，打到社会上去。听得他们如此令人钦佩的计划，五百助更觉得不该自己一人坐享其成。

"不不，你不是一般的同志。上次那宗交易是有劳您才成功的。这正像让舰队司令亲自开炮一样，万分抱歉得很，请允许我们表示一点谢意!"

加治木无论如何也不肯将钱收回。

这时,五百助问起那天卖的是什么药。

"啊,为了不连累您,真相就不要挑明啦!反正,那不是好药,那种东西还是不放在国内为好。此外,我还知道军队解散时藏起的一些物资,那些东西对今天的日本已经没用了。最好也尽快处理,把它换成钞票。"

他慷慨激昂地说道。其实,对日本人不好的东西,对外国人无疑也不好。看来他的脑袋仍与战时一模一样。

可是,五百助已没有必要从加治木手里拿钱。那天晚上后半夜回到桥下时,他的衣袋就像吞食青蛙的蛇肚子似的,鼓鼓囊囊塞满了钞票,怕有五万多元。那是他打扑克赢的。

做买卖他是不擅长,而玩起扑克或纸牌来,却有着鬼使神差的本领。与其说这是一种本领,莫如说是其性格适合赌博。他迟钝的感觉,使得诡计多端的常胜敌手束手无策;他庞大的躯体,使得对方望而生畏。因此他总是大赢小输。尤其打扑克这类游戏,一半属于神经战,加之那天晚上的对手都是初次见面的生人,更使得五百助的生理功能发挥得淋漓尽致。再说,大凡被自己老婆抛弃的那种没有艳福的男子,赌场上则往往福星高照,此乃世间常情。如此这般,他一直较量到最后一个回合。

总之,现在他成了不愁钱花的人。这是何等明显的时来运转啊!不论将河谷所有公民全部请到房中举行盛大宴会也好，还是给金次老人零花钱也好，钞票全然不见减少。

这样一来，五百助的心境也不能不发生变化。他那从娘胎带来的游手好闲的毛病如同五月竹笋一样萌发出来。

最糟糕的是没有驹子这个监督者。早上尽情睡懒觉也罢，深夜醉酒回来也罢，河谷里不仅无人向五百助提出忠告，反而愈发对他尊敬起来。他们认为，无所事事而又财源滚滚，才更能证明"五百先生"是非凡人物。随着五百助在河谷中的声望与日俱增，其本人也多少得意起来。时而叫原是流浪儿的男孩擦拭皮鞋，时而叫高杉未亡人的女儿捶打肩膀。

这么着，他愈发住得舒服惬意，纵然钞票再多，也无意撤离桥下。实际上他也像是驶入良港的一叶孤舟，不能想象此外还有比这里更适合他的生活环境。恼人事、啰唆事，他一律置之度外，而享受着现代日本人谁也求之不得的自由。如果说还有美中不足的话，就是他希望驹子痛改前非，成为温顺的贤妻，同他在这河谷里朝夕相处。

想来，自离家以后，他一直一帆风顺，丝毫没有尝到驹子预想的困苦。表面上看他真是命途多舛，但本人心中却坦然至极。近些天来，他俨然回到战前家境之中，开始放浪形骸而不知其所止。

每天他都光顾银座。

只要有钱在手，还是往日心目中的银座最使人快活。而战后，银座已变得面目全非。不过同神田站商业街、新宿楼花道相比，酒菜还是略胜一筹。虽然奢华的质地有所不同，但毕竟不无奢华的意味。他或在"花轮车"饭店大吃大喝，或在"亚光"店里询问身上饰物的价格，整个白天都在银座度过。为了追赶战后绅士服装的新潮，他也穿上了新定做的浅色西服，脚蹬崭新的红色皮鞋，帽子也买了一顶夏威夷二流子戴的那种货色。一眼看去，神气得活像年轻外商。

今天他也同样在四点左右来到银座，只吃了一点徒有虚名的法国菜，便觉酒足饭饱，即使再独自去美西饭店也无能为力——如此暗暗盘算如何挥霍之间，一头闯进尽是男侍的酒吧间中，喝了两三杯威士忌。

于是他上来一点兴致，在黄昏杂乱的人群中，从数寄屋桥往四丁目那边走去。正走着，听得背后似乎有人吵成一团，但他没有怎么介意。这当儿，有两三个显然是娼妓的女郎跑进胡同。

有人追娼妓不成？

他继续朝前漫步，一副满不在乎的神情。

不料，突然有人从背后把手插进腋下，旋即紧紧抱住他的胳膊。

"求求你，就这样别动！"那人开口道。

这举动，就连五百助也不由吃了一惊。

这是一个打扮得十分入时的年轻女子。身穿大红底镶白边的连衣裙，两只胳膊齐根露出，肩上挎一只白色皮包。由于身体贴得太近，看不见长得是何模样，只有式样不甚规范的满头卷发在他眼下扑朔迷离。怎么看都不是检点女子应有的做派。

女子默默合着五百助的步调，径直朝前走着。

好个不要脸的野鸡！

五百助偶尔也被此类女子打过招呼，但那一般只是尾随两三步便了事，而这种死乞白赖的做法，还是头一遭领教。也许因为她听说最近社会不大景气，才试用如此大胆进攻的战术。

五百助虽知和野鸡在银座街头挽臂走路有失体面，但又缺乏甩而斥之的勇气和铁石心肠。

也罢，花钱买下就行了嘛！

他一声不响地往前迈着步子。当走到四丁目十字路口前一条街的拐角时，女方以臂为舵，将他引进左侧的横街。

想把我领到哪儿去？这附近该没有旅馆啊？

这条街上，茶馆、饮食店比比皆是，女人一不开口二不斜视，只管甩开大步走路。走完四丁目，又做出往大街那边拐弯的姿势，悄然回头看了一眼。

继而，她似乎舒了口气，神态释然地放开抓得紧紧的手臂。

"谢谢你，叔叔……多亏你了！"

可能是刚刚操业的女子，声音还不失天真。

"没什么……不过可把我吓了一跳，突然被你一抓胳膊……"

"对不起。要是不抓你，我就会给别人抓去。两人这么像情侣似的一走，就什么事也没了。我不是那号女人，但刚才有个外国人向我搭话，被警察看见了，我发觉事情不妙。光凭这一点，就不知有多少人被带到吉野医院去了……"

"是吗？好，没出事就好……那么，我这就走了。"

五百助说着，往大街那边走了两三步。那女人又追了上来，说道：

"等等，叔叔……我要是说得不对，你可别见怪：你大概是南村叔叔吧？"

这回比被突然挽起手臂还令人吃惊。

"嗯，不错。不过，你……"

"瞧你呀，把人家忘了！藤村百合子嘛，嘿嘿。"

经这一说，五百助才认真端详起女子的面孔。从这张抹得五颜六色的脸上，好不容易勾勒出三四年前一个还身穿毛衣的女孩那充满稚气的圆脸。

"百合子？……万没想到。"

对方也露出一丝苦相。大概给这老式日语①弄得很是扫兴。

"叔叔才让人没想到呢！瞧，你这衣服有多时髦！帽子、鞋……"

讨人嫌的少女！活像旅馆的拉客婆似的把五百助从头到脚一一打量一番。

"叔叔你呀，简直潇洒极了，难怪我不敢认！现在搞什么

---

①老式日语：同尤丽（百合子）相比，五百助使用的是日语传统表达方式。

呢？讲给我听听！"

"看你说的，也没搞……"

"到底是叔叔有两下子！我家爸爸妈妈还说你肯定不好过哩，可我就是相信你的生活能力。我说，婶母一撺，叔叔就满不在乎地出走了，这足以说明叔叔是充满自信的男子……"

"哎呀，这个你都知道了？"五百助本想搔头，勉强忍住没动。

"什么我都知道！连叔叔不知道的我都知道……"口气里显然别有所指。

"啊，算了，还是说你吧。你可真出落成大姑娘啦！女孩这东西，想不到成熟得这么快。不过，银座这种地方，还是少来转悠为好！还会遇到今天这种事的！"

"别说教了，这算什么！每天我都来一次，怎么一直没碰到你呢？叔叔你总是这一身在银座逍遥自在吧？"尤丽抬起尊敬的目光看着五百助。

"啊不，我只是来吃点东西……好了，我再稍微转一会儿，你快些回去吧！如果需要，我给你叫一辆车……"

五百助想尽快甩掉这个姑娘，以免自己现在的处境传到羽根田舅舅等人耳朵里去。

"我不嘛！"尤丽像男孩子似的把头一摇，"找个地方吃饭去吧！那样，我可以告诉叔叔一条最好最好的消息……"

五百助把尤丽领进六丁目里面一家关西饭店的分店。正确说来，是被她拖进来的。

"这里的蒸鲷鱼独角仙可香着呢！"

十九岁的少女居然对银座的烹调了如指掌，委实令人惊讶。

这是一家战火烧剩下的饭店，墙壁涂成红色，天花板都已破旧。两人沿着楼梯，一直被领到最远处一个四张半垫席大的房间。大概是被人当成一对情侣了。

女侍只出来斟一次酒，再没露面。

"叔叔，别把人家当小孩嘛！"

尤丽把汽水杯推到一边，眼睛瞪着五百助，这是对五百助夹起拼盘小菜自斟自饮的抗议。

"哦，你也喝酒？"

"当然！一点点日本酒……"她一口喝干汽水，伸出杯子。

"好家伙！喝糊涂了我可不管哟！"

五百助只好给她斟上。她"咕嘟"一声，一饮而尽，顿时满面生辉，身子一斜，向五百助投过一缕脉脉含情的微笑。五百助不由诚惶诚恐起来。

"这回让我来斟，叔叔你是海量吧？大口大口地猛喝嘛！今晚……"

"你是跟谁学的？你爸爸好像滴酒不沾，是个本分人。你成天价在这银座游来转去，你父母就不知道？"

由于对方太不成体统了，五百助也不自量力地教训起人来。

"干吗让他们知道?! 要是多给点零花钱,我何必来打小工!"

"你不是来银座玩的?"

"这个月闲起来了。上个月我一直在交际茶馆干到月底,好玩极了! 既有钱赚,又能把男人的弱点看得一清二楚!"

"瞒着家里干的? 你家里也真够糊涂!"

"近来当父母的,都是稀里糊涂。再说知道了又怎么样? 反正我自己挣钱养活自己,那是我的自由!"

五百助眨巴着眼睛,沉默良久。再一看时,尤丽的杯子又空了。其实酒味她还不至于品味出来……

"喝得差不多了吧? 再喝换小盅好了……对了,你怕是有男朋友了吧?"

"嗯,朝三暮四的男伴儿倒是有一个。不过,叔叔,关于你家那位,可有一条绝妙新闻。对你来说,实在事关重大。喂,再满上一杯……"

五百助无意中听到了妻子的消息,他离家以来这还是第一次。到底身不由己地往桌前靠了靠。

眉飞色舞的尤丽以一种少女不该有的如簧巧舌,活龙活现地将驹子同隆文的交往向五百助描述一番。

"……就是这样,叔叔!"

"哦,真有此事?"五百助神色诧异,抱起双臂。

但是,他没有妒火中烧。一来因为对方是隆文那个年轻人，二来是隆文的一厢情愿，而自己妻子即使稍稍过火，也是出于消遣解闷，实属情有可原。莫如说他为得知妻子平安无事而心怀释然。

"有趣吧，叔叔？有点像流行小说似的……"

"不过对你可谈不上什么有趣吧？"

五百助一想到尤丽被未婚夫甩了，感到很有同情的必要。如果场合允许，他真想替妻子躬身谢罪。

"为什么？是我求婶母爱隆文的嘛！"

"哦？"

"我早已对那个公子哥儿腻歪了。我所需要的，必须是肉体上、精神上、经济上完全够格的男人！否则是不可能打动我这个女性的中心的。我已经是成熟的女性了！"

五百助实在对尤丽所说的感到莫名其妙。他还没有看过《查特莱夫人的情人》那部小说，猜不出所谓女性的中心是何位置，但又不便如实相问，只好模仿长者的口吻说：

"噢，还是不要被人打动才安全吧！"然后问道，"可现在情况怎么样？驹子难道真的按你的意愿同隆文好起来了？她那个女人可不是那么轻易按别人意愿办事的人……"

"是啊。所以嘛，隆文才越来越着急上火，跑我这里鼻涕一把泪一把诉起苦来。这也一点不奇怪，出现情敌了嘛！"

"哦，又冒出一个公子哥儿？"

"不不，这回是个绅士。起码经济上算是够格的绅士。叔叔你知道吧，就是五笑会的新会员，去世的边见院长的儿子……"

"唔——是他?"

"他在婶母面前简直五体投地。边见本来有太太,但不是闹肺病长期在外地疗养吗?再说夫妇感情听说也不大好。就在这节骨眼上,婶母从天而降。这回婶母的对手,就不再是隆文那样朝三暮四的公子哥儿,而是有教养的人。再说,叔叔你外出不在……"

"喂喂,别正说着故意把话头卡住!"五百助态度变了。

"怎么样,我什么都知道吧?所以我有权利叫叔叔请客!"

尤丽说得得意忘形。其实通通是从隆文嘴里间接听来的。隆文那个青年出于醋意,加之又是女人性格,便无一遗漏地侦察了驹子的一举一动。

"这么着,婶母这回也采取了主动行动,和边见一起到多摩川那边兜风去了……哎,听说花了好长好长时间,从上午一直到晚间七点多钟,中间怎么说也有不少休息时间。"

听到这里,五百助想起在浅草见到的带有红色温泉标记的旅馆,暗暗觉得那浴盆里的水似乎正沸腾起来,再没心思伸手摸杯子了。

"唔,后来呢?"

"后来嘛,事情有点蹊跷。或许兜风途中发生了什么,婶母突然对边见弃投了!"

"什么?用日语说!"

"哎哟,叔叔不懂棒球?棒球里不是有弃投的说法吗?……

不过，真是可惜。边见是个多好的老实人！婶母实在贪心不足！"

"不，那是慎重……"五百助出了一口长气。

"听说边见悲观得很，近来连五笑会都不参加了……当然啰，有迹象表明，似乎从婶母那里接受了致命的判决……"

"这个驹子干得出来。那个女人喜欢勒男人的脖子……那么说，隆文也好，边见也好，全都败下阵来。眼下驹子是一个人太平无事啰！啊哈哈哈……"

"事情没那么简单！最后冲上一个无敌的巨人！绅士倒是绅士，不过是个非同小可的绅士！"

"你说话总是玄天玄地。莫不是有个暴发户盯上驹子了？"

"不对！那是个彻头彻尾的无产阶级分子，从外国回来的，在你们村的粮食配给所当事务员，隆文见过。听说身体虽没有伯伯这般庞大，但臂力大得无人可比。一次，一个无赖纠缠婶母，他把那无赖用胳膊一抡，就'呜'的一声抡到十米开外的庄稼地里去了。你说厉害不？十足的肉体派！"

"不过光是力气大，驹子是不会看上的。"

"这正是你的时代错觉！要是仅仅一身力气，当然没有什么意思；可要是同精神上的东西结合起来，那就会变成一种极其纯粹的、势不可挡的、前所未有的性感，从而打动女性的中心。文化人也好，贵族也好，有钱人也好，都不具有给女性以这种满足的能力。假如不是森林中发现的那种肉体……"

越说越叫五百助不得要领。战后女性的心理，比高等数学还要高深莫测。就拿眼前这尤丽来说，简直搞不清她是以何种心情如此喋喋不休的。战败以来，世上的男子俨然脱胎换骨一般，张口理解女性，闭口尊重女性，难道真是肺腑之言不成？

"那么说，配给所的汉子是美男子啰?"他充其量只能道出这种庸人之见。

"哪里，听说活是条熏青鱼!"

"什么呀，你说的……"他只好不再理睬，转而狼吞虎咽地吃起新端上来的松蘑和海鳗鲡，但心里绝对不是滋味。

"叔叔和我们差一代人，到底是观念战后派，得马上反省才行。对那个男子，婶母也开始弃投了。"

"怎么，还有话没完?"

"还多的是哩! ……那样一来，这回的男子可不是边见那样的绅士，吃了闭门羹也还是不肯乖乖败下阵去，反而加强攻势，紧紧盯住婶母的行踪穷追不舍。你瞧他多像泰山①。这下可不妙，婶母也吓得面如土色，晚上不敢睡在家里，跑到正房房东那里住去了，闹得天翻地覆……"

"真的?"

"不信你去问隆文好了……为这个，隆文和边见十分担心，近来两个正商量如何保护婶母的人身安全呢……"

———————————

①泰山:美国探险小说《猿人泰山》里的主人公,白人血统,在非洲密林中长大。后被搬上银幕,在世界上影响很大。

"这好像不对头啊!"

"有什么不对头! 隆文的力气怎么也敌不住那个汉子,当然要找边见求援啦!"

"是吗? 也罢,怎么都成。问题是驹子她……"

说到这里,五百助突然词穷了。自己妻子以其个人意志同其他男子谈情说爱,对此他虽然没有好的心绪,但也无意从中作梗。而现在听得妻子正受到那汉子的威胁,不由奇异地心头火起,却又无论如何也不想提刀出马,将她救出险境。说到武力,看来必须诉诸武力! 然而他绝对没有这方面的自信。河谷那次劝架,出现的不过是他始料未及的结果。再说,如果贸然前去助战,说不定反而引起驹子的痛斥,毕竟尚未得到她熄火消气的证据啊! 这可如何是好? 总之令人心里不快。

"百合子,这儿的酒没味儿,换个地方吧!"他突然站起身来。

刚一出门,尤丽便将手搭在五百助臂上,与黄昏时的姿势毫无二致。此时夜色四合,霓虹灯耀眼炫目。

"伯伯,跳个舞去好吗?"

小小年纪,居然浪声浪气。

"我不稀罕! 跳舞……"他没有好气地答道。这在他是少见的。

"那么找个地方歇会儿好了,我还有话呢!"

"关于驹子的?"

"不不，是我个人问题……"

"那今晚就免了！再不抓紧回去，你那边电车就没了！"

"哎哟，耍滑头！刚才不是还说再换个地方喝一通吗？"

五百助今晚心乱如麻，很想开怀畅饮，但尤丽像个瘤子似的碍手碍脚。本来想法把她甩开，但给她这么死死缠着，找不到可乘之机。

路过街树旁边的"玛得利德"酒吧时，他好容易控制住自己，才没有窜进这座西班牙式的建筑里去。和这等黄毛丫头在酒吧对饮，不可能品出酒味。他的爱好非常平凡，既没心思勾引黄花少女，又全然无意取悦半老徐娘。

"今晚我这就回去！"他拿出最后一招。

"那么，我从新桥上都电①。叔叔从哪里？"不料她答应得倒蛮爽快。

"我乘国电！"

"那，叔叔住在哪里？告诉我！"

五百助困惑起来，总不好说住在桥下。

"是……神田那边的公寓吧？"

没等对方详细追问，他加快步伐。

两人沿着灯光稀落的林荫道，默默走了好久。

"是啊，这种昏暗的地方，我反倒容易开口。"蓦地，尤丽娇声娇气地说道，"叔叔，你有心和我结婚吗？"

"什么？"五百助跳上人行道。

---

①都电：东京都经营的电车。下文中的"国电"为国营电车。

"我想早点结婚算了！我不愿意别人再把我当孩子看。我必须游到广阔自由的成人社会里去……"

"可你不是有隆文吗?"

"那种没有生活能力的人怎么行！再说我绝对反对什么订婚！对我来说，除非像叔叔这般年纪，而且又有你这样体力和财力的人……"

"不过我有驹子那个人啊!"五百助不由脱口而出，先自一惊。

"那有什么！婶母任你作为婶母爱；我嘛，你就作为我来爱，一起建立家庭……"

第二天早上，五百助比平时起身还晚，十点过后才到泉边洗脸。

他彻夜未眠，一来秋天的跳蚤势不可挡，二来偶然听到的妻子的消息使他心神不宁。那忘却已久的自家记忆，历历如在目前，甚至那张威胁驹子的陌生汉子的脸也在眼前浮现出来。

是否该回去看一眼呢?

开往立川的电车就在对岸行驶，只消上去就行。然而，妻子并非世间一般的女性，而是个刚愎自用的人，很有可能迎面朝他厉声喝道："谁求你来解围的？谁允许你回家的?"这话她完全吐得出口，假如她真的焦头烂额，想必会在报纸上登广告叫五百助回去。这方面，他又是个厚脸皮。

因此，他想尽量把驹子忘得干干净净。但这总算被煽动起来的思归之心，很难马上平息下去。由于原始时代男人曾从事狩猎的关系，每一个丈夫都有离家物色某种猎物的欲望，而同时又具有归巢的本能。时候一到，便不能不朝自家妻子那边移动脚步。此乃天性使然，即使五百助也莫能例外。

对了，要是不同尤丽那么快分手就好了！

他突然大为懊悔。

驹子的消息，尤丽知道得最为清楚详细。他至少想继续了解一下妻子今后的动向，而能告诉他这一点的，唯尤丽一人。只因对方突然在马路上提出什么结婚要求，吓得他一口气跑到新桥车站。

说不定是句玩笑。从她要求将驹子作为情妇而将她本人娶为正室这点来看，无非是一时心血来潮。而其真心希望的，当是恰恰相反。

他并不想分析战后少女的心理，而且也无此兴趣。他再三感到遗憾的，只是由于自己将那句玩笑信以为真，仓皇逃路，以致忘记了同其约定下次见面的时间和地点。

五百助一反常态地焦躁不安起来。早饭没心思吃，一味地在河谷里走来走去。他想一个人静思一下，不料加治木一眼发现了他，凑上前来。

"噢，我正等着你起来呢！有个好消息请你听一下：上次那桩买卖赚了好大一笔钱，用来买了条船。这回，上面装了一些文具、工具和电动机具之类的，由高桥君任船长，准备近几天开航……”

五百助的心里，赚取外汇也罢，祖国繁荣也罢，都无足轻重了。他只是希望加治木快快离开，让他一个人待在这里。

“你是不是发烧？神情有点发呆，可别过于劳累。”为人正直的加治木很担心五百助的健康。

五百助总算如愿以偿，返回了自家小屋，躬身坐在柳树荫下。刚一坐下，又见金次老人轻手轻脚地走近前来。

“啊，五百先生！家里和邻屋只隔一层板墙，说话不太方便……”随即，道出一件意外的事来。

原来，老人的妻子住进本乡医疗器械商店以后，渐渐受不了世俗生活的束缚，要求重回河谷。当然，她希望同老人言归于好，再起灶炉。但由于五百助已经出过搬迁费，便提出归还五百元（一半），好好商量一下。

“不不，五百先生，我绝没意思赶你出门。你要是愿意，三个人一起过也可以。不过有件事要先跟你说说，就是你蛮可以当上一家之主。这样我想对双方都有好处……”

这又是一桩意外事体：

“东头高杉氏的女儿找到了工作，要住在外边。往后就剩母亲一个人了。那个未亡人看起来老些，其实才三十六岁，比你大一岁。怎么样，五百先生，和她一块生活不好吗？总比老是独身好些。比自己年纪大的老婆，拿丈夫可注意着哩！再说她家屋子最新，跳蚤又少……”

“伯伯，你就别说了，这像什么话！”

五百助大声说道。老人也真是倒霉，偏偏在这种时候端出话来。若是平日，五百助说不定会开心地嘻嘻作笑。

"五百先生，是我不对，你别生气……"老人灰溜溜地退了回去。

他心绪坏到了极点。河谷里的寂静也罢什么也罢，都不称心如意。他恨不得就穿这工作服冲上街头，喝个一醉方休。

他爬上河堤小径，登上高耸的梯子，终于上到大街。这当儿，一条火红的裙子在他眼前燃烧起来。

"到底住在这儿！昨晚我跟踪来着，不知道吧？……不愧是叔叔，这生活果然富有刺激性！"尤丽眉飞色舞，兴致勃勃。

莽汉夜袭

驹子身陷困境。

虽然不妨可以说全是她自讨苦吃，但她做梦也没想到会导致如此尴尬的结局。

她之所以对粮食配给所的平君产生兴趣，并非出于皇族想吃秋刀鱼般的好奇之心，也不是由于受到尤丽所想象的"森林牧神"的毛茸茸大腿的诱惑。

毕竟，驹子作为一个女人之途上的旅行者，在平君这独具一格的男性面前止住了脚步。她思想中的女人之途，似乎与贝原益轩①的地图有所不同。尽管如此，倘若平君是五百助走后最先出现的男性，会使她倒胃口的。

因为，咀嚼英国文学韵味的太太同配给所里的粗汉无论如何都搭配不到一起。

———————————

① 贝原益轩：1630—1714，江户初期儒学家、思想家、教育家、本草学家。

问题是，这以前她早已开始了女人之途的行旅。出发点是那个窝囊废丈夫，继而是比自己年轻的战后公子——像海参一样柔软而厚颜的隆文，接下去是保守且有教养的绅士——像香蕉一般芬芳诱人而又毫无咬头的边见卓。两人各有千秋，但都远远不足以使她心荡神迷。

　　于是，身为如此旅人的驹子，难免有些焦躁不安。无论行至何处，触目尽是平山凡水，终不见令人叹为观止的绝景出现，以致她竟想到：在这战败之国，真正的好男儿恐怕业已绝种。而正当此时，那位配给所职员缓缓露出头脸。

　　从平君身上，驹子发现了五百助、隆文以及边见全然不具备的东西。至少在她眼里是这样。她是个火暴性子，加上精神正处于不安状态，那印象多少有点夸大失真也是在所难免。

　　对平君产生兴趣，是在她为感谢对方将自己从歹徒手中救出而去配给所的时候。

　　那平君，不仅对她奉献的香烟不屑一顾，反而埋怨驹子不该领五百助那份配给米。若是平日里的驹子，肯定针锋相对地予以反击，但此时却奇怪地甘拜下风，向他道歉说对不起，而且并未感到不快。说得极端一点，她觉得自己由此接触到了平君的人格。

　　回到家后，她听到很多有关平君值得同情的过去及其真诚热烈的性格等说法，进一步加深了对他的兴趣。从而，平君开始从配给所职员转变成一名男性印入她的内心。这自然可以认为是因为民主主义的感化，但更主要的，还是由于她没有从隆文和边见身上得到充分的精神满足。

话虽这么说，并不等于驹子已对平君一往情深。一位年届三十的新型已婚妇女，是不会轻易迷上某个男人的。然而只消她对男人怀有些许兴趣和好感，其感情便会以处女无法想象的速度发芽生长，只不过由于是她自己将其铲除或使其自行枯萎而不引人注目罢了。

所以按理，纵使驹子再对平君的特异举止和超人臂力兴味盎然，当也不会有所进展。但由于一天有事要办，平君不得不主动登上驹子家门。

"太太，怪我不是。您家先生那份口粮，因他没领外餐券，还是应该配给他的。主任这么说了。"

平君把一点点进口大米装在袋子里拎来。驹子见状，提出不要五百助的口粮：

"可以了，平君。反正就我一个人，吃不了那么多……"

她是实话实说，但平君坚决不改变主张。归终，她收下了米。为了慰劳对方，她将家里所有的糕点和红茶一股脑儿送给了平君。

"平君，听说你在配给所里住，大概很不舒服吧？"

以这句话为开端，坐在窗外窄廊里的平君与驹子之间连续谈了好多。

平君似乎不善辞令，并不夸夸其谈，只"嗯""啊"作答，流露出一种讨人喜欢的木讷厚道的气质。驹子虽然自知有些失言，仍不由对他那被妻子抛弃的过去露出同情的口气。

"我是九死一生回来的，没想到她却……女人这东西，简直是贼！太太……"

平君尽管声音平和，但表情甚是悲戚。驹子觉得自己似乎弄清了那像雾一般包围这慓悍男子的忧愁的出处。

"话也不能那么说。我想办法给你找一位可心的太太。"

"不不，那就不必了……"

如此交谈之间，还算平安无事。但驹子转而注意到平君身上那件陆军工作服的脊背裂开一条大大的口子，便起了恻隐之心：

"你脱下一会儿，我用缝纫机给你补上……"

平君当然羞得不肯轻易答应。好歹总算脱下了背心，上身裸露出来，肌肉一块块隆起，肤色也不似脸膛那么黑，驹子差点看呆了。

她很快用缝纫机补好，递了过去。

"谢谢，太太真是个好心人！"平君再不一味木讷，动情地说道。

此后，驹子好像对平君也表示过一点好感，有两三次。例如，她曾经把剩下的菜肴送到平君独自起火的住处去。

不管怎么说，平君对驹子的态度也在逐渐改变。他时而表现得过于羞赧，时而又意外出言不逊。他一次也没大大方方地看驹子的脸。已是三十开外的汉子了，按年龄该不至于有如此孩子般的举止才是。

这人心地相当纯洁!

对平君的此等表现,驹子感到很是可爱。当然,她心里完全清楚平君对自己开始怀有怎样的心情。在这点上,无论妙龄少女还是半老徐娘,都有一架高质量的电探机,尽管有时不免由于自作多情而犯操作上的错误。

得到平君的钟情,对驹子并不算是恼人之事。能让一个诅咒女人的男子产生如此反应,当然不至于有不悦之感。自五百助离家出走以来,不断有男子对她倾心移情,真叫人弄不清是哪里刮来的风。及至平君这第三个男子又对她想入非非,不由使她开始多少怀疑起自己的优秀理性。在仅仅半年时间里,居然被三个男人看中,这不可等闲视之,若非身上潜在着自己尚未觉察的绝世魅力的话⋯⋯

而且,平君的爱慕方式也颇为可取。他既不像隆文那般厚颜无耻死乞白赖,又不似边见那般畏首畏尾心虚胆怯。他一言不发,只是终日间眉宇含愁。然而不难推断,其心底燃烧之火恐怕最为炽烈。

唯有一点令人遗憾:平君不会讲驹子所属阶级的语言,也不通晓她所处世界的风习。不过从另一角度来看,这点反而激发了她的兴致。这是一个完全不论身份与教养的另一天地。

关键是人本身!

她不愿意当那种拘泥于旧习与外貌的战前女性,而要尽情展开自由的双翼,让身心得到彻底解放。

诚然，正像世上所有女人都宁可把衣服存入箱底而不愿穿在身上一样，驹子尽管想获取自由却又仅仅满足于把握其可能性的倾向，这也正是中年妇女的万无一失之虑。无论她使得平君多么如饥似渴，也绝对不想自己主动出击。

所幸，平君那方面也极富耐性，只不过神情稍有变化。因此归根结底，恐怕只能使驹子的箱里多一件衣服而已。不料，一天夜里风云突变。

那天晚间，由于有台风预告，驹子早早关门闭户。正读书之间，忽听门外传来平君的声音：

"晚上好……"

她虽然胆大，也还是有些怵然。

台风警报看样子是快解除了，但风仍然刮得树枝"呜呜"作响。在如此夜晚将平君迎入只有一个女人的家中，她心中隐隐不安。

"哎呀，您有什么事？"她尽可能和声细语地问道。仅把木板套窗打开一尺左右。

"啊，太太，有句话要说……"

黑暗中定睛细看，似乎下着蒙蒙细雨，平君撑着一把粗糙的雨伞，木然站着。没有大门的房子，这种时候就很不便，总不好开口让人在窗外被雨淋湿的窄廊里落座。

"那么，十分钟谈完好吗？我今晚有点急事。"驹子先设一道防线，将平君让进屋来。这时她没有忘记把套窗打开一扇。

"这么晚来打扰……"

平君一反常态，战战兢兢地向驹子施礼，今天的衣服也不是那件破旧军装，而穿了一件薄薄的绸衫。其本人或许把这绸衫当作外出礼服，但那一粗一细的格子条纹，使他显得土头土脑，活脱脱的乡巴佬儿。驹子问：

"是为配给米的事儿？"

驹子有意没端茶水和糕点，口气也显然不知不觉地变得严肃起来。平君也许被吓住了，愈发畏畏缩缩，答话声音小得稍纵即逝。

"哪里，不是为那码事……"

言毕，他再无丝毫接说下文的样子，只是惶惑不安地盯着铺席。

如此窝窝囊囊的平君，驹子还是第一次发现。这副德性，活像被拔去獠牙的老虎，一时袭来的恐怖感倒是暂且消失殆尽，但同时又觉得若有所失：平君素日的魅力，连一半都找不见了。

驹子见平君久而又久地沉默不语，忍不住开口问道：

"平君，不知您来有什么事，请您只管说，好吗？"

"嗯，那我就……"说到这里，又沉默了两三分钟，尔后好不容易用蚊子般的声音接触正题，"这个……对不起，我想请太太，把以前那句话收回去……"

"哦，不知您指的什么？"

"就是……给我找老婆那件事，太太说过的……"

"啊，那件事……"

驹子差点儿笑出声来。她早已忘记自己说过的那句成人之美的话了。

"太太，我无论如何都没心思找别的女人……"平君叹息着喂嚅道。

"您以前的太太难道就那么好不成?"驹子又动了一点好奇心。

"在我当兵期间那种找野汉子的女人，能是什么女人，我想您是不难明白的。要能把那家伙抓回来，看我怎么收拾她!"

平君现出一副悔恨交加的凶相，两眼发直，似乎真要把对方杀死。他毕竟还是未被拔牙的猛兽，驹子几乎消失的恐怖感又回到身上。

"那就找一个好姑娘，给您那位太太看看不就行了嘛!"

驹子不无安慰地说道。使他过分兴奋是危险的。

可是，平君像在某一点上着了魔似的，死命将驹子的话头封住：

"哪的话，我才不娶什么姑娘哩! 那玩意儿我可不稀罕!"

"哎哟，奇怪! 不娶姑娘，那你打算娶谁?"驹子换上半开玩笑的口气，以缓和一下平君的亢奋情绪。

这一来，平君陡然圆瞪双目，第一次迎面直视驹子的面孔，眼睛发出异常强烈的光来，弄不清是炽热的爱情，还是深切的怨恨。

"我？我嘛……我要娶别人的老婆！"声音镇定平和，似已破釜沉舟。

驹子打了一个寒战，对平君怀有的兴趣顿时不翼而飞，比以前遭遇流氓少年时还要大十倍不止的恐怖感袭扰着她的整个身心。随即涌来的只是保护自己的本能，哪里还顾得上答话！

平君久久地盯视驹子，开头那少女般的腼腆早已荡然无存。这不是说他有一副假面具，而似乎是他那从一个极端走向另一个极端的反常性格所使然。也正因此，驹子才更加惊恐万状。

外面风声"呜呜"，室内灯光忽而奄奄一息，忽而亮如白昼。

平君仍然念念有词：

"嗯，太太，你说对吧……我老婆给别人赚了，我当然也该赚别人的老婆……"

驹子再无勇气把平君的话听完。她欠身立起，脚步一点点移到打开的套窗跟前。

"对不起，我到房东家去一下，有点事儿……"

驹子一边叫着，一边纵身跳进院心，光一双脚跑到正房的檐下。

那天晚间，驹子借住在房东家里。她担心说出平君的名字来事情反而不妙，借口说是听到一种奇怪的音响，房东也不以为意。

翌日早回家一看，可不得了！

平君本人当然早已无影无踪，但房间里就像受过一场大地震一样，四下一塌糊涂：镜画飞了，木箱倒了，缝纫机翻了，那般结实的铁铸支架也断了。

驹子呆立良久，往院里一看，更是大吃一惊。那株青桐树利利索索地齐根横卧在地，放洗脸盆的石墩一头栽倒，盆栽的杜鹃和南天竹像被一块空降巨石压得皮开肉绽。

啊，厉害，厉害！

那力气超人的怪汉显然大发雷霆。他怒火中烧，发动比平时还大几倍的马力，极尽胡作非为之能事。

"太不像话，我又不是跟谁通奸了！"

驹子不由口出怨言，同时又哭笑不得：从灾情来看，根本不像是人的行为，而是机械的暴力，是推土机闯入的后果。

平君的价值，从"森林牧神"陡然降为推土机了。驹子根本没想到会闹出如此惨重的结局。虽说一时心血来潮，但这男子毕竟引起过她的注意，不料其本性却是这样，真是令人后怕！

平君难道把我和他那个不义之妻当成一路货色不成？还是为我昨晚的逃跑而生气呢？

驹子前思后想，终归不得其解，估计二者兼而有之。

无论属于哪一方面，平君都是依仗已在此暴露无遗的武力来追求她的。不管那是爱的暴力式表现还是一往情深的爆发，总之都与她的情趣相差甚远，乃是一场飞来横祸。平君绝非坏人，甚至是心地单纯的男性也未可知。但在恐怖这一点上，的确同特攻队①出身的青年摇身变为行抢的强盗属一丘之貉。而且说不定一般的强盗倒安全一些，至少不会进行无谓的杀伤。

不错，那是推土机，所以才这般动心骇目。

驹子又一次认识到了平君的可怕嘴脸，再无啼笑皆非的心境可言了。她曾送给过他菜肴，为他补过衣服，那无疑是摸老虎的下巴颏，现在想来还感到毛骨悚然。

稍顷，驹子开始收拾大地震后的残骸。她嘴上嘟嘟囔囔，心中萦绕的唯有对野性男人的余悸。

再说还要花时间修理缝纫机，副业也休想搞成了……

正想着，不巧隆文在这天下午登门来访。

"怎么回事，阿姨？这……昨天的台风莫非单单袭击了这里？"

见得院子惨伏，隆文歪起小脑袋来。这怕也是理所当然。

"没什么没什么！快伸把手！"

驹子没好气地扬起渗出汗珠的脸。刚才她就想把歪倒的脸盆、石墩恢复原位，但一个女人家，毕竟心有余而力不足。

"是！"

---

①特攻队：第二次世界大战期间，日本法西斯军队为挽回败局，组织了采用自杀性战术的所谓特别攻击队，亦称神风攻击队。

答话倒蛮痛快，但等他脱去西服上衣，开始同驹子两人口喊"一、二、三"往起抬时，那臂力却十分虚弱，毫不顶用。

"怎么搞的？这样也算个男子汉?!"

在驹子的斥责下，他猛劲把双腿叉开，稳稳立定，那大背头耷拉着，虚张声势。如今的小伙子既没受过军训，又没到工厂义务做过工，加之是靠吃代食送走少年时代的，因此身体单薄，臂力虚弱。作为绝对和平环境的国民过日子倒是前途有望，而若赶上大迁移或大动荡恐怕就有所不便了。

"丢人！我倒比你有劲得多!"

驹子一个人，"呼哧呼哧"地喘着粗气，不停地干着。蓦地，脑海中掠过五百助的肉体。

这种时候要是他在，可就大有用场了!

的确如此。当然，在让他干活儿之前，务必再三再四催打几次，可一旦动起手来，其所发挥的机械力恐怕便足以同平君匹敌。

驹子在最微不足道的意义上感到了丈夫的必要性。自他离家以来，今天还是第一次。

"阿姨，这是一场天翻地变哪，到处都是大脚印子!"

隆文发现了雨后地上一串串木屐痕迹。在这种事上，他可谓火眼金睛。

"对了，肯定是那小子干的。阿姨，干脆全告诉我算了，我好同您结成共同防线呀!"

隆文知道上次在林中遇到无赖时平君表现出来的惊人臂

力，而且对驹子对其特异性格怀有兴趣这点多少有些嫉妒。

"瞧你说的什么，隆文君！小毛孩子不要口口声声像个大人似的！你到底干什么来了？这么啰啰唆唆！你那位疯疯癫癫的老娘上次那么出言不逊，打那以来我这门口就已对你关死，这你该晓得！"

她气呼呼地说道。今天的驹子发现所有的男人都一钱不值，一见就气不打一处来。

整整一天，驹子都在拿人拿物出气。等到迎来迅速降临的黄昏，又有些胆怯起来。她开始感到寂寞难熬，甚至后悔不该把隆文赶回去。

周围一片漆黑，昨晚的恐怖感像冰冷的潮水一样向她涌来。

台风已完全过去。窗外月朗星稀，风声杳然。但她那针一般直立的耳朵，总是觉得套窗外面有人偷偷逼近，只听"啪嗒、啪嗒……"。谁也不能保证平君不会像昨晚那样趁夜偷袭。

另外一点伤脑筋的，就是今后她再也不想去配合所领米了。白天见到平君那张脸依然觉得可怕。但即使眼下可啃面包敷衍一时，也终究不是长久之计，总要去领米才行。

这种地方住够了，是不是该换个地方呢？

厨房那边"哐啷"响了一声。她赶紧一跃而起，四下里看来看去。往哪里逃好呢？跳到外边势必当即被擒；躺在屋内吧，马上就会破门而入。

那声音再未响起。大概是老鼠作怪。

然而，她觉得如若在这种恐怖感的折磨下彻夜不眠，说不定会精神失常。于是，她从壁橱里掏出睡衣和褥单，包成一个小包，像外出上工的女佣一般，无精打采地走到房东的房檐下。

"晚上好……真抱歉，今晚还要打扰一晚。"隔着无地板房间的拉窗上框，她哀求似的对正在缝衣服的房东婆婆说道。

"啊，这有什么……"

对方嘴上这样回答，但脸上到底露出不悦的神色。

在没有生火的地炉旁边，嘴叼烟管的房东公公，目光锐利地瞟一眼驹子，别有意味地开口说：

"太太，快把你家先生请回来吧，要不然是没个完的。"

驹子本来谎说五百助出差去了。但时间如此之长，周围人似乎也对真相有所察觉。

这天夜里，驹子裹着脏污的被子，孤零零地睡在没有天花板、被烟火熏黑的屋子里。两行不知是懊悔还是悲伤的眼泪顺着脸颊流淌下来。

那个人要是回来，这麻烦就烟消云散了，其他一切，也就不了了之了……

也许因为秋季的祭典快要来临，练习伴奏的乐器声远远传来。突然，她想起了大矶的舅舅。

得去商量一次……

话不投机

"嗯，我说，五百助到底怎么样了？"

羽根田力之妻银子，一边跟丈夫说话，一边把茶碗、小碟放到茶盘里。

"嗯……"

羽根田正襟危坐，身上那哔叽便服显得格外双肩高耸。他正在喝着饭后粗茶。去外边，他是大名鼎鼎的雄辩家；在家里，却是寡言少语的老人，而且吃饭时也不盘腿。但这并非他故作威严之举，而是因为他具有刻意求真的天性，正像所有怪人无不如此一样。

"怎么回事呢，假牙这玩意儿，大概也像美国兵似的，隔三年就要换一茬。"

言毕，可能假牙情况不妙，不住地蠕动起嘴巴来。银子说：

"假牙是要换，可五百助的事儿，我可有点沉不住气。"

对丈夫顾左右而言他的毛病，银子早已看破，因此绝少抛开正题，跟他顺水推舟。

"五百助？对了，这小子也是个棘手货。不过差不多也该回家了！"

别看他嘴皮上轻描淡写，骨子里却相反。银子同他已经相伴近四十年，当然熟知此点。丈夫这个人，虽说他对自身那方面的远亲近属丝毫不以为念，但对银子娘家的事情，却考虑得无微不至。作为她，自然也不能在丈夫的亲属，尤其在其唯一的外甥五百助身上迎合丈夫表现出来的冷漠态度。

"五百助是个懒得走动的人，我想他不至于窜到北海道或九州那么远去，肯定跑不出东京市区。用什么办法能把他找出来呢？……"

"找出来又顶什么用！他又不是三岁孩子，找到他也不会自行回去，即使回去也没什么意义。"

"那倒是。可这么没完没了地拖下去，驹子日子难熬啊。"

"驹子？她不是活得蛮好吗？为人处世也好，衣食住行也好，一切都有条不紊嘛，那女子天生就有这个本事！她……"

"不过，到底是妇道人家啊！女人这东西就像一块布，不管染上什么新花样，质料都是变不了的。虽说有藤村百合子那样出格的人，可到一定年龄时你再看看，肯定也是个好媳妇，顶多爱说笑一点。何况驹子……"

"不不，这不能一概而论。如今的女性的的确确是变了的。吃了那么狼狈的败仗，人不可能不变。男男女女都进入了革命期。一成不变的，只有我，加上你这个……"

羽根田在"憩"牌香烟上点燃火，眼睛看着洒满阳光的庭院。沙地里开剩下的松叶牡丹，星星点点地凝丹结彩。后面五六株青松，正静静地沐浴着偏午的阳光。

"嘀嘀嘀，男人怎么样我是不晓得。但女人可不会因为吃了场败仗，就从头到脚发生什么变化。女人这东西更不知什么叫国耻。在女人身上，你一窍不通。男人看不明白，可女人看女人，是再清楚不过的，这也算一桩怪事。为什么男人就看不透女人的本性呢？"

银子快活地笑起来。没请女佣，只两人过活。纵使饭后聊得忘记拾掇碗筷，也丝毫不用顾虑。

"可是反过来，女人也不晓得男人的本性吧？"

"哪里会不晓得！女人研究丈夫研究得直发疯，就像女人本身的一种职业似的……"

"哦？这可马虎不得！我还以为我是女人不可理解的人哩……"

"你呀，你最好理解不过！要说那个五百助，倒是有点叫人捉摸不透。"

"五百助？是不错。不过说实话，我对驹子那个女子的确不大理解：人固然很精明，可到底是贞女呢，还是荡妇呢？……"

"哪种也不是！我看男人就是喜欢这么简单地下结论。"

"倒也是。男人喜欢一概而论，女人擅长分别而论，是吧？"

"那我说不清楚。就驹子来说，同样也是个女人，说不定是最像女人的女人。只是书本看得多了，生出一点野心来。"

"书本可没叫人生什么野心！"

"不不，也许你没那样。但女人看书一多，就难免想模仿男人，这就是野心！"

"哦，新理论，非常之新……"

"一有野心，就要吃亏。模仿了男人又怎么样，当不了一文钱！看来，还是没真正了解男人哟！"

"你是说模仿没有价值？男人嘛……"

"呀，先不说这个……就是说，要想征服男人，最好发挥女人固有的优势。再说，对男人也非征服不可……"

"喂喂喂，你也是在征服我喽？"

"怎么说呢，嘀嘀嘀……哎呀，都一点钟了，光顾说了……喂，五百助的事儿，你真得考虑一下！"

妻子到厨房去了。羽根田便把坐垫拿到茶室的檐廊里。日过中天，闪闪耀眼。他勉强忍着，把背靠在立柱上。

难办哪，男女关系这玩意儿……

他同妻子银子是以最常见的相亲方式结合的。三十六载时间里，一直无甚风波，过到今日。他并非绝对没有找过艺妓取乐，但倾心于妻子以外的女人，却未曾有过，因此也没有引起家庭纠纷的机会。而且，在对妻子既没钟情又未厌恶的时间里，不觉成了一个离开她一天也过不下去的丈夫。因此，不免自以为是地认为所谓夫妇生活无非如此而已。

然而，无论从现今世态来看，还是从五百助夫妻间的矛盾而言，他不能不觉得：男女关系这东西正在变得异常复杂。

现在的年轻人真是不幸！前程不容乐观！

作为法学者，他对新宪法条文不无异议，但对其总的原则还是基本赞同的。然而他却又认为男女国民未必会从中获得幸福。对于法律所保障的自由的限度，他心里最明白不过。同时作为走过漫长人生道路的长者，也清楚地知道自由本身同幸福之间并不存在直接相连的关系。莫如说，他对被如此过早过快地赐予自由的年轻一代，甚至怀有一种恻隐之心。

而且，正因他对五百助和驹子完全一视同仁，反而陷入窘境。他没有子女，对五百助这唯一的外甥确确实实怀有深厚的感情。但同时对于毫无血缘关系的驹子，也绝非漠不关心。就是说，他也喜爱驹子。假如他可以偏袒其中一方，问题就会迎刃而解。但他认为只有使两人双双获得幸福，才算真正解决问题。

可这谈何容易！顾此势必失彼呀……

无须妻子催促，出面调解之心他早已有之。无奈束手无策，只好暂作壁上观。但如此旷日持久，终究不是良策。诚如妻子所说，首要一条是查出五百助的下落。是不是托自己教过的法学士——现在当警视的学生帮忙找一下呢？

然而这也必须同驹子商量才行。这家伙到底出什么事了？

怎么一次也不登门呢？……

　　正想之间，响起了开门声。伴随着似乎两人同行的皮鞋声，男子的话音传来，看来不是驹子。

　　"哎呀，欢迎欢迎……"

　　亲自到大门口迎接的羽根田，顿时笑逐颜开。对他来说，比任何人都值得欢迎的客人——五笑会的菱刈乙丸和藤村功一两位老者双双临门。

　　"来同你商量一下会里的事儿……"藤村以一如往常的一本正经的神情，在门口道明来意。

　　"唔，唔，好好……说起来，今天正心烦意乱着呢，幸好二位大驾光临……请、请、快请……"

　　人到这般年纪，已不再容易碰到情投意合的朋友。因此羽根田对两人的来访不胜欣喜，像个孩子似的满脸绽开笑容，将客人让入客厅。坦率说来，此时他心中已再容不得五百助和驹子的身影了。

　　"久疏问候……"

　　"那次以来未曾复会……"

　　菱刈伯爵也好尤丽父亲也好，并未忘记好友之间的礼节，古板地低头致礼。

　　"其实，我也惦念此事。本想去府上相商，恰好二位远道而来，不胜惶恐之至。今日务请慢坐，谈谈会期，聊聊闲话，好生欢度一天！近来我一步也未曾进城，没机会施展唇舌，直觉嘴皮发痒。以老妻为对手，虽然一时也有绝妙警句浮上心头，却又即刻退回肚里，啊哈哈……"

羽根田一到人前，马上摇唇鼓舌，随机生发，同与银子相对时全然变成另一个人。

"啊，欢迎光临……"

妻子端茶来到客厅。她不属于见客生厌的主妇之列，几乎一见客人进门，心里便开始盘算适合老人口味的菜谱，可谓一对富有人情味的般配夫妻。

"不过，真是伤透脑筋！说句牢骚话吧，还是往昔日子好过……就拿这五笑会为例，战前的聚会，真有一种无可言喻的、其乐融融的气氛……"

没落贵族一边抚摸宽阔的额头，一边以深沉的语调流露出深沉的不平。而菱刈老人，今天也不同往常，穿的不是和服，而是带有四个衣袋的老式西装。

"诚哉斯言！那时边见先生有生，堀君也在世……五弦琴处于一弦不缺的状态。"羽根田喟然长叹。似乎五笑会出现了不快事体。

"怎么样，这大矶一带，可有什么闲人吗？"旧子爵向羽根田问。

"有的。那闲得发愁的人虽然并非没有，但住在这一带的，大多属贵族情趣；同你这样虽身为贵族却有平民风度之人相比，可谓截然相反。若是演奏能乐，或许会欣然赴会……"

"就是说，不喜欢这'咚咚锵'喽？"藤村苦笑。

286

"问题是，如果不设法纠合几个志同道合之士……那场战争，害得我们忍耐了那么久的时间；好不容易盼到今年有幸东山再起，却仅仅举行了两三次例会，这光景委实令人痛心疾首。早知下场如此，还不如不重整旗鼓……"羽根田俨然是个急性子老人。

"边见二世到底因为什么不出席例会了？"菱刈问。

羽根田愤然答道：

"原因尚不得而知……依我之见，那小子的入会动机，一开始就不纯，对这庙会音乐演奏缺乏真正的敬意和热诚。换言之，他无非是想买一条不同花纹的领带而已。这想必既潇洒，又风流。他也还算年轻，固然无可非议。但同我们之间，却是没有共话的资格。我们热衷此道，是想让所剩无几的生命能有意义地燃烧起来……"

"是啊，不知我们因此而忘掉了多少社会的、国家的压迫……"

"不知我们从而暗暗获得了多少精神上的自主与自由……"

两位老人齐声附和。与那左翼话剧里的对白不谋而合，恐怕也是维系他们那条同志式的强有力的纽带使然。

"啊，如今想来，'二二六事件'以后的十年时间，即日本最不幸的时代，对五笑会却是最为愉快的，尽管有点苟安的味道……"

"不过，那是君子之乐，大可不必介意。我们是迫于无奈才求此乐的……"

"可上瘾之后，就不完全是迫于无奈喽……"

"过度的反省，有悖君子之道。况且，眼下这个时代，又出现了迫使我们不得不苟且求安的倾向……"

"是啊是啊。所以，五笑会的意义才越来越现实起来。然而钲、笛却无人吹奏，问题严重啊……"

话头又转了回来。

"边见二世缺席的原因，不妨先服从羽根田博士的见解，但芳兰女士的不求上进，却是令人百思莫解。那夫人受过已故丈夫的熏陶，总该对此道表现出些许热情才是……"菱刈老人表达自己的不满。

"边见寄来了假条，毕竟可以饶恕，可那老太婆，一声不响地接连缺席两次，着实可恶至极！是有什么不愿见人之处还是已经厌战？凭她那不三不四的笛调，还不够资格厌战哩！"羽根田直言不讳。

"在幼稚这一点上，边见二世的钲也是同样。他令尊虽说也不高明，但调子还算入耳。真是不可思议！"

"这是精神问题，因边见院长和我们是同时代人。那从明治宪法颁布以来一直熬到如今新宪法时代的日本人的血液，自然使得万千感慨通过旋律倾泻出来。至于提起战后加入的新会员……"

"不过我们也很少觉得有合拍的时候哟，哈哈哈！"

"不，那是合中有别。就是说，那是君子的人生观以及尊重个性的绅士之道的外现，同时也是合奏乐的妙谛。至于战后派，却是不知'合'为何物，只以雷同为能事，也分不清应该追求的自由与不应追求的自由之间的区别。那擅自缺席的行径，大概其本人便以为是所谓人的自由。这些战后派，我算是无计可施了！"

羽根田极为郑重地愤慨起来。他将芳兰女士和边见卓也归为战后派，若是给尤丽和隆文听了，说不定会笑破肚皮。

从交谈内容不难看出，五笑会的例会，由于两人缺席，本月和上月一连两次都以半流产状态而告终。此会同其他会不同，哪怕只缺一人也大为扫兴。就算缺钲尚可凑合，但若少了笛子，再敲鼓也没意思。缺席者也许以为无非是狂欢会而已，但从三位老人看来，等于生存的乐趣锐减十分之七。因此，他们在对新会员的不守信用大加鞭挞的同时，感到很有必要就五笑会的大计进行磋商。

"索性将那两人除名，再物色个买卖人补充进来，举行例会算了！"

听得羽根田道出如此突如其来的话语，菱刈摇头驳道：

"除名有欠慎重，接纳买卖人也不符本会宗旨。"

"那么，依你之见？"

"这——"

此时，一直守口如瓶的藤村开言了：

"等等！二位吵得我插不上嘴，急煞我了。其实，最近我见到了芳兰女士，询问了她的心境……"

"唔——如何？"

羽根田和菱刈不得不倾听藤村之言。

藤村和堀两家很早以前就来往甚密，所以尤丽与隆文才订下婚事。而藤村同芳兰女士相见当然也不足为奇。大概是他那不无神秘的口气引起了两人的注意。

"她确实是个一意孤行的妇人……"藤村迟迟不入正题，似有难言之隐。

"岂止一意孤行，简直顽固得如同得了不治之症！"羽根田肆无忌惮。

"不，她也有极为开通的一面。问题是一涉及自己儿子，就全然没了分晓……"

"就是说缺乏教养。再学谣曲，再习南画，人骨子里的东西也是不可改变的。那个小巷里的师傅，可不是一般女人，她那人……"对于随便缺席，羽根田还是怒火难消。

"姑且不论这个。她不来赴会，难道同她儿子有什么关系不成？"菱刈归纳谈话要点。

"正是这样，原因就在这里！隆文出了一点问题，而对方又跟会里的一位成员有亲戚关系……难办哪，实在难以启口。"藤村故意不看羽根田的脸。

"我等之间，何必客气！你是说那老婆子因为儿子之事，不好意思见我们之中的哪一个？"羽根田迷惑不解。

"何止是不好意思，而是心中怨恨！或许说气愤更为合适。"

"噢——怨恨谁？"

"会……会长嘛！"

"怨恨我？这就奇了，我可压根儿没得罪过那老婆子呀！"
羽根田的神情活像给学生罢了课。

"不错。我也向她强调说你蒙在鼓里。但是，大概因为母爱高于一切吧，她已经失去了理智……"

随即，藤村谈起了隆文与驹子交往的来龙去脉。可是，由于这真相是出于芳兰女士之口，难免在隆文身上有所文过饰非。在第三者听来，很可能理解为困守空房的驹子勾引了比其年轻的小伙子。

"岂有此理！假如情况属实……"羽根田动了肝火。

有朋友自远方来，悠悠半日共清谈——羽根田的如意算盘彻底落空了。

"假如真有此事，藤村君，我连你都对不起。因为这将给府上小姐和隆文公子的未来投下阴影。"

羽根田提高嗓门。这位老人尽管思想属于自由主义，但在自身和周围人的道德问题上，却表现得十分因循守旧。

"不不，如您所知，我家姑娘性格同男孩无异，绝没因为这一事件而表现出丝毫的动摇。"藤村也流露出盲目溺爱孩子的倾向。

"那东西无法判断。因为缄口无言，才正是少女情动于内的表现……"旧子爵搬出封建习俗。

"纵令百合子小姐不以为意，也不能将驹子的不轨行为束之高阁……不过，她倒不像那种不通事理的女子……"盛怒之余，羽根田反倒有些纳闷。

"我也认为那太太是循规蹈矩之人。不过她与边见君之间也有些风言风语，如此看来……"藤村不慎脱口而出。无一不是从芳兰女士口里听来的。

"什么？你说驹子同边见君也不清不浑？"羽根田再次激动起来。

"不，这话不敢叫准。不过两人总好像有瓜田李下之嫌。而且边见君不来赴会，似也与此有关。"

"可是真的？这话……"羽根田神色为之一变。

"大概是误传吧，事情有点过于离奇喽！"菱刈说话一向圆滑。

"我想恐也如此。不过两人结伴到某处兜风的说法，好像并非虚构。"藤村作为尤丽之父，看来已经对驹子失去好感。

"愈发岂有此理了！不仅同年少的隆文君之间有失检点，而且还向身为有妇之夫的边见君暗送秋波……虽然战后风纪伦理败坏，也不可对此姑息养奸。况且，假如缺笛少钲也是由此所致，驹子可以说是搅乱五笑会的罪魁祸首。……真是岂有此理的女子！好，务必弄个水落石出！"

加上五笑会濒临破产造成的积愤，羽根田似乎真正憎恨起离经叛道的人来。

"喂、喂……"

他突然拍手招呼妻子。这种方式在战后的家庭里并不通行。

"什么呀？"

羽根田之妻一边用白色围裙角擦拭湿手，一边走进客厅。

"什么什么！这成何体统……驹子勾引堀隆文不算，还朝边见之子挤眉弄眼……那绝代妖妇的本性，简直暴露无遗！要是听之任之，以后不知会毒杀多少男人……"羽根田夸大其词。

不料，银子却把胖鼓鼓的手掩在嘴边，"嘿嘿"笑了两声，似乎觉得十分滑稽。

"还有心笑呢！"

"叫我就这事吗？真是好笑！先不说这个。我说，今天弄到一点本地红鲥和梭鱼，得请大家快点吃到嘴里……"

妻子说着，急不可待地要退回厨房，羽根田赶紧说：

"喂，等等！红鲥是要吃，可驹子该怎么调理呀？这盘菜缺你可不好做！"

"开什么玩笑！难道你当真那么想不成？"妻子吃惊地看着丈夫。

"我倒没全面信以为真，但既然有此风声，总不能袖手旁观吧？"

"所以我不是说过了嘛，叫你赶紧查出五百助的下落……"

"哎呀，又不是五百助有什么劣迹。就算他有，至少还没酿成问题。现在出事的是驹子……"

"不，是五百助！五百助要是在家，哪里会有这种风言风语！"

"言之有理。说起来倒是如此。"在这种奇妙之处，羽根田对妻子的理论心悦诚服。

"夫妇这东西，在一起肯定没事儿！是吧，诸位？"银子注视二人。

"可也是啊，太太……"

菱刈随声附和。但藤村以其工程师特有的耿直说道：

"在原则上是这样。"

"可是在现实中，绝不能对驹子不闻不问。她对五笑会的影响非同小可！我准备明后天找她去，把钲、笛乐师夺将回来……"说着，羽根田回头看了一眼妻子。

"算了吧！真是可怜……驹子可绝不会干那种荒唐勾当。要是你怎么也不甘心，我去好了。这种事必须在女人之间……"

"啊，你肯去当然求之不得。这一来我就放心了。……那么，下面请诸位向红鲫进攻！"

此时天尚未黑。酒一端上来，客厅顿时从一时剑拔弩张的气氛中解脱出来。

"看来我是越来越同战后的日本人难以相处，到东京城去的时候也不多了。独有这庙会音乐的演奏，无论如何都想继续下去。舍此以外的人生，实在不堪设想！"羽根田把酒杯端到鼻子底下，却是只顾说话，忘了喝酒。

"这个嘛，博士，我们不光是贪图一时的快乐，而是为了保持神田庙会音乐的传统，除了我们是无人对此关心的。能乐有资产阶级欣赏，雅乐有宫廷保护，唯独这东西，除力量微薄的我辈，再无他人染指。因此，即使从责任感来说……"藤村兴致勃勃，似乎忘了刚才不快的交谈。一杯酒刚落肚，脸颊便红了起来。

"说得是啊！当然，我辈是不行，这点完全有自知之明。但在受过世的名人长谷川金太郎亲手传授这点上，我想还是多少有值得自豪之处的。我等门外汉之所以敢在行家面前卖弄两手，就是因为师承正宗。而另一方面，我想这也恰恰说明了此道衰微之甚……"旧子爵说着，向红鲥鱼片伸出手去。

"高见高见……说起来，那拜金太郎为师学艺的光景，实在叫人怀念啊！菱刈君心灵手巧，进步神速，可我那小鼓击法，却迟迟不得进展，受过金太郎的训斥……"

"不，最差劲儿的还是边见院长的钲，直到最后也没学出个名堂……"

"堀君的笛子也学得缓慢至极。稍快一点，笛子就跟不上节拍了……"

"不过两人都蛮认真，而且双双都是好人……"

"最寂寞的，莫过这两人的缺员。边见二世也好芳兰女士也好，坦率说来，不过是代用品而已。"

"我想说的也是这话……一个是故友之子，一个是其遗孀，以为不至于有碍谐调才允许两人入会。结果往昔的气氛全然酿造不出……"

"怎么样，索性三个人来干如何？我吹笛，博士一人打小鼓，大鼓由藤村君……"

"没钲？没钲还是没意思啊！"

"不过也算是一计。假如实在物色不到合适会员，那么作为应急之策，也只好如此。总比无所事事要好得多！"

"无所事事可不行，那是最要不得的……"正当两位客人异口同声地应和之时，响起了开大门的声响。

"打扰来了……"

哦，是驹子的声音！羽根田侧耳倾听，心中暗想。

两名来客无动于衷，继续道：

"就理想来说，最好得到两三位和我们年纪相仿的人。上次在府上见到的K伯爵倒像是风雅人物……"

"不不，那人不行！还对政治恋恋不舍，正盼望解除禁令①呢，附庸风雅而已……"

"那样是不好办。如此说来，他是属于茶道或高尔夫球那一伙了？"

"嗯，他在学茶道。看来，搞'咚咚锵'这行的，还真得从茶道或谣曲学校毕业不可呢……"

"除此以外，菱刈君还毕业于新桥大学、赤坂学院②……"

---

①禁令：日本战败不久，驻日联合国军司令部下达"驱逐令"，将包括旧军人在内的约二十万名同战争有关的人员开除公职，逐出政界，并限制其言论自由。

②毕业于新桥大学、赤坂学院：对以出入酒肆茶楼、拈花戏草为能事的浪荡男人的诙谐说法。新桥、赤坂为东京典型的花街柳巷。

羽根田尽管谈笑风生，心里却在想：刚才开大门的来客，总好像是驹子。假如真是，得想词训她一顿才行。想着，谈锋便不似平时那般咄咄逼人了。

"不过，往昔曾有找艺伎开心那一说。现在的年轻人是在什么场所寻欢作乐的呢？"品行端正的藤村打听起邪门歪道来。

"舞厅啦夜总会啦……"说到这里，菱刈像突然想起了什么，"对了，恕我冒昧，你外甥五百助那以后有消息吗？"

"没有，简直是泥牛入海……"羽根田蹙起眉头。

"也许是看错人了，大约一周以前，我在银座遇到一个人很像五百助。"菱刈道出一件意外事来。

"噢——那么……跟你说话了？"羽根田往前探探双膝。

"没有。要是说话，就知道是不是五百助了。只看见一个背影……"

"什么打扮？"

"服装非常高级，非常时髦，而且挎着一个同样高级的妇人……"

"那大概是看错人了。那家伙不可能有那笔钱……"

"不过那体格特征很像……而同行的妇人，年纪轻轻，从服装上看，恐怕不是高级野鸡，就是伴舞女郎……"

"你要是当场抓住就好了！"

"不料两人一下子钻到银座后面的关西饭店里去了……"

正说着，银子手拿新酒壶走进厅来，到丈夫身旁说：

"我说，你……"

"等一下再说，现在刚接触到重大事件!"

"是吗？可……驹子来了。你说奇也不奇，说今晚要住在这里。"

女人之间

这天晚上，驹子住在羽根田家里。新婚时她同五百助在此住过一夜。那以后即使时间再晚，也必定乘夜班火车赶回家去。这里毕竟不如自己家随便。

而这样的驹子，这次居然主动提出留宿。

"喂，到底有所不妙!"

"是啊。不过，你假装不知道算了。明天我来慢慢盘问。"

老夫妇梦呓般地说道。

就驹子来说，她的确是在某种决心的驱使下来到大矶的，但要求留宿则首先是由于平君带来的恐怖。她总不能天天晚间打扰房东，而在自己家里又提心吊胆。她很想在万无一失的房间里至少睡一晚上。舅舅家虽也有拘束感，但同房东家相比，还是略胜一筹。

翌日清早，她与舅母同时起身，手脚不停地干起来。羽根田也习惯早起。日出之时，他已从海岸转一圈回来，天天如此。今天等他提手杖刚一出门，银子便一面拨着炉膛的火一面搭话道：

"驹子，你难得来一趟，就别那么忙活了。昨晚的碗筷，等吃完早饭再收拾，现在挺闹人的。还是谈谈五百助，那以后他一直没动静？"

"嗯，真愁人……"

驹子一边在水槽里冲洗客人用过的小碟一边答道。声调里边确实含有一种发愁的感叹，这点银子没有听漏。

"昨晚来的客人里，有一位说他在银座见到一个像五百助的人。"

"哦，真的吗？"

"说五百助穿着非常考究的西装，进到一家有名的饭馆去了。"银子毕竟不便说出同行的年轻女伴来。

"啊，那可能是看错人了。他那人无论如何也不会……"驹子一口否定，其中隐约带有失望的口气。

"可他到底躲到什么地方去了呢？不管怎样，也该到回来的时候啦！"

"嗯。本以为他顶多两三天就回来，不料……"

"不料怎么？"

"不料脱口叫他'出去'……"

驹子的音调里流露出平时所没有的后悔意味。银子觉得有希望，刚要刺探，不巧羽根田散步回来。

三人在茶室围着餐桌吃早饭时，驹子注意到舅父格外沉默。昨晚客散后向他寒暄，他也没有像平时那样谈笑风生。驹子还从来没有看过舅父如此不悦的面孔。

难道又给杂志挖苦了一通不成？

战争期间，羽根田被宪兵队盯梢，战后又受到进步的大学教授的嘲讽，总是不交好运。

驹子不知舅父在为自己生气，便明知故问：

"舅舅，昨晚好像没有演奏，还是得凑齐五个人才行吧？"

"要是有人捣乱，凑多少人也没用！"

羽根田没好气地回答，旋即猛往嘴里拨饭。驹子见碗空了，便把饭盆递过去。但他看也不看，把碗递到妻子手里。银子又转递给驹子。

尽管如此，驹子还是没有意识到舅父的不快与己有关，又不知好歹地说起来：

"舅舅，我嘛，近来重新考虑了女人的自由……"

"女人的自由？是指废除通奸罪后产生的自由？此类咨询，我可不提供！"

羽根田像要一把将驹子推开似的说道，驹子也吃了一惊。若是平日里的舅父，对她这种不无撒娇意味的询问，肯定以带有诙谐的语调长谈三十分钟之久……

吃罢饭，羽根田默默走进书房。

"舅舅心里不舒服？我本来是有点事儿找他商量的……"驹子只好向舅母诉说。

"今天他好像心情不顺。你要是没要紧事，就住上三天两日，看情况再跟你舅舅说，怎么样？"银子笑盈盈地说道。

"是啊，看来是要打扰了……不过，家里有点挂心。"

"你不是经常让房东看家吗？"

"嗯，这我倒不担心。再说也没有怕人偷的东西……"

"那你还挂念什么？"

"总好像觉得我不在时五百助会回来，好不奇怪。"

这天近午时分，银子走入丈夫的书房。

"午饭你一个人吃好吗？"

"为什么？"羽根田摘下老花镜，放在宽大的紫檀写字台上。

"我想和驹子到松琴亭吃饭去。"

"口味倒蛮高！"

"在家里，驹子有很多话不好开口。我想面对面地连根带梢问一问。"

"可有希望？"

"太有了……她说觉得五百助可能在自己不在时回来。"

"别信这种只言片语！"

"随你怎么说，反正包在我身上了。只要你今天老老实实地泡茶吃顿午饭就行了，我做好放在茶室里。"

"那倒不要紧。可你有钱吗？我手头眼下可不如意。"

"放心好了！你别见怪，松琴亭吃顿午饭的钱，随时都……"

"嗬，何时偷攒的压箱底钱！"羽根田好歹开了句玩笑。

然后，银子回到茶室，对驹子说道：

"驹子，今天舅母到外边请客，赏个脸好吗？"

"哎哟，怎好让您那样……"

"没关系。女人家也得偶尔补养一下才行……"

"舅舅不一块儿去吗？"

"领男人就没意思了！再说，时不时地叫他看看家，吃吃泡茶饭，对他有好处。丈夫那玩意儿……"

银子走进藏衣室，开始换衣服。她穿上大岛绸做的夹祅，袜子就免了。驹子身上本来就是外出服装，只消拍点粉即可。

"那，我们走了！"银子在大门口大声说道。

"噢——"书房里传出音量相等的回声。

"你听他那声，活像动物园里的虎叫。"银子也许是想解开驹子心里的疙瘩，刻意风趣地说道。

穿过大多围有树墙的别墅式住宅和建仁寺，沿铁路线登上坡路，不一会就来到站前。这个夏天广场上有很多海水浴客，现在又恢复了往日的安静。

"驹子还没去过松琴亭吧？在这山顶上。"银子一边说着，一边穿过公馆式的门柱，在山间小径坡路上走着。

作为一种战后现象，大矶也有几家别墅改成的旅馆，松琴亭便是其中一家。松山顶上，有一座具有明治建筑风格而又间有洋式房间的结构松散的正房，旁边建有耳房。

"可以进去吗?"

银子在悄无声息的大门口高声喊道。等了好半天才见女侍出来。

"已经打过电话了。耳房空着吗?"

"啊……请进!"

女侍将两人领进松林中一间茶室样的房间,有八张席大小。

"啊,好景致! 好像不是大矶的海水……"

驹子立身檐廊,透过松树干,眺望眼前展开的海景。这是个已有秋意的晴日。三浦半岛、江之岛腾起一片蓝雾。岸边,波浪静悄悄地描绘出洁白的花边。

"今天驹子是客人……"银子让驹子坐在壁龛前面。

"我还是孩子的时候,每次来到大矶,都觉得这座别墅漂亮极了,可羡慕着呢! 没想到现在成了旅馆……"驹子回想起往日的自己。

"你把这里当成旁边的岩井别墅了吧? 当然,那座别墅也已变成孤儿院了。"

"哦,是吗? 大矶也变化这么大!"

"也不光是大矶……"

这时,女侍端茶果进来:

"午饭您喜欢用什么?"

"这个……怎么样,驹子,今天我要好好请你吃一顿!"

"哎哟,可不要那么……"

"别在意。……那么，除这里的午饭以外，再请送两份住吉的鳝鱼饭！"

"好的。"

"再来壶酒好吗？"

"哎哟，舅母喝酒？"

"那有什么，女人在一起喝喝酒又不触犯法律！要是不抽空儿热闹热闹，女人也是活不长远的！"银子快活地笑道。

今天的舅母好像不太正常……

敏感的驹子看得出舅母是在有意提高兴致。家里经济并不宽裕，而竟将并非稀客的自己叫到外面吃饭，这使她很是不解。

"让二位久等了！"

不一会儿，酒和简单的下酒菜端了上来。

"这家店里听说常有情侣出入，想必就这样喝酒。我们今天也装一回情侣好了！哪里，女人跟女人也压根儿用不着客气……"

一两盅落肚，银子脸便红了起来。她边喝边给驹子斟酒。口气虽大，却喝不了多少。而在这上面，驹子喝二两也安然无事。那次同边见喝醉，是因为香烟作怪。

"那么说，舅母您是男性，我就是被勾引的姑娘喽！"驹子笑道。

"对对。我暂且就是秃脑瓜子的董事长！听说近来的姑娘们，只要对方有钱就不管他多大年纪，真有此事不成？"

"好像多少有这样的倾向。不过，这和往日艺伎一类的风尘女子的心情不同。她们的目的不仅仅在于获取钱财，而是对他所具有的赚钱能力、同社会和人生搏斗的能力，也就是对其生活能力怀有一种信任感。可是在年轻人身上，这种能力就不多吧？这段时间……"

"为什么？"舅母问。

"还不是，三十岁上下的男子，生活又苦，又给战争弄得昏头昏脑，哪里还顾得上爱女人，叫女人信赖！"

"嗯，是够可怜的。那么，再年轻一点的男人呢？"舅母说。

"您说的是战争期间还是孩子的男人吗？也就有纯战后派吧？这些人只想自己，除了极其狭隘的自身欲望以外，其他什么也不考虑。拿恋爱来说，他们也不会真正恋爱，而且也不想。只是像个情窦初开的孩子似的，动作肆无忌惮，心情却幼稚得很。因此，从同年龄的姑娘看来，恐怕总觉得不够满意，而认为上点年纪的人更为可靠些。"驹子说。

"是吗？那么说，三十岁的汉子，二十岁的小伙儿，全都不是正经货色喽！如今的女人，可真够可怜的。我年轻那阵子，好男儿多得很，真叫人眼花缭乱……"

"听说舅父是银表秀才①，模样很像名叫荣三郎的那个演员？"

"别拿老太婆开心……相比之下，我倒觉得当今女人的心

①银表秀才：原东京帝国大学优秀毕业后的别称。由天皇亲自授予其银表，故名。一九一八年废止。

情不可思议。和我们年轻时不同，这些人头脑开化，争强好胜。再说世道也完全翻新了，什么女性自由呀，男女同权呀喊个不停。因此我想，那种小阿飞、老头子，对她们来说不会称心如意吧？"

"嗯，是这样。不过……虽是这样，但一个女人，也还是想爱。如果不能爱，恐怕也至少想找一个可以信赖的男伴……"不觉之间，驹子语气变得沉静下来。她像要掩饰这点似的，把筷子往蘸糖烧的加吉鱼上伸去。

"哎呀，那么说，和战前女人的心情也没什么两样……可是，驹子这样的，大概属于例外吧？"

银子一边鼓起双腮毫无顾忌地大嚼煮甜栗，一边唯恐遗漏似的侧耳细听。

"不过，舅母，近来我有时真为自己的软弱感到吃惊。也许我这年龄最糟糕不过：既不算战后派，又不属旧式女子……"

"正是最有味的年纪，所以迷惑也多。"

"迷惑个没完没了——连我自己都厌烦了。在南村身上，我也不知到底如何是好……就像走投无路似的。"

"是啊。这也难怪，丈夫离家不都快半年了吗？"

"不不，是我撵出去的……"

"即使那样，为人丈夫也是不应该的。怎么好那么没羞没耻地一走了之呢？即使走，也要找时机早点回来呀！"

"他不是那种乖觉的人嘛……到底在什么地方呢？近来我真是放心不下……"

"可是，丈夫不在家，无拘无束的不也蛮好吗？例如可以随心所欲地寻欢作乐一番……"

"已经做了……"

"怎样？"

"没意思……"驹子抬起机灵转动的双眼，坦率地回答。

"没意思可不好。怎么没意思？"

"没一个好样的男子！"

驹子的声调很沉静，但银子脸色一变：噢，这人莫非真的出了差错？

"舅母，让我问一句不该问的话：您结婚以后，难道绝对没对除了舅父以外的男性产生过兴趣？"

驹子眼睛开始发直，可能醉了。

"这个嘛，要说没有怕是谎话。"

"对舅父感到厌烦的时候呢？"

"那太有了……"

"哦，舅母也……?"

"当然喽！那么性情古怪的、啰里啰唆的、自私自利的丈夫，天底下根本没有！我不知有多少次想离他走开……不过，年过四十以后，想法就慢慢变了。开始觉得，即使同羽根田分手另找一个，怕也是半斤八两！"

"那么说，就是顺从，也就是忍耐喽！过去的妇女是可以做到的……"

"慢着！过去的妇女忍耐也是有限度的。能忍耐的忍耐，一旦忍无可忍……哦，先不说这个了。我后来之所以对丈夫不再不满，是因为我认识到了男人的本质。在那以前，我确实把男人看得过高了一点。想起来，我是从一件很好笑的小事上开始觉醒的。"

"哦，什么事?"

"那还是在青山住的时候。当时羽根田在大学上班，当什么法学部部长，在社会上也有点地位。看来，对妻子最不利的，就是丈夫有点社会地位、受到人们七言八语的夸奖以后。因为他对老婆甚至也抖起威风来!"

"或许是的吧。我是一次也没有过这种体验……"

"幸好没有。羽根田那时候就是个蛮可恶的人。我看丈夫在社会上出人头地了，就错以为他伟大起来，想方设法地往好里侍候他。结果他越来越放肆，直闹得不可收拾。一天早上，由于他得意得尽说气人话，终于吵了起来……"

"可是能吵起来也算是幸福。我们家里，光是我一个人发脾气……"

"呀，你听着。当时我气得真想把丈夫一刀捅死，然后自己也不活了。不料，羽根田却拿起西洋刮脸刀，刮起胡子来……"

"哎哟，危险!"

"哪里，他每天早上都在茶室刮胡子。要是往日，我又要给他擦点香皂沫什么的。可那时我佯装不知，看他怎么办……这么着，他拉开架子，'咔嚓咔嚓'刮了起来。脸一会儿朝上，一会儿向下，一会儿抓起鼻子，一会儿拉紧皮肤，一会儿翻眼皮做鬼脸，简直成了丑八怪。吓死人了！男人刮脸时真个丑态百出。看着看着，我不由'噗——'地笑出声来……不不，这倒不是因为他脸好笑，而是男人那东西在我眼里突然变得滑稽起来：又呆傻，又马虎，又轻浮，又外强中干，又想要脸面，而且又吝啬，又小气，又喜欢那个……总而言之，男人所有的缺点一时都给我看透了，你说怪不……"

"噢，这么有趣的心理！"

"其实，男人这些缺点以前就已经看在眼里了，当时不过是集中暴露罢了……反正，打那以后，羽根田的所作所为，不仅不让人气恼，反倒显得可爱起来……看来，年轻姑娘大概是对男人估价过高或者说非把丈夫看得很了不起心里才舒坦，是吧？"

"哎哟，我可……"

"不，你也似乎一样。你之所以对五百助满肚子牢骚，无非是由于你认为男人该是更完美的、更可依赖的货色……"

"不过，舅母，那顶天立地的男子汉，那种让女人不惜献出一切的男人，世上也不一定就没有吧？"

"开什么玩笑！要是有，也是妖怪！"

"哎哟，真是那样？"

"不行啊，不行。驹子也得再上点年纪。简单说吧，在女人眼里，世上难道真有才貌双全的绝世美人吗？想想看……然而男人却在四处寻找这种根本不存在的东西。你所想的和这是同一道理。"

"给舅母这么一说，心里怪不是滋味的。"

"不是滋味也没办法。证据胜于空谈。你不是说没有一个好样的男人吗？"

"嗯，那是……"

"顺便给我彻底坦白——出过大格的人可有一两个？"

"不不，还没到那一步就完全失望了……"

"好好，这就好……你这一说我就放心了。退一步说，即使出了大格，也不是没法解决，只是麻烦多些。而如果只是在心里想想罢了，即使再荒唐也不至于满城风雨……没事就好。来，干一杯……"

"舅母……所谓女性的自由，实际也没什么东西呀?!"

"男性的自由想必也是同样。老天爷是公平的。就说那五百助，眼下说不定正焦头烂额，想回家想得不得了呢!"

"不过，一想起南村回来后还是老样子，心里就生厌。说实话，我就是为这个找你们商量的……"

"是吗？如果你打算一刀两断，我也不想硬拦你。刚才你不是问我除了羽根田以外有没有看中过其他男人吗？"

"嗯，是想问来着。"

"没什么可隐瞒的，那就是五百助!"

"哦?!"

"哦什么! 日本虽大，可是能像他那样给妻子自由的丈夫，再找不出第二个，这你该心中有数吧?"

河谷风波

"府上主人在吗?"在这河谷里,这是很少听得到的客气话。

　　五百助把毯子从头到脚包在身上,心想:啊,又来了。但他并不吭声,只微微动了动身体,那半睡未醒的状态使他十分惬意。

　　这是上午十时许。金次老人等桥下居民都已分别外出挣钱,无人闲居家中。

　　"您……仍在安卧养神吗?"声调也十分优雅悦耳。

　　时届深秋时节,上午的阳光从南边骏河台房顶明晃晃地射将下来,这只有一扇小窗的屋里也一片朗然。因此,五百助不便过久地贪睡懒觉。一听得叫声,他便睁开眼睛,只是懒得起身。

　　"哎哟……讨厌,都已经睡醒了!噢嗬嗬嗬……"

　　高杉未亡人那张颧骨高耸的脸,在小玻璃窗外一色笑容。

既然已被窥见，便只好起身。

"呀，早上好……好天气啊！"五百助骨碌爬起身来，推开板门。

只见她身扎一条刚刚洗过的白色围裙，手端放有茶壶茶碗的茶盘，一副勤快利落的样子。头上梳一个垂髻，看不出巧于打扮的技法，而微黑脸上那薄施的粉痕，在上午阳光的照耀下却清晰可见。

"给您献茶来了。快，赶快擦洗尊颜！"这女人继续使用借来的字眼儿。

五百助不动声色地抓起毛巾和牙刷，往泉边走去。

水已相当凉了。每天早上洗脸，心情倒也舒服。但他并非因此有意在这里拖延时间。

高杉氏的盛情颇使人为难。

自从上次金次老人给自己提媒以来，她的态度眼看着发生了变化。不仅早上寒暄时故作娇态，用词温文尔雅，而且死抢活夺地把自己的衣服拿去洗，还送来新腌制的酱菜。今昨两天上午，又准时端来热粗茶。这村落里未断炊烟，只有她这光是女人之家。尽管如此，其热情程度未免有点过分。五百助并未因此感到高兴。他虽然迟钝，也觉察出了这女人主动行为背后的意图。

"南村先生……屋子清扫好了。"高杉氏的招呼声从身后传来。

五百助一返回小屋，女人便递过未见任何缺口的茶杯，说道：

"已经没那么热了……"

河谷里没有一个喝早茶之人，实在是非比一般的铺张浪费。

"这……"

五百助俨然做客一般规规矩矩地喝起茶来。这些日子，在屋里时他也不穿什么工作服，而只穿一条大裤衩。现在，那粗大的骨节鼓鼓地露在外边，看上去很不体面，这显然是暗示对方及早离去。

"今早您是喝大酱汤，还是吃面包？"她矫揉造作地问道。

征服男人须从食物始——这中年妇女的老一套战术，这些日子她每天沿用不误。五百助那方面，由于好久未同金次老人一起开伙，曾有一两次落入她的圈套。但近日则坚决辞而不受。

"谢谢。可今天我肚子不饿……"

"哎哟，您总是这么说……什么也不吃可有损身体！那就少吃点烤面包片如何？去世的丈夫早上也喜欢面包，因此只有这烤面包片是我的拿手好戏。"她动不动就把过去的中流生活挂在嘴上。

"啊，不过……"

"哎，这有什么关系，请您快别客气……"

五百助倒不是假装客气，只是对这送上门的老婆顾虑重重。但经对方这么苦口婆心地一说，便不好再道出个"不"

字。而在年长的女人眼里，说不定这正是他的令人动心之处。

高杉氏从屋子角落的小搁物板上，找出五百助吃剩下的面包和黄油：

"不劳您动手，我马上做好送来。"言毕，她返回自家。

五百助大喜过望，赶紧做外出准备。他没有什么非去不可的地方。只要趁高杉氏再来喋喋不休之前离开小屋，就算大功告成。

他本来想快些穿戴，无奈笨得不可救药。好歹扎完领带时，门外已有脚步声传来。糟糕，又给敌人抢先一步！他缩着脖子，背对门口。

"嘿，妈呀！真个好天气！"从这声音来看，定是尤丽无疑。

五百助如同遇赦一般。

"噢，来啦？"

五百助欣然答话，其实他并不欢迎尤丽，不过是认为来了一个足以使他免受高杉氏强攻的援兵而已。

"哎哟，伯伯这就出门？"

尤丽对小屋的脏乱毫不介意，一屁股坐在门口那块薄得像煎饼似的坐垫上面，打量着五百助的衬衫。

"倒也没什么大事……"

"好，太好了！那么说今天可以陪我喽？"

她从前几天五百助给买的大手提包里掏出化妆品，迅速涂抹起来。

尤丽每星期都要这么找五百助一两次，因此桥下的人都认得她，甚至赐给她一个"预备野鸡"的诨名。

"南村先生，那个女的是谁呀？不会是'预备野鸡'吧？"

加治木十分认真地问过，"预备野鸡"的诨名由此叫开。其意思，大概是说她"将来可能当野鸡"。按加治木的说法，这种姑娘东京城里相当之多。但在村里大多数人眼里，尤丽似乎不只是"预备"，而已经成了正规野鸡。若给藤村夫妇听了，十有八九会哭起来。

"哎呀，让您久等了……哦，您要出门？"五百助刚开始擦皮鞋，高杉氏急步赶来，"对不起，来迟了。不巧炉火快要熄了。"

说着，手捧盘子进来，除烤面包片以外，还放有一个她自掏腰包弄来的半熟鸡蛋。

"哎哟！"

当她的目光落到"预备野鸡"的青瓷色新式西装裙和五百助一身外出服装上时，两眼顿时射出险恶的光来，生气当然在所难免……

面对如此局势，尤丽依然自鸣得意地用粉扑拍着鼻头，但五百助天生胆小怕事，伸手去接装着食物的盘子：

"呀，抱歉。正要出去，就让我在这吃吧！"

"不必了，何必勉强……"

"哪里的话！肚子刚好饿起来了。"

"说谎！我知道您看不中我做的东西，完全知道！"

话音刚落，便"哐啷"一声扔开盘子。只见面包片飞了，鸡蛋碎了。与此同时，高杉氏"哇"一声大哭，飞奔而去。

"糟糕……是不是该去道声歉……"五百助把茶壶碎片收拢一起。

"由她去好了！那种封建式的歇斯底里，不来一场革命是治不好的……"尤丽俨然一副评论家口吻。

免遭驹子台风的袭击，已有好久时间了。不料河谷里又阵风骤起，而五百助似乎首当其冲。

女人这东西，为什么如此暴躁呢？为什么就不能稍微平静而理智地同男人和平共处呢？有教养也罢，无教养也罢，最后几乎一律诉诸武力或武力式言词。有的往男人脸上泼硝酸，有的喝令男人"出去！"再如高杉氏那样的举止，不过是以稳健形式表现的暴力行为而已。和平女神居然采用女性形象，这是何等滑天下之大稽，何等不辨真伪善恶！所有女人都是歇斯底里症患者，再没有比女性的歇斯底里更为不分青红皂白，更为独断专行的军国主义！没有战争的社会可能为时不远，而根除女人的歇斯底里，则恐怕遥遥无期。

这种悲观情绪俘虏了五百助，使他那庞然大体难以从门口移出。

"叔叔，快走啊！"

在尤丽的催促下，他勉勉强强地欠身立起，但已经无甚精神了。

"百合子，你也是女人吧？"

"什么呀，叔叔，今天你是不是有点怪？"

尤丽不无惶惑地盯着五百助的脸，而他那抑郁的思绪仍在继续。

这个女人看来还不知歇斯底里是何滋味。但等她结了婚，只消过一两年，想必会施展起这套招法。虽说是战后少女，这点也绝对不会例外。

他以迟缓的脚步出门上路。即使不愿意，也必须从东端的高杉家小屋门前经过。他觉得像从虎穴跟前经过似的，蹑手蹑脚地走着。高杉氏也许还在哭泣，门口紧闭，不见身影。

这河谷也成了难以栖身之地！金次老人暗暗巴望他离开，高杉未亡人又痛哭流涕。这一来，和桥上世界便也无甚区别。最初那股自由的河谷之风吹往何处去了呢？

两人好歹踏上草间小径。草丛也不知什么时候断了生机，黄色比绿色多了起来。

这时，背后传来"啪嗒啪嗒"的脚步声。

五百助立时两腿发软：莫非高杉氏再度发作，随后追来不成？

"南村先生，往哪里去呀？"这是加治木的声音。

"啊，是你，好久没见啦！"

五百助甚感亲切地凑到加治木身旁。这四五天，加治木没回河谷小屋，山羊也是五百助代喂的。

"今早一回来就到你小屋去了，你还在睡。才刚去第二次，你又外出了。所以急忙追来。"

"有什么事吗？"

"嗯，有点……"

加治木盯着尤丽华丽而又俗不可耐的衣着，然后把眼睛落在对面御金水站的月台上。

"伤脑筋啊，那个'预备野鸡'……你瞧她，贼眉鼠眼地往这边看呢！你要是再不举止检点一些的话……"

为避免别人注意，他蹲在草丛里边。五百助也学他蹲下。尤丽一个人兴冲冲地登上木梯，在堤上等他。

"是啊，我倒没在意……"五百助搔搔头。

"和女人逢场作戏，也不能说不好，但危险的是把她叫到河谷里来。新宿站也好，服部P·X①拐角也好，会面的场所多的是嘛！"加治木居然说起情场行话，可谓人不可貌相。

"另外，不用我说，有关我们的活动、地下据点的事，嘴再发痒也不可泄露给那个女的！"

"那没问题……"

"难说，女人是可怕的。她有魔力撬开你的嘴巴！"

"可是，加治木君，你怎么突然变得这么神经质？"

"形势有点不妙。第二班船最近开是开出去了，但很不叫人放心。下谷的据点前天也撤了，现在另外找了一处地方。为日后安全起见，不让你知道或许反倒好些。还有，几天内我准备离开这里……"

---

①服部P·X：位于东京银座四条街十字路口的服部钟表店，战后改为美国驻军小商店。

"哦？你也要走？"

"因为这河谷好像已不再是安全的地方。下班船，我打算作为指挥员乘上去，身边事忙得不可开交。错过今晚，恐怕再不能见面了。今天你尽量早些回来，到我小屋里去！"

"好，就这样。"

"不过，今后万一有麻烦找到你头上，你无论如何都要彻头彻尾地佯装不知。实际上你也什么都不知道，什么没参与……好了，长官，慢慢玩去吧！"

加治木语气深沉地说完，握了握五百助的手。

五百助沿着汤岛的河岸大街，往御金水桥方向走去。他似乎忘记了身旁尤丽的存在，一脸无精打采的神气。

加治木也要离去了？

对于一位朋友将离开河谷而去，他感到无可言喻的凄寂；至于加治木提醒他的自身安危，他却是丝毫没有介意。

想起来，河谷居民里待他最为亲切、同他最为谈得来的伙伴就是加治木了。而他也喜欢对方。虽说加治木不无固执之处，但为人淳朴热诚，又特别看重义气，东京通讯社那班同事无法与之相比。而且不知为什么，加治木很敬重五百助。有同志在的时候，总是一口一个"长官"地称呼他，平时也诚心诚意地待他以长官之礼。这也许是出于一种军人心理，但作为以往总是遭人歧视的五百助，不由得感激莫名。而如此难得的加治木却要从河谷离去，一股寂寞而悲怆的惜别之情，包围了他的整个身心，就像往日南村家忠实的书童请求离职时一样。

"叔叔，今天走远一点，到箱根去好吗？"

"噢……"

虽有尤丽怂恿，他也只是心不在焉地信口应承。

快往御金水桥拐弯时，忽听有人以快活的声调招呼道：

"哎呀，五百先生出去吗？"

回头一望，见金次老人抱着一个什么货包，正从敬天堂医院旁边的柏油路上过横道。一个五十光景的胖老太婆在后面大模大样地跟着。

"以为你今天可能不在家，把老婆叫出来到小屋里喝上一杯。老婆今天公休……"

金次老人笑眯眯地用下颏指了指妻子。这老婆子身穿一件条纹衣服，下端松松垮垮地扎条带子。她毫不见外地靠到五百助身旁：

"哎哟，先生，头一次见到您呀！不知怎么，我很想回那桥下去。趁您不在，常去打个转儿。先生是有头有脸的人，何苦在那又脏又小的屋子里硬是不走呢？还是请您另找一座体面的房子吧！虽说是上年纪人，也还是想大大方方地住在一起。嗯，先生，您就知趣一点好么……噢嗬嗬嗬！"老婆子露出牙龈，放肆地浪笑起来。

情侣模样的五百助与尤丽，穷形尽相的老太公与老太婆——站在桥头这截然不同的两对，惹得行人侧目而视，就连尤丽也红起脸来，催促道：

"叔叔，快……快点……"

五百助好歹启动自由的步伐——已经再无人叫住他了。

然而他总觉得快快不快。

"叔叔，去箱根，是到东京站，还是小田急？"在御金水站前，尤丽乐不可支地问道。

"现在去箱根，可就得住下啰……"五百助消极地回答。

"住下又有什么！"尤丽坦然自若，眉头纹丝不动。

"你多少自爱一点！肉体也好，门户也好，都是相当有保护价值的！"

"你说是国宝不成？放心，又不会一把火烧个精光……你要是那么不愿意住，休息一会儿回来也可以嘛！从汤本走，保准赶得上末班车！"

"再赶得上也没用，钱没了！"

"哎呀，真的？还有多少？"这种问法可就不像不谙世故的少女了。

"也就是一千二百多元吧。昨晚我打开钱包看过，错不了。"

五百助的回答是诚实的。那次打扑克赢的钱，到三个月过后的现在也该花得差不多了。尤其在尤丽来找他以后，更是挥金如土，加之他对加治木采取不受援主义，那以后始终拒绝任何分红，因而钱包愈发快地变得轻了。

他一点也不悲观。同驹子每次给三百元时相比，一千元还算是一笔大钱。而且自从离家以后，总是莫名其妙地财运亨通，以致他觉得一旦囊空如洗，那钞票便会从什么地方喷涌而出。简单说来，只消再到那秘密俱乐部打一次扑克，岂不还可能有几万元流入腰包吗？

"算了，别去箱根。到那边吃点饭吧！还不到逛银座的时间……"说着，五百助沿骏河台路走了起来。

"啊，没意思……"

尤丽用鼻音哼道。箱根之行的取消自然没有意思，但更加没有意思的，是原以为是财源化身的五百助，陡然沦为一千二百元钞票的持有者。

"叔叔真就这么一点了？"

"嗯，眼下是的。"

"银行里存有好多好多吧？"

"连个钱渣儿都没有！"和尤丽交往，他也记不住典雅规范的用语。

两人在似乎以神田学生为对象的小饮食店里，简单吃了一顿。

"这火腿色拉太狼狈了！"尤丽发牢骚说，但对五百助，还是比高杉氏那充满柔情的早餐够味得多。

"我看叔叔好像也够狼狈的了！"她把刀叉放在盘子里。

"和火腿色拉是一路货色？"

"我认为叔叔这个人必须有一大堆钱才有价值。既然身体那么庞大，钱包也要相应庞大才行。"

"同感啊，我也……"

"说什么只有一千二百元，简直比'八一五'①还让人难受。得了吧!"

尤丽的声调很悲戚。虽然用词像个野鸡，但换个角度听来，倒也充满少女的感伤。金钱梦也好，诗意梦也好，一旦在妙龄女郎的胸中化为乌有，其悲伤程度并无不同。

两人默默喝着带有药性甜味的咖啡。

时间尚早，店里还不拥挤，但仍有两三伙学生盘踞着。他们以羡慕的目光看着五百助，以渴望的眼神斜睋着尤丽。与河谷居民不同，他们至少在局部上看出尤丽并非娼妓，而且对她同五百助这样似乎富有生活能力的年长男性的交往，也没有报以任何反感与冷笑，看上去反倒像是在哀叹他们自身的无能。尤丽见他们一个劲偷视自己，便猛一瞪眼，吓得他们当即缩回脖子。这个场面较之战前可大不相同了。

尤丽把两腿架在一起，口叼香烟，若有所思。

五百助也同样在想。才刚在桥上见到的金次老人夫妇在他心中萦回不已，使得他愁眉不展。那老婆子像是个不让人的人，不太讨人喜欢，但对于这对老年夫妇想在原来的旧巢里点燃人生最后爱情之灯的迫切愿望，他还是怀有十二分的同情。而且，河谷生活也渐次失去了最初的光彩。即使趁此

---

①"八一五"：一九四五年八月十五日，天皇下达所谓"终战诏书"并通过广播告知全国。

时离开小屋，也丝毫不足为惜。可能的话，他真想这样去做。但搬进公寓也罢，借居二楼也罢，首先需要的是钱。而一千二百元钞票，根本无济于事。他感到一筹莫展。

这工夫，同时陷入深思的尤丽忽地站起身来：

"我去挂个电话。"说完走下楼去。

片刻，她再次上来。她的表情已经平添几分活气：

"叔叔，我们这就到滨离宫去，我叫隆文在那里等我们。"

新桥前边还有一座叫宝来桥的桥。过桥一拐，前不远就是滨离宫恩赐庭园。五百助对此茫然无知，而尤丽则了如指掌。那里似乎同开放后的新宿御苑同样，均为战后年轻人模仿伦敦海德公园风情的场所。

花二十元进了门，一走上砂石小路，便是摇摇晃晃的大名门，乱蓬蓬的荒草坪，分明是对战败维新史最好的注解，但那配以池、桥、松树以及假山的园林之美，其格调与明治时代工程师设计的日比谷公园毕竟有所不同。

过了池塘，沿着可以望得见海面的林间甬路往前走去。因时间尚早，情侣全都是那些规规矩矩地摄影留念的保守派。

一株像是柯树的大树荫下，隆文以洋人派头嘴叼香烟等人，手插裤兜，尤丽当即向他呼叫。若非在同一场所频频约会，恐怕不至于如此迅速地发现对方。

"南村叔叔，您好，很久不见了！"

隆文十分亲热地把帽子一摘，闪出前额一缕头发——显然是在银座理过的发式。面对自己情人的这位丈夫、自己未婚妻所追逐的男人，隆文没有表现出一丝一毫的敌意。这点与战前青年不可同日而语。

"噢，长这么高了！"

五百助完全是一副对待小狗的口气。他也落落大方，全无三角关系尖锐化的征兆。

如此一团和气的三个人，坐在一眼望得见大海的草坪上。不过这大海也甚是可怜，由于炮台和四号人造陆地的排挤，没有一处可以望得见水平线。

"悲剧呀，隆文！这叔叔穷得一个铜子儿也没了！"尤丽一声叹息。

"扫兴啊！真的吗，叔叔？可您还会有来钱之路吧？"

"有还是有的……不过，这与你们不大相干。说实在的，我简直叫百合子缠得焦头烂额。你俩到底有没有结婚的打算？"

"有还是有的。"隆文鹦鹉学舌，"只是嘛，不能按父母意愿结什么婚。那岂不是太缺乏独立性了？"

"就是嘛，正是！"尤丽赶紧帮腔。

"或许是的。可对我的独立性，也该尊重一点哟……我说，你真相中我老婆了不成？"五百助继续摊牌。

"就算是吧。不过，我们是不相信什么恋爱的绝对性的。在这个限度上，我非常喜欢婶婶。"

"就是嘛，是这心理！"尤丽又随声附和。

"但是，听说驹子并不喜欢你哟！"

"好像是的。不过这点不成问题。我已经明白了：我是有意无意地将婶婶作为自己的恋爱教师……"

"有所收获吧？"

"嗯，在技术方面……只是，婶婶对幸福十分缩手缩脚，疑神疑鬼，缺乏敢作敢为的勇气，这点叫人不满。"

"大人都是这样……那么，最近如何？作为候补，边见之子总比你优越吧？"

"不不，边见时代早已成为过去。再说，边见最近已经同一个华族出身的女作家你来我往。边见之后出现的那个特级力士也已鸣金收兵。眼下，婶婶全然消息不明。因为她好像不在那房子里住了……"

"哦，驹子也离家走了？她走可就没多大意思了。"

"已有一个多月没下落了。不过我认为婶母没有必要害怕那个超级力士，听说那个人最近离开配给所，到警察预备队去了。"

"怎么搞的……你是说弄不清驹子到哪里去了吧？她娘家疏散以后，一直住在很远的乡下没回来呀……"

"叔叔，你担心？我倒是多多少少有所察觉……"尤丽从旁插嘴。

"告诉我，今晚我招待你们去'花轮车'……"

"哎哟，都没那笔钱了，还……"

"也是啊！那么，我就免问啦！"

"那么说怪叫人同情的……听爸爸的口气，婶婶好像在大矶……"

"真的，尤丽？那样事可不妙！"隆文神色忧虑地回头看着尤丽。

"为什么？"

"说实话，今天妈妈到大矶去了。说要找羽根田博士谈判……"

"那岂不有一台好戏？你妈妈、那老公公，再加上南村婶婶，三人凑在一起，肯定是一场你死我活的遭遇战！"

"那倒无所谓。我都说出去了，跟妈妈说叔叔住在御金水桥下……"

"哎呀，傻瓜，你这人！我再三叫你守住嘴巴……那么，你妈是把这话告诉羽根田，为使南村叔叔尽快回到婶婶手中开始活动啰！这是一种计谋，好让我们早早结婚！大人这东西，就是诡计多端！"

"是吗，糟糕！这可是悲剧！"

两个人说着五百助摸不着头脑的话，开始激愤起来。五百助"扑通"一声躺倒在草坪上，说道：

"那有什么，小孩好像还是跟小孩玩才不惹麻烦。你俩不一起到银座去吗？"

"是啊，那倒不坏。今天是因为手头缺钱才想起把隆文叫来的……"

"不过，尤丽，你还是有必要再安慰叔叔一会儿的。"

"用不着多费心！快，你们两个痛痛快快玩去吧！我这儿有路费……"五百助从钱夹里抽出一张千元钞票。

"别勉强了。那一来您钱包里可就只剩下二百元了！"

"没关系，今晚我还有点门路……"

两个年轻人听他说得胸有成竹，便不再客气。

"我算看好了，叔叔您真是个好人！"

"好了，别奉承了！"

"嗯，佩服佩服……那，bye bye（再见）！您一会儿也到银座去哟！"

这种时候，战后派也非常可爱，就像那带饭盒野游的孩子似的。

剩下五百助一个人，他松了口气。

驹子这家伙居然想起到大矶去！

那般任意而行而又神经过敏的女人竟在舅父家待上一个月之久，这不但不可思议，而且有些滑稽。肯定是武藏间家里发生了紧急情况，以致她无法栖身。看来，所有一切都在说明她的嚣张气焰受挫。若是这样，即使回到她身边去，想必也不会再遭受离家前那种镇压。眼下回家恐怕正是火候！而且，趁其在大矶家时回去也很有利：当着舅父舅母的面，她总不至于恶言恶语地污辱丈夫。

明后天干脆转回去算了！

如此盘算之间，他想起身上的钱包已经空空如也，这点令人隐隐不安。虽说他并不想衣锦还乡，但若给对方以因为走投无路才回到妻子怀抱的印象，势必给日后留下无穷隐患。如若将离家前不断闹经济纠纷的日日夜夜重演一遍，实在令人望而却步。纵使不买连衣裙做见面礼，也该腰里带着那笔钱款回到驹子身边才是。

真想弄它个五六万元啊！

刚才便有一计浮上五百助心头，现在定下决心：今晚无论如何也要断然实施！

然而，毕竟还为时太早。那些情侣"人种"倒是陆续繁殖起来，而海上辽阔的长空，仍不见半片晚霞踪影。他望着奶油色的T·Q·N·D大楼，以及其前方停泊的一只货船，痴呆呆地打发时间。曳着一列舢板的机动船，发出"砰、砰、砰"单调的声响。听着听着，五百助不觉进入了梦乡。

蓦地睁开眼睛时，四下已经被苍茫的暮色包围了。秋风浸衣生凉，石墙下响起喧嚣的涛声。

啊，睡得好香。

五百助长长伸了个懒腰，立身站起。

他感到神清气爽，庞大的躯壳里鼓胀起一股强烈的欲望：今晚非好好捞一把不可！

钱！一切都是钱！他离开河谷进公寓也好，回归驹子身边也好，首先需要的是钱！近日的自由，也是用钱才换得的。离家出走之前，他根本不晓得金钱如此神通广大。这确是一种难能可贵的体验。但金钱的入手之难，却是他无法想象的。他认为，被钱所爱之人，大可不必采取买彩票那种烦琐的办法，而只要在心中喝一声"钱哟，快来!"，钱便会流入腰包。

而且离家以来，他已经历了好几次自己被钱所爱的事实。

他很久没念那咒语了，今晚他要大念一番。于是脚步也勇猛起来。那不知何时聚集在松树下、假山后的男女无论怎样丑态百出，他都无暇顾及；即使顾及，在他眼里也无非同猫狗在路上交尾的场面无异。

他步履匆匆，出门、过桥，来到混乱不堪的新桥十字路口。此时饮食店的霓虹灯已经闪闪烁烁，顾客熙熙攘攘。他感到腹中空空，但一想到钱包，进哪家饭店都不可能。最后，他决定不吃饭菜，而在商场的摊床上花四十元喝了三杯烧酒。

他尽量拖延时间一点一滴地喝着。然后掀起门帘，来到街上，见天已完全黑了下来。

早是早一点，反正，去看看吧！

烧酒催起的醉意使他忘记了饥饿，而满怀巨大的希望。他过得土桥，沿着宽阔的长街，朝数寄屋桥急急赶去。片刻，来到了以前同加治木等人弃车而行的拐角。

幸好，他很快找到了依稀记得的楼房。正门依然紧闭，但旁边的小门还开着，这与那天晚间不同。举步跨入，那中年女管理人也只是朝他投以锐利的一瞥。进得楼内，记忆历历复现出来，没费事就敲响了所要找的屋门。

上次那天晚间的酒吧男侍还清楚记得五百助的长相，热情地接待了他。但问及自己所指望的茂木，对方却说已一连几天没在这秘密俱乐部里露面了。

"我想可能是在旅行途中……您如果想了解详细情况，请稍候片刻，会有人光临的。不管怎样，请在酒吧间稍事休息……来点冰威士忌汽水如何？……"

这天晚间十点多钟，五百助被人从秘密俱乐部门口拉了出来。

"看你还敢来！"

随着一声大喝，他被推到走廊里。而推他的，正是那乖觉而彬彬有礼的男侍。这男侍中等个头，而且有些发胖，但抓五百助的巨体，却如同猫逮老鼠一般。这并非他体内潜藏着配给所平君那种奇异的力气，而是因为五百助在精神上已经土崩瓦解，自然身体变得像海参似的软弱无力，以致同被驹子扯耳拎起而毫无反抗时一模一样。

事情起于在酒吧喝酒的时候。五百助正喝之间，茂木的朋友——上次那个晚间一起围牌桌打扑克的男子碰巧进来。五百助打听茂木的消息，他说：

"哦——那家伙好像有点情况不妙，溜到夏威夷去了……先不管他，怎么样，再像上回那样干一场好吗？当时被你打得一败涂地。"

这句话正中五百助下怀。他之所以打听茂木，其实也是别有用心——想在扑克桌上决一雌雄，捞上五六万元。因此只要能赌，即使对手不是茂木也不在话下。

两人当即走进另一房间，拉上在场的两名俱乐部成员，撕开一副崭新的扑克牌。几个人无一不是酒徒，一面"咕嘟咕嘟"大喝威士忌，一面打响一场恶战。起始五百助连连得手，杀至中场开始节节失利。上次五百助正值失宠于驹子、桃花运不济之时，自然得到赌神的佑护；而这回却情有不同：他早已成为未亡人与年轻女郎为之争风吃醋的艳福临身之人，合当气数殆尽。果不其然，后场溃不成军，如同阪上走丸，一发而不知其所止。

及至计算现金时，五百助面色铁青，颓然垂首，道声"对不起"。在如此场合居然不带分文地一赌输赢，作为绅士（？）该是何等丢人现眼——他自是尝到了个中滋味。

"你真的空两只手到这俱乐部来的？"

"哈哈哈，好个可爱的大爷！"

诸位绅士勃然变色，把香烟扔在烟灰缸里，从椅子上站起身来。当然不会就此罢手。

"万分抱歉，怪我一时眼瞎，把这穷鬼放进门来……喂，混账小子，快过来！"男侍挽起袖口。

无论从有乐町乘上国营电车时，还是在御金水站下来时，五百助都像一头病象一样脚步沉沉，心口好比堵塞一团擦过黑墨汁的抹布。

离家第二天，在神宫外苑午睡中钱包手表被窃之时，他尽管也大为沮丧，但也没有如今这般狼狈。那时意识到的只是贫穷，并未感到耻辱，而这次则精神上一蹶不振。他虽然有些迟钝，但毕竟生于有教养之家，这一打击对他确有切肤之痛。

假如母亲还在世的话……

母亲想必会生气、会哭泣、会悲伤——唯有这点是不可原谅的。这种心情离家以来他还是头一回产生。拾烟头时他也没有如此悲哀。他像一个初次遭遇人生风险的少年，垂头丧气地伫立在御金水桥栏跟前。天空沉沉，水面遥遥，一片昏暗。"啪嗒"——一颗雨珠打在他那大头面包似的鼻端。以前眼泪也曾打湿该处——哭泣一事，不知是多少年以前的体验了。

悲哉……哀哉。妈妈哟！

他好似回到了孩提时代。由于紧张情绪的消除，晚间喝的三合烧酒以及后来猛灌的威士忌似乎也急剧发作起来。于是，那与他年龄、体魄不相称的幼稚心情和言语在他胸中满满地扩展开来。其实，男人这东西只是在女人面前或公共场合才耀武扬威，而一旦稍微身陷困境，其内心世界也还是多少有一点哭鼻子时代的善良。只是，到了五百助这样的年龄，叫"妈妈哟"却是稀奇，而一般则叫"上帝哟"。

妈妈哟，苦煞我了，我再不敢了，饶恕我吧！

究竟苦煞什么，他自己也弄不清楚。这心情同小时被关入储藏室受罚丝毫没有两样。

然而，无论怎样呼叫，去世的妈妈也没再出现，却见驹子的面孔从漆黑的桥下浮现出来，甚是不可思议。

驹子吗？我很想回到你那儿去，只差身无分文。你能让我进家门吗？

声音如泣如诉。但黑暗中的驹子连连摇头。

五百助绝望地离开桥栏杆。不觉之间，雨点密集起来。他踱下桥头，西风像伏兵一般迎面杀来。要想的事还有很多，但这种天气，恐怕只有回桥下才是上策……

他用手摸索着堤下木梯，下爬之间，蓦然想起同加治木的约会。他尽管已全无兴致，但觉得还是该去一下。他沿着被雨淋湿的荒草小径往下走去。突然，一个黑影在眼前立定。

"到哪去？"声调严厉，一副命令口气。

由于夜色昏黑，仅能凭借对岸御金水桥站的灯火勉强辨出对方黑黑的轮廓。因此五百助也无法判断出现的是何许人也，不觉后退一步。旋即怒火攻上心来，或许是刚才的绝望心理转而变为气急败坏：

"到哪儿去？回自家嘛！少管闲事！"作为温和的他来说，这是很少有的言词。

"你说的家，是桥下吗？"

"当然！你到底是干什么的？"

"反正你得等一会儿回家……我是警察！"

听得此话，五百助透过黑暗打量一下对手，好歹看得出一个鸭舌帽似的帽形。

"胡说！警察岂有不让人回家之理？！你才是个可疑的家伙！在这里磨磨蹭蹭的，当心给狗吃掉！桥下可养着狗哩！"

五百助鄙夷地言毕，刚要举步前行，一只强有力的手一把抓住他的衣袖。

"现在不能走，老实点！"

"开什么玩笑！天还在下雨，我岂能永远站在这里?!"

五百助急欲挣脱，鸭舌帽紧拉不放，双方争执不下。

"反抗吗?"

对方见五百助臂力非比一般，便纵身后退两步，拉开一副似乎精通武术的架势，一点点向前逼来。

这时，"砰、砰"——桥下传来两声枪响，紧接着，稍远一点的地方也呼应似的连响几声。那枪声回荡在河谷两壁之间，听起来竟像深山狩猎一般。

五百助忘了怪汉，朝桥上望去，只见一个汉子宛如猴子似的登上钢架桥墩，看上去像是一幅幻景，只能认为是在表演杂技。那飞快的攀援动作，恐怕只有杂技团艺人或在海军受过爬桅杆训练的人才做得出来。

桥下空地有几个人影晃来晃去。稍顷，刺耳的警笛声响彻夜空。

这当儿，一度消失的汉子以飞身下跳之势沿着对岸桥墩滑将下来。车站的灯光一瞬间照亮了汉子的上半身。警笛声仍响个不止。

那不是加治木吗?

五百助忘我地朝前一跑，顿觉右手一阵剧痛：不知何时，右手腕已被戴上铁圈，怪汉紧紧贴于身旁。他勃然大怒，将怪汉一把按倒在地……

铁笼内外

"哎呀，万没料到，竟是这号女人……"羽根田一边向妻子和驹子说着，一边从褐色陶壶里倒出晚间最后一滴酒。到这时，他总算消除了对驹子的火气。

"真能花言巧语，没想到是个长舌妇……"妻子给丈夫的碗里盛上饭。

"啊不，长舌妇，我早就知道。问题是态度居然如此自私自利，如此蛮不讲理，如此俗不可耐，如此万野式……"

"万野式是什么意思？"驹子问。

"你知识太少啊！油屋那场戏里，不是出来一个叫阿绀的吗？"

"哎哟，我还以为是法国小说里的呢！"

"十足的母夜叉！作为妇道人家转化或变化的状态，可恶莫过于此。而她竟集其于一身，令人始料未及。堀君居然娶这等女人为妻，尽管是续弦！"

"可你不是还夸奖过，说她性情开朗，为人不错——和花柳界出来的到底不同吗？"妻子说不定是在发泄当时的闷气。

"诚然，那种优点也并非完全没有。然而昨日终于露出本相。猫倒是猫，但没有看出是一只假猫……"

说的是芳兰女士。

昨天午后，芳兰女士以攻城略地之势杀向羽根田家中。首先就监督不力一事将作为驹子舅父的羽根田攻击得体无完肤；继而严令他马上把五百助找出交给驹子，以使其中止诱惑隆文的恶行。

这固然是激怒羽根田的重要一条，但最大原因还在于她对五笑会的攻击：

"什么呀，瞧你们几个老大不小的，还有心模仿演奏什么庙会音乐！我本来最讨厌那种无聊玩意儿，但由于有藤村那方面的关系，更主要是考虑到儿子走上社会时很难说就一定不会有求于博士，这才闭起眼睛陪你们一会儿。都是因为疼爱儿子，才和你们这些清一色不三不四的老朽合着拍子'吱吱'吹笛。只要是为了儿子，即使不吃不喝我也心甘情愿！我就是关心自己的儿子。要是他不找个好媳妇使我老有所养，我晚上觉都睡不着，哪有闲心顾得了什么'咚咚锵'！我可是一本正经的，而你们却悲观厌世，靠敲敲打打消磨时间，还自以为其乐无穷。我和你们不一样！"她把五笑会骂个狗血淋头，把会员们羞辱得一无是处。

芳兰女士退出五笑会自不用说，而且看样子是不惜牺牲同羽根田之间自亡夫以来的友谊，才决心来大矶挑战的。想必是母性本能的总爆发。

倘若羽根田老人对此稍有体察，这场骚乱很可能由大化小。然而这老法学家生性倔强，加之未曾有过孩子，因此一听得芳兰女士那万野式言词，顿时火冒三丈。而这当儿，驹子又以为说的是自身问题，赶紧跳出辩解。于是，女人之间发生了一场不甚体面且永无终场的论战，把个羽根田宅落成以来首次响起的噪音传向四邻。若非银子居中劝解，说不定会闹到大放悲鸣、满脸抓痕的地步。

尽管芳兰女士怒气冲冲地班师回朝，今天羽根田一整天还是耿耿于怀，可见印象之深。

"对那号女人，本来就打算采取果断措施，给她以开除五笑会会籍的处分。不过，驹子真是英勇善战，直叫我暗暗称快。不似我一味大发雷霆，而是一针见血地击中她逻辑上的缺陷，实在令人折服。哦——若是这样，五百助怕是难以忍受……"羽根田至此缄口。

"提起五百助，那芳兰说的可是真的？我想总不至于住在什么御金水桥下……"妻子歪头沉思。

"那个女人的话还能信得？五百助尽管软弱无能，却有一种不肯屈尊的脾性，如何能忍受得那种生活！驹子，你看呢？"吃罢饭的羽根田一边说着，一边往檐廊走去。

"是啊……"驹子说，但她想的是另一件事。

当芳兰女士脱口道出那件事时，驹子猛有所悟。

肯定是那里！

以前踏破铁鞋无觅处。她凭直觉意识到：作为百无一能的丈夫的藏身洞，那场所最合适不过。桥下的住房，她来回乘国营电车时经常目睹，大致猜得出是何世界。只是女士的话中有一点令她不解：五百助的生活似乎相当优裕。这必是误传无疑。但作为栖身之所，确实除那里别无他处。如此判断之后，心里恨不得今天就去御金水桥下窥看一番。可是在舅父舅母面前，她毕竟有些犹豫。

明天悄悄去那里看！

她拿定主意，站起身来。去厨房帮忙刷洗碗筷之前，她移步走近大门口信箱，为舅父取晚报。

门外天光还亮，伊豆群山那边飘浮着金色的晚霞。驹子从信箱中抽出报纸，便靠在门旁浏览起背面的社会新闻版。不过是一张报纸而已，即使抢在舅父前头过目，谅也不至于留下什么痕迹。

上面以大号标题推出一篇报道——《旧海军走私团伙捕前逃脱》。驹子对这类消息不大感兴趣。她饶有兴味的是有关禁止某翻译作品发行事件的始末。但旁边一行《御金水桥下话剧》的标题引起她的注意，并在这篇报道的最后发现了南村五百助（年三十五）几个铅字。她顿时从大门口几步奔回檐廊，一只拖鞋丢在院子里也顾不得了。

"舅舅，快请看哪！"

"慌什么？九州又落原子弹了不成？"

羽根田支起一条腿靠廊柱坐着，伸手接过晚报。他还要去茶室拿老花镜，没有惊慌。

"又是走私？……"

此时他还十分平心静气。及至读到最后，嘴唇不由颤抖起来，惊愕得一时说不出话。

"这个混账……"

他强作镇静，捋一把胡须，摘下眼镜，但声音不似往常了。

"怎么办哪，舅舅？"

"怎么办？这……这个……"

"无论如何得想个办法，无论如何……"

驹子发出尖厉的叫声，其正常理性比羽根田少了十倍不止，似乎从高高的悬崖上突然跌落下来——但她本身并未清楚地意识到。

"哦？五百助上报纸了？"妻子从厨房走出。

"详情还没弄清。好像是说其他犯人都跑了，单单抓住了五百助。那小子蠢嘛……不过这蠢货居然能同走私发生关系，叫人难以置信……"

"就是嘛，五百助要是那么机灵的话……"

谁也没有注意到银子的失言。

"舅舅，南村现在在哪儿呢，在哪儿呢？……"驹子急切切地问道。

"是啊，从那篇报道看来，好像在警视厅……"

"我这就去警视厅，打听一下具体情况。"

"那倒可以。不过你一个人去，只能张皇失措……"羽根田又陷入沉思。蓦地，他想起以前一度想去委托的那位在警视厅工作的弟子。

"好，我也一起去……银子，下班上行车几点开，看一下时刻表！"

十七时二十三分驶发的上行湘南列车上，虽有空位可相对而谈，但两人静静沉思，几乎没有开口。

这是个多么招灾惹祸的男人，多么令人担惊受怕的丈夫！

驹子的心，由刚才的惊异转为气愤。婚后九年时间里，她一次也没有产生过紧紧偎依丈夫、投身丈夫怀抱的心情，而总是由她来充当监护人的角色，总是由她来悉心看护丈夫。去世的婆婆曾求她将五百助"当作长男"，如今想来，自己是在不知不觉之中实践了这句话。九度春秋的般般辛劳，其实不是为妻的辛劳，而是为母的辛劳。这是何等操心费力的孩子啊！闹到后来，居然捅出了报纸丑闻！

她尽管满肚子火气，但奇怪的是腹底似乎有一种使她释然的东西。可以说，正是那种东西使她的气愤得以平息。

反正这也算放心了……

驹子的心情，恐怕就像一位得知自己被拘留在西伯利亚的儿子尽管在舞鹤结队游行①而毕竟生还这一消息的母亲似的。

她再次想了一遍如此讨人嫌的丈夫，接着思考起同这种丈夫相伴九年而居然没起出走念头的自身来。

我难道是为同这种人一如既往地度过一生才降临人世的吗？

这想法同宿命论有所不同。她甚至考虑到了自己的性格和体质等，也分析了丈夫不在期间同自己擦身而过的三个男人。她不能不意识到：三人中的任何一人都距她的要求相去甚远。

那么说，他那个人尚可忍受不成？

不不，这绝不可能！丈夫不是早已使自己忍无可忍了吗？"出去"那一声大喝，并非完全出于一时冲动吗？

既然如此，可我为什么还要去警视厅呢？

驹子的自问自答突然卡壳了。她心乱如麻，思绪纷纭，无限懊恼。

多么气人的窝囊废！

若五百助就在眼前，她真想抓住他的头发，一脚踢翻在地，把脸抓成血葫芦。

待她脱离沉思时，列车已驶过横滨。身旁的男子打开报纸。报纸的上半边翻卷下来，上面关于走私团伙的报道，倒

_____

① 在舞鹤结队游行：舞鹤为战后由苏联返回日本的复员军人的登陆港。他们上岸后曾高呼"革命万岁"等口号结队游行。

着映入驹子的眼帘。那比她看过的《东京晚报》编排得还要醒目。羽根田也忘记了难堪，往前探着脸偷看起来。

　　两人从新桥站钻进出租小汽车，朝樱田门驶去。多少复兴起来的官厅街上，窗口的灯火在夜雾中隐约闪烁。

　　登上警视厅正门的半圆形石阶，羽根田向站岗的警察问道：

　　"这里有一位姓藤田的警视……"

　　"藤田警视正吗？他是刑事部总务科科长。上去往右，找科长室。"

　　"噢，升得蛮快呀……还没有下班吗？"

　　"唔，这……"

　　羽根田催促驹子，跨进这座阴森森的巨大建筑之中。找到那个房间，独自走入里边。

　　驹子生来第一次身临这种场所，即使再具有知识女性的意识，也还是承受不住压抑感。一个个大煞风景的人在混凝土地板上走来走去，其中还有五六个人戴着手铐跟在警察后面。驹子从中勾勒出丈夫那巨大的幻影，感到血液凝固般的战栗。

　　"在……还在……"

　　舅父从房间门缝中闪出脸来，向她招手。看来藤田科长幸好没有下班。

　　这是一个天花板高悬、宽敞阔气的房间。一名不知是秘书还是侍者的西装笔挺的女子，神情庄重地将驹子领进来，打开里间的门。

"外甥媳妇驹子。"

羽根田把她介绍给一个四十岁光景的男子。这男子没留胡须，身穿灰色西装，潇洒地扎一条藏青色领带。他微微低下闪着发油光亮的头，寒暄说：

"我姓藤田。学生时代承蒙羽根田老师诸多关照……"

由此看来，同公司职员并无多大区别。她原来想象的是身穿金光闪闪的制服，开口吆五喝六的汉子。因此她既感到意外，又觉得释然。

"这次给您添这么大的麻烦……"她不由如此说道，声调谦恭柔和，自然而然像个犯人的妻子。

羽根田和驹子坐在宽大的沙发上，藤田科长往前移过椅子。

"没想到竟是老师的外甥。可是，他为什么竟住在那种地方呢？"藤田科长一边问，一边劝羽根田吸烟。

"呀，这里有很多缘故……"羽根田侧头看看驹子，"这先不说。问题是光看晚报搞不清事件的全部真相，甚至连那家伙同走私有何关系、因何理由被捕这点也弄不明白。所以才来问一下……"羽根田不知火已熄了，仍把香烟拿到嘴边。

藤田科长叫来有关的主任，让他将事件始末讲述一遍。意外的是，五百助是以妨碍执行公务的现行罪被捕的，并非那队警察所要逮捕的犯人。

"噢——那么，有什么错误行为？"羽根田插嘴。

"对负责警戒的便衣警行使暴力。虽然便衣警已向他表明身份，他仍然扑上去将人打伤，痊愈需一个星期。因为他长得高大，加上带着酒气，力气大得很……"这位主任耸耸厚实的肩膀，口气毫不客气，似乎还不知羽根田同五百助的关系。

"唔，这的确是妨碍执行公务。不过，可以认为他是出于让犯人逃走的动机，或造成犯人逃走的后果吗？"羽根田采用行家发问的方式。

"这点眼下正在调查，也可能没有直接帮助犯人逃走的确凿证据。不管怎么说，他与便衣警发生了纠葛，而且场所距走私犯同警察互相开枪射击的现场才一百多米远……"

"谢谢。啊，明白了。"

羽根田面露释然的神情。他暗暗思忖：时值深夜，又喝了酒，因而五百助难以判别是不是警察。如果不涉及帮助犯人逃走的动机，那是不可能被判以重罪的。

"只是，不仅仅是御金水桥下，其他两处走私犯也都闻风而逃。而且主犯加治木同南村五百助之间，平日似有来往。因此向他询问，但他根本就不开口。"

"不不，他就是那种性格。他那人非常不愿讲话，加上胆子小得很，一到这种地方，肯定吓慌了神。所以才……"驹子突然向主任讲起话来。

"即使再不愿意讲话，也总该提供一点可供我们参考的东西呀……"

"是这样：假如这一案件单纯属于走私，问题倒还好办，但其中有贩毒嫌疑，更麻烦的是……"藤田科长口气沉静地讲了起来。

据他讲，逃跑的三人都是旧海军军官，其走私的目的似乎不在于谋取暴利，而有以此筹集资金来策划某种极端的爱国运动的嫌疑。从警察方面来说，这点是最需要注意的。但由于以加治木为首的三个人全都漏网，因此，纵使五百助没有参与其间，作为唯一的有关人员也还是有值得怀疑的余地，无论如何也得送检察院……

"再者，不管怎么说，还有妨碍执行公务罪……"

"难办啊……"羽根田边出总务科科长室边对驹子悄声说。

"不过，老师，也还没有决定必须起诉，您不必那么担心……"科长送两人外出时安慰道。

"请问……拘留所在哪边呢?"驹子贸然问道。

"这还不好带你去。但从这窗口可以看见那个运动场。每天有一次在那里散步和吸烟的时间。"

"哦，可以吸烟? 那么也可以送一点食物之类的了?"

"嗯，经过简单检查之后是可以的。"

驹子从走廊的窗口向下望着围有鸽子笼样铁丝网的运动场里的房脊。黑乎乎的，什么也看不清。离那里不远，有一间地下室，围着非常牢固的钢筋混凝土墙。一想到自己的丈夫就困在那里，心头一阵痉挛。

告别科长一出门外，羽根田便说：

"怎么办呢？真叫人担心。我不回大矶了，今晚就住在藤村家，好好筹划一下善后措施……"

"那么我也在东京住下。好久没回家了……"

驹子不知道平君已经离开配给所，仍感到回家有危险。但现在心急如火，顾不得那么多了。明后两天，她也不想离开可以得知五百助消息的东京。

"那，明早我去藤村家找您商量。"

两人在樱田门分手。但驹子没有马上回家。她乘公共汽车到银座，买了一些糕点、面包、巧克力等食物，再次返回警视厅。

由于藤田科长已经回家了，她费了好多周折才见到负责拘留所的警官。

"在那儿等着！"

走廊有一条板凳，再往前一点堆着山一样的石油罐。闻那气味，她马上知道是滴滴涕。大概拘留所里的人便是用这种东西消毒的，但驹子从中嗅到的倒是这一特殊世界的气息。何况不时有被警察押送的犯人消失在走廊尽头，继而传来一声俨然军队里的大喝"进去！"之后便一片沉寂。驹子于是感到那尽头可能连接着通往阴间地狱的漆黑小路。她死命地克制着自己，她想大声疾呼："五百助——五百助——"

而这时，五百助正把双层毯子拉到下颏处躺着。

拘留所这种地方向来早睡早起，适合老人口味，但对五百助等同房青壮年，则多少是场麻烦。而且深更半夜还灯火通明，不习惯时很难入睡。那灯光的亮度也出乎意料，足以同一流旅馆大厅的照明相媲美。这并非警视厅有意浪费电力，而不过是为了使看守警的眼睛可以一览无余而已。

地面铺着地板，上面有厚厚的新草垫和绝不能说薄如煎饼的褥子，睡上去还算舒坦。滴滴涕的气味虽强，但没有跳蚤却是难得（不似御金水桥下）。房外围着厚厚的混凝土墙，绝不会有过隙风侵入。美中不足的是，在河谷小屋里，是同金次老人两人睡三张垫子，而这里却一人一张，算起来少睡了半张。这十七号房间睡有八个人，铺位就像挤三明治似的紧紧挨在一起。五百助的右边是掏腰包的，左边是卖兴奋剂苯齐巨林的，头上是偷自行车的。其他同房者是暴力行抢犯、流窜诈骗犯、诱拐妇女犯、在游行中打伤劳务科科长的工人。

五百助昨晚被带到这里，现已将近二十四个小时。拘留所的入口处，有一间恍若小法庭的看守室，在那里他受到搜身检查。从衣袋里的东西到领带、皮腰带，被没收得一干二净，然后一一在上面系上标签寄存起来。那标签上写的不是名字，而是编号。快进拘留室前，递给他一枚医院挂号证样黑底白字的号码牌。至此，入所资格无一欠缺，随着一声"进去"的号令，把门的看守终于允许入场。即使主动申请，也无随便进去之理。一瞬间，南村五百助的尊姓大名被一笔勾销，而变作一个数字号码。

"十七房三十六号！"

任何场合他都被如此呼叫。与本名相比，还是这种叫法简便易记，同限制使用汉字和推广新式假名的目的颇为相近，但当事人却不甚愉快。

化为编号的他，今早开始两次被叫到经济安保科和贩毒问题审讯室里。那时他才第一次听人问道："南村五百助是你本人吗？"听得他恍若有一种同自身阔别重逢之感。

"因为天黑，我不知道对方是警察……"

如此答毕，他又说自己如何喝了酒，如何感到自己生命受到黑暗中的怪汉的威胁，亦即如何没有犯罪动机——回答得头头是道。这都是同房的那个暴力行抢犯教给他的。

然而，相比之下，那位主任审问的重点更在于追究他同加治木一伙的关系。

"因为同住桥下，免不了在附近有些交往，例如买山羊奶什么的……"

五百助回答得全是模棱两可的东西。主任急不可待，单刀直入地发起攻击，而结果却如同以木击石。这位阅历丰富的警官当即感到五百助是个相当难剃的脑袋，否则不会耍这种招数。他狠狠地瞪了五百助一眼，却见他神情漠然，目光漠然，声调漠然，人本身倒看不出破绽。

就五百助而言，由于加治木为防万一而没向他透露任何具体秘密，并不存在主任所追究的材料。此刻，他正在为透过对面铁栅栏而望见的三宅坂一带风景而无限感伤：假如能在那里悠然漫步，该是何等惬意呀！

这种感伤直到现在——被电灯晃得无法成眠、圆瞪双眼静静沉思的现在，也还是像满潮时的海水一样激荡着他的心胸。

但这绝不等于说他对拘留所待遇心怀不满。说实在话，这里的生活并不算坏。战后固然一切都闹得天翻地覆，但今晚的伙食——五目饭和豆腐酱汤却一如往昔，十分可口。主食的量也是一百三十克，同外边的配给完全相等。午后还让去浴室洗澡，那浴室恐怕比警视厅总监邸宅里的还要气派。更使五百助感激涕零的，是拘留室内的水冲便所。这的确是十分高级的洋设备。家居赤坂时代，所用之物便与此不相上下。但自那以后，无论武藏间的租房，还是御金水河谷，便所都属勤俭储蓄式结构，唯此使他头痛不已。而到这里以来，不知尽情品尝了多少生理上的快感。

只是不得吸烟这点却是难熬。但毕竟每天还给十五分钟放风时间，届时可以吸寄存的香烟。有的人痛感时机难得，竟将两支同时塞进嘴里。也有个别沙场老将不知是在哪里如何窝藏的，居然在拘留室内偷偷吸上一支。

其他不满之处，便是腰带被夺，裤子摇摇欲坠，甚为不便。好在五百助大腹便便，还比其他人多少好受一点。

首先，作为东京人的生活水平，这里不能算是中等以下。一宿加三餐，市价需四五百元。他暗自寻思：如若不久的将来再配以电影电视等一应设施，恐怕再没有比民主化的警察制度更值得讴歌的了。

其次，拘留室内的集体生活对五百助也可谓有利。

尽管他初来乍到，但被拘留的人都向他投以敬佩的目光。这固然是因为他相貌堂堂，体魄魁伟，但更重要的理由似乎在于他是具有思想背景的大规模走私案的犯人。纵是这种场所，也还是尊重思想。就连像典狱长一样神气活现的暴力抢劫犯，也对五百助甘拜下风：

"喂，老兄，玩个吉祥物好吗？"

说着，将自己亲手用纸捻编成的、用来消遣的小鞋递给五百助。由于百无聊赖，他们用废纸捻成小绳，忘我地沉浸在编造不足一寸长的小鞋、小狗等手工艺品之中，还用家人送来的面包揉成骰子，用来赌博，等等。这种手工，越是前科多的人越是娴熟，作品竟带有文化勋章的光泽。在拘留室内自不用说，纵令拿到外面社会上去，其神力也将作为赌徒或风尘女子的护身符而得到青睐。

此外，在运动场领烟、分饭之时，五百助也作为"大人物"而不止一次地受到同房者的优待。同在河谷生活时一样，在这里他也占尽被人高看一眼的便宜，不无"人间处处是青山"之感。但有一点不好，使他无法在这里安居乐业。

无须说，那就是铁栅栏。警察署的拘留所一般三面是墙，只有一面是铁栅栏，而且有窗，房间的概念因之得以成立。而此处则是一个宽大的地下室里设有十二个各自独立的房间，因此只能采用回合铁栅栏式结构。而这种结构根本算不得房间，看上去同动物园毫无二致。粗大的铁棍纵横交错，牢不可破，而且外罩一层铁丝网，委实令人不快。

有时，五百助燃起一股冲动，直想拼出浑身力气，将这铁栅栏逐条扭弯，挤出空隙逃跑。但这是痴心妄想：外面还有一层厚厚的混凝土围墙，且出口仅有一处，又弄得比母体胎胞还要狭窄不堪，加之总有一名看守警站在那里。即便将其打倒在地，外面尚有看守室，常有数名警察驻守。纵使能使其全部入睡，而只要一声警笛响，也将有厅内三千警察持手枪和催泪气筒蜂拥而来。归终，唯有死心塌地。

幻想的破灭，是人生悲哀的极点。五百助不得不即刻面对自己的命运遭遇，并且不能不再次想起出走那天对妻子的那句自白："渴望自由嘛！"

啊，竟落到如此地步！

毯子之上，落下了他一滴眼泪，自然久久不能合眼。

翌日早晨，点完名，吃罢早饭，十七号房的居民便背靠铁栅栏盘腿而坐，像同路旅人那样寒暄起来：

"我们要被送审，上午八成给叫走。在这鬼地方怕是再见不到了。你可要好好活着，多赚钱！"

"我到下午两点也够四十八小时，今晚住不成这铁笼子了。万一能出到外面，马上给你送东西去，放心好了！"

近来，有规定说拘留所不得延长拘留时间，两昼夜以内必须移交检察院，在那里或被起诉，或因审讯不充分而返回拘留所接受十天以内的拘留——二者必居其一。当然，最理想的情况是在警视厅受完审讯后即能获释。

"老兄，弄得好，今天就能被撵出去。证据不足嘛!"

"不过，他跟我们不一样，干的是大事，不好说呀!"

"就是坐牢，像老兄这样的思想犯也会在那里过得蛮好!"

五百助似乎对这些安慰话充耳不闻，默默地抱膀坐着。他在今晚也将迎来四十八小时，因此今天一天内他的命运无论如何将被决定下来。他自以为除了同警察厮打以外没有为非作歹，相信将会获释，但对方是警视厅，搞不清将问什么、怎么问。倘若移交检察院，便不妨视为事态不寻常的证明。自己虽然并未坦白，但毕竟他们在俱乐部交易时自己曾在场——作为傀儡，并出入过加治木等人的地下据点。因此绝对安心不得。

在还不到两昼夜的时间里，他就彻底尝够了铁窗风味。独有这束缚自由之地，他无论如何都想一逃为快。此刻，他正在内心呼唤母亲的名字，祈求她救出自己。

"十七房三十六号!"看守的声音震耳欲聋。

"在!"

想到命运的使者业已降临，不由怦然心动。

"有人送东西，马上过来!"

"是!"

预料落空了。但他很想到铁栅栏外面去，哪怕一分钟也好。

运动场入口处的一侧，有一条光板凳和一张桌子。他在这里接过包有糕点、面包和巧克力的包裹。

"烟也来了。到放风时间再来取。都是你老婆送来的。"

五百助一怔。驹子得知他的遭遇固然使他意外，但更出乎意料的是对方给他送东西的心意。他感到胸口一阵火辣辣的，一时没能向食物伸出手去。

"饭后，将十七房三十六号送往检察院！"另一名看守出来传令。

上午九时许。

五百助同十五六个同伴一起被押上汽车，从检察厅来到东京地方检察院新楼的正门前。这汽车非常漂亮，假如窗口没穿那两条横杆，外观上同旅游车并无不同。但"乘客"却一律戴着手铐，两名"乘务员"挂着手枪，一派紧张气氛。

他们被领到一间门上写有"第一批"的大教室般的屋子里，简单接受搜身以后，默默无声地在硬板凳上坐成一排。这里气氛森严，禁止说笑自不用说，就连五百助感到手腕不适而动了一下，也遭到警察的厉声斥责："干什么！"

接下去等了好长时间。午间吃罢警视厅提供的盒饭，又等到日影斜落在安有铁棍的窗口时分，检察官还是没派人来叫。当然，检察官很忙，二十四小时有限时间内每人要处理完七八个犯罪嫌疑人。而且像交际舞伴那样一次只能对付一人，必然很费时间。

四点过后，总算有一个押送警察前来叫他。他手铐也没摘，就那样跟到二楼，两边都是像夜间一样昏暗的审讯室的走廊，而且靠墙的凳子上一个接一个地坐着似乎是普通男女的平民。五百助不胜羞愧，低头前行。突然，微黑的走廊尽头伫立着一个很像驹子的身影。

"哟，瞧你这副狼狈相！就不觉得害臊？"——无声的声音传来。他觉得像有一条鞭子在狠狠抽打自己的脊背，几乎把皮抽破。他一句话也答不上来。幸好押送警察打开他眼前的屋门，喝声"进去!"，把他推入里边。

这房间挂着一块写有"刑事部×号审讯室"的木牌，里面又长又窄。靠窗是检察官的办公桌，坐着一个没穿上装、没留胡须的男子；下首是书记桌，警察在墙前挺身直立。墙壁上挂有一个小玻璃花瓶，蔷薇假花落满灰尘。

五百助坐在递过的椅子上，同检察官隔案相对。

"……你是以上述犯罪嫌疑被移送来的，不错吧?"

这检察官同五百助年龄相仿，一对满是学究气的眼睛透过镜片在文件上飞快地扫着。从讲话的语尾听来，像是东北口音。

"不错。"

"下边就此审讯，希望你尽可能如实地回答。但是，你不愿意回答的，不回答也可以。因为那是你的权利……"

新宪法的气味顿时涌入房间。

对五百助的审讯大约进行了一个小时。在妨碍执行公务方面问得并不多，重点在他同加治木的关系上。但审讯的口气比警视厅和缓一些，只是在涉及关键地方时，检察官的目光才透过镜片，像要把五百助的五脏六腑射穿似的尖锐地盯着他。于是他浑身瑟瑟发抖，大体上依照检察官的希望，"尽可能如实地回答"了。

他同检察官的对话，被书记用毛笔迅速地记录在格纸上。渐渐地，五百助的心情变得绝望起来，猜想那记录稿肯定将附在起诉书上。

"噢……大致明白了。"检察官猛地迎面盯他一眼，那是一张磨刀石般冰冷、漠然的脸。

马上就要宣判了！

五百助低下头去。

"另外想问一下：羽根田法学博士同你是什么关系？"检察官问起意外的事来。

"舅父。母亲的弟弟……"

"南村驹子呢？三十一岁。"

"妻子……"五百助颓然答道。

"将来，你有尊重舅父意见、与妻子同住的想法吗？也就是说，你有没有离开御金水桥下那样的地方而过正常生活的愿望……当然，这并不是以检察官身份做出的所谓命令，只是问一下作为参考……"

"有的，这个……"

五百助当即答道。就他来说，如此迅速而明了地表明自己的意志，生来还是第一次。这诚然是因为他对驹子的感情从接受其所送东西时即开始发生了很大的变化，但更主要的还是出于本能的条件反射，即想拼命抓住这条自天而降的救生索。他从检察官的话里，显然听到了来自四合铁栅栏外面的呼声。

"你把刚才那两人叫进来！"检察官对书记说。

不一会儿，门开了，羽根田和驹子进来。驹子目不转睛地盯着丈夫——背朝这边的五百助的后头部。稍顷，不觉用手帕按了按眼角。

"啊，先生，请坐……"

检察官为羽根田拿过一张空椅。羽根田默默一礼。这回和在五笑会上不同，脸色极其阴沉。

五百助注意到舅父，继而发现了妻子。于是倏忽之间，脖颈缩进山一样的肩头，粗大的手臂像枯木一样萎缩起来，其变化比气球没气时还要急剧。

"调查基本完了。下面想跟羽根田先生和南村夫人说几句话……"检察官边看两人的脸边沉静地说道。

据检察官讲，犯罪嫌疑人南村五百助的妨碍执行公务罪，可视为无意所为而免予起诉。然而在同走私及贩毒的关系方面，纵使难以发现应该治罪的确凿证据，但所谓"疑点"也并非完全没有。这点的彻底澄清，唯待将主要犯罪嫌疑人缉拿归案。在对其审讯之时，五百助至少作为证人具有重要价值，但眼下可以不必考虑进行人身拘留。只是，若本人继续流浪生活或不从事正当职业，恐有灭证以至失踪之虞，因而只能采取适当处分。好在嫌疑者的舅父是有社会名声的博学之士，其妻是有固定居所、过正常生活的妇女。如果这两人愿为嫌疑者做身份担保人，则检察官不妨当即办理释放手续……

"情况就是这样。"检察官的声调多少和缓下来，依次注视着羽根田和驹子的面孔，然后又说，"当然，如二位所知，担保这种事情并不产生法律上的责任，不过算是一种形式。尽管如此，也还是要写一份东西给我。如果二位愿意作为身份担保人在上面签字，我就可以将嫌疑者送交给你们……"

"明白了。"羽根田声调肃然。

"一定担保！"驹子毅然扬起脸来。

旋即，驹子便想往院内代书室走去。但检察官对她说，文体用口语形式就可以了，并好意递过纸笔。于是驹子自己写道：

"……方面，尚在调查之中。鉴于可以担保释放，我们愿意对其负全部责任。今后若有需要，保证其本人随时到案……"

至于为什么使用片假名①，驹子也莫名其妙。但她是按书记的要求用毛笔写的，然后拿给羽根田。他熟练地签上名，从大皮夹里掏出印章盖上。驹子没印，被允许按以指纹。

---

①片假名：日文字母分平假名与片假名两种，书写一般用平假名。

检察官点头看毕，放入文件篓，尔后转向五百助说：

"那么，你现在就成了自由之身，可以回去了。到警视厅取东西的时候，最好道声歉，就说给你们添麻烦了……另外，今后不要同来历不明的人进行任何交往。你这样的温良人物，很容易被坏人利用，因而不知会犯下多么可怕的罪行。总之，以后要跟妻子和睦相处，建立完美的家庭生活……"

对于检察官这番苦口婆心的忠告，五百助也听得心不在焉。他的心早已飞向大气层下那没有铁栅栏的、广阔无垠的世界中去了。

薄暮时分，他们在东京站外的售票口买了到站不同的车票。羽根田去大矶，五百助夫妇去武藏间。

"你也该告一段落了……"

羽根田这时才说出第一句话。从检察院到警视厅，再到东京站的时间里，他像哑巴似的一言不发。

"啊，我想想……"五百助嗫嚅道，像个中学生那样生硬地点点头。

"夫妇这东西就是那么回事，与个人同社会的关系是一码事。没有一个人会真正心满意足。但也不是没有忘掉不满的方法，这点可以好好研究一下……"

他交替地看着两人的脸最后说完，大步朝检票口那边走去。五百助夫妇本来想在中央线门阶前向他再次告别，只见他用手扶了一下帽子，消失在拥挤的人群中了。

下班高峰时间还没过，月台上人山人海。折回的直快列车刚一进站，那种战后式的武力乘车的情景便马上开演了。人们的胸、肩、臂忽而撞在五百助的巨体上，忽而被弹开，但他觉得很愉快。紧紧包围他的既非铁栅栏，又不是混凝土，而是人们软乎乎的肉体。

对警视厅和检察院，他是彻头彻尾领教够了。只有那种地方，即使天塌下来他也不想靠近第二次。获释走出检察院大门口时，他不由得把双手高高伸向黄昏的天空。

虽说满员的列车挤得透不过气来，于他还是有一种置身自由天国之感。同他贴得最为亲密无间、传给他温暖体温的是妻子驹子。她个头不算高，没戴帽子的头发全部在五百助眼皮底下。那略微发红的发浪，常用的发油气味，撩起他相隔半年的情思。

驹子也肯定有所悔改，恐怕不会再是以前那样的女子了。

他发觉驹子的手正牢牢抓在自己的西服袖上。她原本并不是在人前做如此举动的女子。加上又去拘留所给自己送东西——不是痛改前非的证据又是什么呢?!

突然，他想起列车将通过御金水站，心里顿时一震。那间小屋、公共厕所和广场仍使他感到亲切。他走后，已开始和老妻同居的金次老人也浮现在他眼前。于是他目光越过人们肩头，想窥看一眼河谷景致。不料身体被猛力拉回：

"看那玩意儿干吗?"驹子的声音虽低，但带有强硬的命令意味。

这是夫妇时隔半年可谓重新相逢时驹子的第一句话。羽根田舅父在时，她对丈夫虽也说了不少话，但那些话听起来既像充满柔情，又似乎不冷不热。然而现在这句则不同，比驹子原先的调门还要严峻。虽说在满员列车当中，但作为夫妇两人间说出的第一句话，也还是让五百助感到意外。假如妻子已经悔改，焉能说出如此硬邦邦的话来?!

直快列车转瞬之间将御金水抛在后头，经四谷驶过信浓町。那一片漆黑的外苑夜景使五百助想起离家的第二天。停在新宿站时，又使他回忆起出走当天观看裸体舞的情景。

过得中野，车内逐渐人少起来，五百助得以靠在不开门那边的车门上。但驹子依旧靠着他，抓住他一只胳膊不放。在旁人眼里，俨然一对美满夫妻，而五百助心中却产生了不安之感。

这光景，简直就是押送警察，和那辆警车没什么两样!

不久，列车进入间站。站前景致已好久不见了，五百助很觉亲切。在驹子为准备晚饭而买面包、火腿、香肠的时间里，他迈步往一家熟悉的小店去买香烟。

"等等……到哪去?"驹子马上尾随追来。

回家路上，她也盯住五百助，贴着他寸步不离，以致五百助产生了一种错觉，以为自己右手还戴着手铐。

在野外昏黑的路上，驹子开口道:

"我已经下定决心了!"

"什么决心?"

"不离开你，而且不放开你……"

"哦?"

五百助感到胸口被撞击一般的震动。这比冷言恶语还要厉害。这句话显然含有一种极其主动的意志和感情。她本来并不是说这等话的女人……

他难以揣摩妻子的心思，总觉得她给人的感觉与往日不同。假如她变成与自己离家前不同的女子，那么是变得对己有利呢，还是……

路很黑，他已经走惯了。只见路两旁的庄稼地隐没在黑暗之中，点缀着星月的夜空无边无际伸展开去。唯有两人前边的松树林，黑魆魆浮现出来。

驹子再未开口。五百助也不好随便乱问。只听得两人的皮鞋在夜色里和谐地发着声响。

好歹走到家门。驹子拿钥匙打开，闪后一步，活像拘留所看守似的说道：

"你先进……"

没等换衣服，两人便围桌吃起很晚的晚饭来。进屋后，急剧感到饥肠辘辘的五百助将面包胡乱地涂上黄油，连同冷肉塞了满满一嘴。

"啊，还剩一瓶啤酒呢!"开始泡红茶的驹子往厨房走去。

五百助四下打量着久别的自家房间。门和拉窗关得严严实实，和以前丝毫不差。四十瓦的灯泡把槅扇照得有些发红，同往日他晚下班回来时一样，没有任何动乱的痕迹。

我本来是为寻求自由而逃离这里的……

驹子拿来一瓶啤酒、两个杯子，看来今晚她也要喝。

"不管怎样，祝贺你呀……"她毫无笑意地举起杯子。

"啊，多劳你费心……"五百助寒暄一句，同样举杯。

此后便无言以继。一瓶啤酒转眼干光。只驹子一方醉意上来。

"这回你可动不了喽！检察院把你这身子寄存给我了嘛！"她歪身坐着，发出黑心婆般的笑声。

五百助惊愕地看着妻子的脸。刚才这句话根本不像是从驹子口中出来的。那么是酒后胡言，还是女人残忍本性的暴露呢？

"要是没有我和舅舅担保，你还不是只有蹲监牢的份儿?!即使为报这一恩，以后也必须绝对服从我……啊嗬嗬嗬!"口虽笑，但眼睛却干巴巴地闪烁其光。

五百助打个寒战，想象起从今晚开始的漫长生涯。电灯光照射下的槅扇、拉窗，似乎一下子成了拘留所的铁栅栏。

他默默起身。

"到哪儿去?"

"谢谢你的好心，可我还是不待在家里为好。御金水桥下那里，好像很适合我住……"

"说什么？我可是以保证你不过流浪生活为条件把你从检察官手里领下来的。"

"不不，检察官都说了，你们并没有法律上的责任。可以不必担心……"

他像半年前离家时那样，从横梁上摘下帽子。驹子见状，大步蹿到他身旁，一动不动地注视着丈夫的面孔，突然抬起右手，"啪——"一声重重地打了他一个嘴巴。

"干什么？"

"原谅我。我服了……别走！别走——！"

叫罢，驹子宛如一条湿毛巾似的瘫倒在五百助脚下，抱住他的腿，毫无顾忌地放声大哭起来，就像三岁女孩儿一样……

皆大欢喜

这是眼看不到十天就过新年的事。

这一天，羽根田家的客厅里，主人和菱刈、藤村三个人正给大鼓系红带子，累得直冒汗。一来因为这活儿相当费力，二来由于今天阳光和煦，正是大矶典型的冬日。

"噢，梅花已经开了！"

菱刈眼望邻家院墙，发出惊叹的声音。野梅弯曲多节的枝头，两三白点，熠熠生辉。

"嗯，今年像早四五天。"在腊月梅花盛开的地方住惯了的羽根田，似乎并无特别的感慨。

"这个冬天到底是暖呢，还是冷呢？——昨天早上东京城里冰结得可厚着呢！"藤村帮忙系罢鼓带，吸起烟来。

今天是五笑会年末最后一次演奏，同时也是相隔数月后的第一次聚首。那以后由于边见和芳兰女士连续缺席，又物色不到新会员，加上事情也多，便一直休会。这次三位老人终于下了一个悲怆的决心：即使缺钲也要举行例会。菱刈吹笛，藤村打大鼓，两个小鼓包给羽根田一人。如此阵势，只要敢干，举行演奏会也并非不可能。当然，有钲再好不过。但较之接纳不三不四的新会员，他们认为还是这样心情舒坦得多。在边见和芳兰女士身上，老人们痛切地体验到了新会员的无可信赖。因而宁可将五笑会改为三笑会，仍由以往的三人坚守故垒——其决心似乎十分之大。

"喂，让我们齐心协力来一通好吗？"羽根田故意快活地说着，在大鼓前坐定。这三人演奏会将何等寂寞，其实不难想见。

这当儿，银子端茶水、糕点进来。

"太太，总是让您受累……"藤村客气道。

"哪儿的话，算得了什么。这次实在值得恭喜，太太想必也安心了吧……"银子以郑重的口气向藤村寒暄。

大约十天前，隆文与尤丽举行了婚礼。事情之所以办得如此迅速，固然同芳兰女士气急败坏的攻势奏效有关，另一方面也是藤村夫妇偶然发现了尤丽的战后式做派，从而考虑到不使其及早完婚日后恐不堪设想的结果。奇怪的是，那般大骂婚约封建的两人，却乖乖服从了父母的命令。据说新家庭眼下一帆风顺，同社会一般家庭并无区别。

"哎呀，怎么说呢，已经……"藤村面露苦笑，低头致谢。

"对了，你们知道边见之子同妻子言归于好了吗？"菱刈一边啜茶，一边微微笑道。

"哦，这倒是第一次听到……"两人现出好奇的神色。

据菱刈讲，继驹子之后，边见二世同华族出身的新秀女作家来往密切。但由于那女子在某杂志的新年号上刊出以他为模特儿写成的小说，边见勃然大怒，同她一刀两断，反而促使他想把妻子从富士见高原叫回。菱刈见到他时曾劝他出席五笑会，他一口拒绝，说要结束一切不健康的室内娱乐，以后专攻高尔夫球。

"那小子打高尔夫球还是合适的。黄口孺子，和我们平起平坐还为时过早……"羽根田气冲牛斗。

"那么说，五百助那以后……"藤村想起两个月前那场骚动，问道。

"让你多挂心了！好像随遇而安，总算稳定下来。前几天夫妇还一起道谢来了……"

没等羽根田答完，妻子开口说：

"真有意思！听说近来驹子外出做工，五百助洗衣烧饭样样都干。"

"哦，这倒稀奇。不过同所谓美国式也好像有点不同……"菱刈歪头沉思。

"呀，什么式也不是吧！勉强说来，倒也许是女护岛式。驹子是个有本事的女子。在这次进的那家贸易公司里干的也是特殊工作，起码有两万元月薪可拿。可五百助却是个百无一能的家伙，加上不知这次离家出走当中有了什么感触，眼下好像完全失去了工作热情。大言不惭地说什么和约签订①之前他绝不做工。那么干什么呢？听说这大懒汉如同脱胎换骨一般，尽心竭力地干起家务来。"

"听说光做饭时间用不完，还想学一下踩什么缝纫机哩！嘿嘿嘿……"

银子笑道。众人也捧腹大笑。

"五百助君踩缝纫机那天，任有多少台也要七零八落……"

"就是说，夫妇交换位置喽！这倒也是一策。成绩如何？"

"眼下像是风调雨顺。至少驹子说比以前幸福。至于能维持多久，就不得而知了……不过，东搞西搞之间，时间也就过去了。随着时间的过去，也就到了连牢骚也懒得发的年龄——这种夫妇不是多得很吗？即使从我们每人的经验看来……"羽根田一反常态，用沉静的语气说道。

"是啊。而且，要是再对笛子、大鼓入了迷……"菱刈巧妙应和。

"是这话，是这话……险些忘记这桩最要紧的买卖了。快，马上开始吧！"

羽根田的声音突然兴奋起来，动手解开鼓槌上包的棉纱。菱刈拿起笛子，藤村手执鼓槌，个个喜上眉梢。

"那么，准备开始……好咧！"

---

①和约签订：一九五一年九月，《日美安全保障条约》在美国旧金山签字，翌年四月生效。

《屋台》《圣天》《镰仓》《四丁目》①。"咚咚咚，咚咚咚，嘀嘀——嘀嘀——"。虽说没钲，但无疑也是庙会音乐的演奏声。

---

①《屋台》《圣天》《镰仓》《四丁目》均为曲名。